La Princesse de Clèves

Première de couverture : © La Collection/Artothek.
Deuxième de couverture : [h] © Photo Josse/Leemage ; [b] © Photo Josse/Leemage.
Troisième de couverture : [h] © Photo 12-Marcel Dole ; [b] Collection Christophel.
Page 210 : © The Bridgeman Art Library.

170 bis, boulevard du Montparnasse, 75680 Paris cedex 14

ISBN 979-10-358-0714-6
ISSN 2104-9610

CLASSICOLYCÉE

La Princesse de Clèves

MADAME DE LAFAYETTE

Dossier par Kim-Lan Delahaye
Certifiée de lettres modernes

BELIN ■ GALLIMARD

Sommaire

Pour entrer dans l'œuvre 6

Première partie 9
Arrêt sur lecture 1 56

Deuxième partie 61
Arrêt sur lecture 2 106

Troisième partie 111
Arrêt sur lecture 3 156

Quatrième partie 161
Arrêt sur lecture 4 204

Le tour de l'œuvre en 9 fiches

Fiche 1. Mme de Lafayette en 18 dates 210
Fiche 2. L'œuvre dans son contexte 211
Fiche 3. La structure de l'œuvre 212
Fiche 4. Les grands thèmes de l'œuvre 214
Fiche 5. Mme de Clèves : une héroïne tragique ? 216
Fiche 6. Le premier grand roman 218
Fiche 7. Un roman sous diverses influences 220
Fiche 8. Individu, morale et société 222
Fiche 9. Citations 224

Groupements de textes

Groupement 1. Visions du mariage du Moyen Âge à nos jours 226
Groupement 2. Individu, morale et société : des femmes face à la morale 235
➜ Questions sur les groupements de textes 244

Vers le Bac

Questions de synthèse 245
Vers l'oral du Bac 248
Vers l'écrit du Bac 251

Fenêtres sur... 253

Des ouvrages à lire, des films à voir
et des sites Internet à consulter

Glossaire 255

Pour entrer dans l'œuvre

La Princesse de Clèves marque un tournant dans la littérature du XVIIe siècle. Dès sa parution en 1678, le roman ne laisse pas les lecteurs indifférents. Malgré les reproches qui lui sont faits, notamment le manque de vraisemblance de certains passages, son succès est évident. Mme de Lafayette inscrit son récit dans la lignée des romans précieux très en vogue à l'époque tels que *Clélie, histoire romaine* de Mlle de Scudéry. De même, le contexte historique du roman, la cour d'Henri II, n'est pas sans rappeler aux lecteurs du XVIIe siècle la grandeur du règne de Louis XIV. Cet effet d'écho permet à l'auteur de toucher davantage le public en instaurant une proximité avec le contexte du récit.

Mais le succès de *La Princesse de Clèves* vient aussi de la nouveauté de son style. Au carrefour de l'esthétique baroque, de la préciosité et du classicisme, Mme de Lafayette renouvelle le genre romanesque. En effet, le parcours extraordinaire de son héroïne et l'analyse minutieuse des passions donnent une dimension nouvelle au roman. Mme de Lafayette ouvre ainsi la voie au roman d'analyse, en mettant l'accent sur l'évocation

des sentiments et l'introspection des personnages. On décèle l'influence de ce nouveau genre romanesque dans les romans épistolaires du XVIIIe siècle, et jusque dans les œuvres d'auteurs du XXe siècle, tels que Marcel Proust ou André Gide.
Enfin, c'est aussi le caractère intemporel du roman de Mme de Lafayette qui séduit ses lecteurs. En témoigne le succès que l'œuvre remporte dans ses diverses adaptations cinématographiques. Les amours malheureuses de la princesse de Clèves n'ont cessé d'inspirer les réalisateurs et d'attirer les spectateurs. En 2008, *La Belle Personne*, transposition du roman par Christophe Honoré dans l'univers d'un lycée parisien, a conquis un large public. L'histoire d'amour impossible entre Mme de Clèves et le duc de Nemours traverse ainsi les siècles, et les sentiments passionnés des deux personnages ne s'altèrent en rien avec le temps. Le roman de Mme de Lafayette demeure le point de départ d'une réflexion sur l'émancipation de la femme face au poids des convenances sociales ou morales, qui est toujours d'actualité.

Le libraire au lecteur

Quelque approbation qu'ait eue cette histoire dans les lectures qu'on en a faites, l'auteur n'a pu se résoudre à se déclarer ; il a craint que son nom ne diminuât le succès de son livre. Il sait par expérience que l'on condamne quelquefois les ouvrages sur la médiocre opinion qu'on a de l'auteur et il sait aussi que la réputation de l'auteur donne souvent du prix aux ouvrages. Il demeure donc dans l'obscurité où il est, pour laisser les jugements plus libres et plus équitables, et il se montrera néanmoins si cette Histoire est aussi agréable au public que je l'espère.

Première partie

La magnificence et la galanterie[1] n'ont jamais paru en France avec tant d'éclat que dans les dernières années du règne de Henri second[2]. Ce prince était galant, bien fait et amoureux ; quoique sa passion pour Diane de Poitiers[3], duchesse de Valentinois, eût commencé il y avait plus de vingt ans, elle n'en était pas moins violente, et il n'en donnait pas des témoignages moins éclatants.

Comme il réussissait admirablement dans tous les exercices du corps, il en faisait une de ses plus grandes occupations. C'était tous les jours des parties de chasse et de paume[4], des ballets, des courses de bagues[5], ou de semblables divertissements ; les couleurs et les chiffres[6] de Mme de Valentinois paraissaient partout, et elle paraissait elle-même avec tous les ajustements[7] que pouvait avoir Mlle de la Marck, sa petite-fille, qui était alors à marier.

La présence de la Reine[8] autorisait la sienne. Cette princesse était belle, quoiqu'elle eût passé la première jeunesse ; elle aimait

---

1. **Magnificence** : luxe ; **galanterie** : politesse dans les manières. Le terme désigne également la volonté de séduire.
2. **Henri II** (1519-1559) : fils de François Ier, il règne de 1547 jusqu'à sa mort.
3. **Diane de Poitiers** (1499-1566) : fille de Jean de Poitiers, elle devient la maîtresse du roi qui lui donne le titre de duchesse en 1548.
4. **Paume** : le jeu de paume est l'ancêtre du tennis.
5. **Courses de bagues** : jeu à cheval qui consiste à saisir avec une lance des anneaux suspendus à un poteau.
6. **Couleurs** : celles choisies par les femmes de la noblesse et que les participants au tournoi arborent en leur honneur ; **chiffres** : initiales.
7. **Ajustements** : parures.
8. **La Reine** : Catherine de Médicis (1519-1589), qui épouse Henri II en 1533.

la grandeur, la magnificence et les plaisirs. Le Roi l'avait épousée lorsqu'il était encore duc d'Orléans, et qu'il avait pour aîné le Dauphin[1], qui mourut à Tournon, prince que sa naissance et ses grandes qualités destinaient à remplir dignement la place du roi François premier, son père.

L'humeur ambitieuse de la Reine lui faisait trouver une grande douceur à régner; il semblait qu'elle souffrît[2] sans peine l'attachement du Roi pour la duchesse de Valentinois, et elle n'en témoignait aucune jalousie, mais elle avait une si profonde dissimulation qu'il était difficile de juger de ses sentiments, et la politique l'obligeait d'approcher cette duchesse de sa personne, afin d'en approcher aussi le Roi. Ce prince aimait le commerce[3] des femmes, même de celles dont il n'était pas amoureux: il demeurait tous les jours chez la Reine à l'heure du cercle[4], où tout ce qu'il y avait de plus beau et de mieux fait, de l'un et de l'autre sexe, ne manquait pas de se trouver.

Jamais Cour n'a eu tant de belles personnes et d'hommes admirablement bien faits; et il semblait que la nature eût pris plaisir à placer ce qu'elle donne de plus beau dans les plus grandes princesses et dans les plus grands princes. Mme Élisabeth de France[5], qui fut depuis reine d'Espagne, commençait à faire paraître un esprit surprenant et cette incomparable beauté qui lui a été si funeste. Marie Stuart, reine d'Écosse, qui venait d'épouser M. le Dauphin[6], et qu'on appelait la Reine Dauphine, était une personne parfaite pour l'esprit et pour le corps; elle avait été élevée à la cour de France, elle en avait pris toute la politesse[7], et elle était née avec tant de

---

1. **Le Dauphin**: François de Valois (1518-1536), fils aîné de François Ier, meurt empoisonné.
2. **Qu'elle souffrît**: qu'elle supportât.
3. **Commerce**: compagnie.
4. **Cercle**: réunion quotidienne autour de la Reine.
5. **Élisabeth de France** (1545-1568): fille d'Henri II et de Catherine de Médicis. Elle épouse Philippe II, le roi d'Espagne, en 1559.
6. **Marie Stuart** (1542-1587), reine d'Écosse, épouse **M. le Dauphin** (1544-1560), François, le fils aîné d'Henri II, en 1558. Celui-ci devient le roi François II en 1559.
7. **Politesse**: raffinement.

dispositions pour toutes les belles choses que, malgré sa grande jeunesse, elle les aimait et s'y connaissait mieux que personne. La Reine, sa belle-mère, et Madame[1], sœur du Roi, aimaient aussi les vers, la comédie et la musique. Le goût que le roi François premier avait eu pour la poésie et pour les lettres, régnait encore en France ; et le roi son fils, aimant les exercices du corps, tous les plaisirs étaient à la Cour ; mais ce qui rendait cette Cour belle et majestueuse, était le nombre infini de princes et de grands seigneurs d'un mérite extraordinaire. Ceux que je vais nommer étaient, en des manières différentes, l'ornement et l'admiration de leur siècle.

Le roi de Navarre[2] attirait le respect de tout le monde par la grandeur de son rang et par celle qui paraissait en sa personne. Il excellait dans la guerre, et le duc de Guise lui donnait une émulation qui l'avait porté plusieurs fois à quitter sa place de général, pour aller combattre auprès de lui comme un simple soldat, dans les lieux les plus périlleux. Il est vrai aussi que ce duc avait donné des marques d'une valeur si admirable et avait eu de si heureux succès qu'il n'y avait point de grand capitaine qui ne dût le regarder avec envie. Sa valeur était soutenue de toutes les autres grandes qualités : il avait un esprit vaste et profond, une âme noble et élevée, et une égale capacité pour la guerre et pour les affaires. Le cardinal de Lorraine, son frère, était né avec une ambition démesurée, avec un esprit vif et une éloquence admirable, et il avait acquis une science profonde, dont il se servait pour se rendre considérable en défendant la religion catholique qui commençait d'être attaquée[3]. Le chevalier de Guise[4], que l'on appela depuis le grand prieur, était un prince aimé de tout le monde, bien fait, plein d'esprit, plein d'adresse, et d'une valeur célèbre par toute l'Europe. Le prince de Condé, dans

---

1. **Madame** : Marguerite de France (1523-1574), sœur d'Henri II, mariée en 1559 à Emmanuel-Philibert de Savoie.
2. **Roi de Navarre** : Antoine de Bourbon (1518-1562), père du futur roi Henri IV.
3. Début des guerres de Religion, qui ont opposé les catholiques et les protestants.
4. **Chevalier de Guise** : François de Lorraine (1534-1563), frère cadet du duc de Guise et du cardinal de Lorraine évoqués plus haut dans le texte.

un petit corps peu favorisé de la nature, avait une âme grande et hautaine[1], et un esprit qui le rendait aimable aux yeux même des plus belles femmes. Le duc de Nevers, dont la vie était glorieuse par la guerre et par les grands emplois qu'il avait eus, quoique dans un âge un peu avancé, faisait les délices de la Cour. Il avait trois fils parfaitement bien faits : le second, qu'on appelait le prince de Clèves, était digne de soutenir la gloire de son nom ; il était brave et magnifique, et il avait une prudence[2] qui ne se trouve guère avec la jeunesse. Le vidame de Chartres[3], descendu de cette ancienne maison de Vendôme, dont les princes du sang[4] n'ont point dédaigné de porter le nom, était également distingué dans la guerre et dans la galanterie. Il était beau, de bonne mine, vaillant, hardi, libéral[5] ; toutes ces bonnes qualités étaient vives et éclatantes ; enfin, il était seul digne d'être comparé au duc de Nemours[6], si quelqu'un lui eût pu être comparable. Mais ce prince était un chef-d'œuvre de la nature ; ce qu'il avait de moins admirable, c'était d'être l'homme du monde le mieux fait et le plus beau. Ce qui le mettait au-dessus des autres était une valeur incomparable, et un agrément[7] dans son esprit, dans son visage et dans ses actions que l'on n'a jamais vu qu'à lui seul ; il avait un enjouement[8] qui plaisait également aux hommes et aux femmes, une adresse extraordinaire dans tous ses exercices, une manière de s'habiller qui était toujours suivie de tout le monde, sans pouvoir être imitée, et enfin un air dans toute sa personne qui faisait qu'on ne pouvait regarder que lui dans tous les lieux où il paraissait. Il n'y avait aucune dame dans la cour dont la

---

1. **Hautaine** : de grande qualité.
2. **Prudence** : sagesse.
3. **Vidame de Chartres** : François de Vendôme (1524-1562). Le vidame est un officier qui représente l'évêque dans ses fonctions administratives ou militaires.
4. **Princes du sang** : membres de la famille royale.
5. **Hardi** : courageux, intrépide ; **libéral** : généreux.
6. **Duc de Nemours** : Jacques de Savoie (1531-1585), il combat aux côtés des catholiques. Mme de Lafayette s'inspire de ce personnage historique mais les détails donnés dans le roman sont purement fictionnels.
7. **Agrément** : charme.
8. **Enjouement** : gaieté.

gloire n'eût été flattée de le voir attaché à elle; peu de celles à qui il s'était attaché, se pouvaient vanter de lui avoir résisté, et même plusieurs à qui il n'avait point témoigné de passion, n'avaient pas laissé[1] d'en avoir pour lui. Il avait tant de douceur et tant de disposition à la galanterie qu'il ne pouvait refuser quelques soins[2] à celles qui tâchaient de lui plaire: ainsi il avait plusieurs maîtresses[3], mais il était difficile de deviner celle qu'il aimait véritablement. Il allait souvent chez la Reine Dauphine; la beauté de cette princesse, sa douceur, le soin qu'elle avait de plaire à tout le monde et l'estime particulière qu'elle témoignait à ce prince, avaient souvent donné lieu de croire qu'il levait les yeux jusqu'à elle. MM. de Guise, dont elle était nièce, avaient beaucoup augmenté leur crédit[4] et leur considération par son mariage; leur ambition les faisait aspirer à s'égaler aux princes du sang et à partager le pouvoir du connétable de Montmorency[5]. Le Roi se reposait sur lui de la plus grande partie du gouvernement des affaires et traitait le duc de Guise et le maréchal de Saint-André[6] comme ses favoris; mais ceux que la faveur ou les affaires approchaient de sa personne, ne s'y pouvaient maintenir qu'en se soumettant à la duchesse de Valentinois; et, quoiqu'elle n'eût plus de jeunesse ni de beauté, elle le gouvernait avec un empire[7] si absolu que l'on peut dire qu'elle était maîtresse de sa personne et de l'État.

Le Roi avait toujours aimé le Connétable, et sitôt qu'il avait commencé à régner, il l'avait rappelé de l'exil où le roi François premier l'avait envoyé. La Cour était partagée entre MM. de Guise et le Connétable, qui était soutenu des princes du sang. L'un et l'autre

---

1. **Laissé**: cessé.
2. **Soins**: attentions particulières.
3. **Maîtresses**: femmes courtisées.
4. **Crédit**: influence.
5. **Connétable de Montmorency** (1493-1567): commandant suprême de l'armée royale.
6. **Maréchal de Saint-André**: Jacques d'Albon (1505-1562), principal chef catholique pendant les guerres de Religion.
7. **Empire**: autorité.

partis avaient toujours songé à gagner[1] la duchesse de Valentinois. Le duc d'Aumale, frère du duc de Guise, avait épousé une de ses filles ; le Connétable aspirait à la même alliance. Il ne se contentait pas d'avoir marié son fils aîné avec Mme Diane, fille du Roi et d'une dame de Piémont, qui se fit religieuse aussitôt qu'elle fut accouchée. Ce mariage avait eu beaucoup d'obstacles, par les promesses que M. de Montmorency avait faites à Mlle de Piennes, une des filles d'honneur[2] de la Reine ; et, bien que le Roi les eût surmontés avec une patience et une bonté extrêmes, ce connétable ne se trouvait pas encore assez appuyé s'il ne s'assurait de[3] Mme de Valentinois, et s'il ne la séparait de MM. de Guise, dont la grandeur commençait à donner de l'inquiétude à cette duchesse. Elle avait retardé, autant qu'elle avait pu, le mariage du Dauphin avec la reine d'Écosse : la beauté et l'esprit capable et avancé de cette jeune reine, et l'élévation que ce mariage donnait à MM. de Guise, lui étaient insupportables. Elle haïssait particulièrement le cardinal de Lorraine ; il lui avait parlé avec aigreur, et même avec mépris. Elle voyait qu'il prenait des liaisons[4] avec la Reine ; de sorte que le Connétable la trouva disposée à s'unir avec lui, et à entrer dans son alliance par le mariage de Mlle de la Marck, sa petite-fille, avec M. d'Anville, son second fils, qui succéda depuis à sa charge sous le règne de Charles IX. Le Connétable ne crut pas trouver d'obstacles dans l'esprit de M. d'Anville pour un mariage, comme il en avait trouvé dans l'esprit de M. de Montmorency ; mais, quoique les raisons lui en fussent cachées, les difficultés n'en furent guère moindres. M. d'Anville était éperdument amoureux de la Reine Dauphine et, quelque peu d'espérance qu'il eût dans cette passion, il ne pouvait se résoudre à prendre un engagement qui partagerait ses soins. Le maréchal de Saint-André était le seul dans la Cour qui n'eût point pris de parti. Il était un des favoris, et sa faveur ne tenait qu'à sa

1. **Gagner** : obtenir l'appui de.
2. **Filles d'honneur** : demoiselles de compagnie.
3. **S'il ne s'assurait de** : s'il ne s'assurait du soutien de.
4. **Prenait des liaisons** : établissait des alliances.

personne : le Roi l'avait aimé dès le temps qu'il était dauphin ; et depuis, il l'avait fait maréchal de France, dans un âge où l'on n'a pas encore accoutumé de prétendre aux moindres dignités[1]. Sa faveur lui donnait un éclat qu'il soutenait par son mérite et par l'agrément de sa personne, par une grande délicatesse pour sa table et pour ses meubles et par la plus grande magnificence qu'on eût jamais vue en un particulier. La libéralité du Roi fournissait[2] à cette dépense ; ce prince allait jusqu'à la prodigalité[3] pour ceux qu'il aimait ; il n'avait pas toutes les grandes qualités, mais il en avait plusieurs, et surtout celle d'aimer la guerre et de l'entendre ; aussi avait-il eu d'heureux succès, et, si on en excepte la bataille de Saint-Quentin[4], son règne n'avait été qu'une suite de victoires. Il avait gagné en personne la bataille de Renty[5] ; le Piémont avait été conquis ; les Anglais avaient été chassés de France, et l'empereur Charles-Quint avait vu finir sa bonne fortune devant la ville de Metz[6], qu'il avait assiégée inutilement avec toutes les forces de l'Empire et de l'Espagne. Néanmoins, comme le malheur de Saint-Quentin avait diminué l'espérance de nos conquêtes, et que, depuis, la fortune avait semblé se partager entre les deux rois, ils se trouvèrent insensiblement disposés à la paix.

La duchesse douairière[7] de Lorraine avait commencé à en faire des propositions dans le temps du mariage de M. le Dauphin ; il y avait toujours eu depuis quelque négociation secrète. Enfin, Cercamp, dans le pays d'Artois, fut choisi pour le lieu où l'on devait s'assembler. Le cardinal de Lorraine, le connétable de Montmorency et le maréchal de Saint-André s'y trouvèrent pour le Roi ; le duc d'Albe

1. **Dignités** : fonctions importantes au sein de l'État.
2. **Fournissait** : contribuait, subvenait.
3. **Prodigalité** : grande générosité.
4. **Bataille de Saint-Quentin** : défaite de la France en 1557 contre les Espagnols.
5. **Bataille de Renty** : victoire de la France en 1554 contre les troupes de Charles Quint.
6. Charles Quint (1500-1558), empereur du Saint-Empire romain germanique, rival de François Ier puis d'Henri II, s'incline contre les troupes françaises menées par le duc de Guise en 1553, à Metz.
7. **Douairière** : veuve qui jouit des biens de son époux défunt.

et le prince d'Orange, pour Philippe II[1] ; et le duc et la duchesse de Lorraine furent les médiateurs. Les principaux articles étaient le mariage de Mme Élisabeth de France avec Don Carlos[2], infant d'Espagne, et celui de Madame, sœur du Roi, avec M. de Savoie.

Le Roi demeura cependant sur la frontière et il y reçut la nouvelle de la mort de Marie[3], reine d'Angleterre. Il envoya le comte de Randan à Élisabeth[4], pour la complimenter sur son avènement[5] à la couronne ; elle le reçut avec joie. Ses droits étaient si mal établis qu'il lui était avantageux de se voir reconnue par le Roi. Ce comte la trouva instruite des intérêts de la cour de France et du mérite de ceux qui la composaient ; mais surtout il la trouva si remplie de la réputation du duc de Nemours, elle lui parla tant de fois de ce prince, et avec tant d'empressement que, quand M. de Randan fut revenu, et qu'il rendit compte au Roi de son voyage, il lui dit qu'il n'y avait rien que M. de Nemours ne pût prétendre auprès de cette princesse, et qu'il ne doutait point qu'elle ne fût capable de l'épouser. Le Roi en parla à ce prince dès le soir même ; il lui fit conter par M. de Randan toutes ses conversations avec Élisabeth et lui conseilla de tenter cette grande fortune. M. de Nemours crut d'abord que le Roi ne lui parlait pas sérieusement, mais comme il vit le contraire :

– Au moins, Sire, lui dit-il, si je m'embarque dans une entreprise chimérique[6] par le conseil et pour le service de Votre Majesté, je la supplie de me garder le secret jusqu'à ce que le succès me justifie vers le public, et de vouloir bien ne me pas faire paraître rempli d'une assez grande vanité pour prétendre qu'une reine, qui ne m'a jamais vu, me veuille épouser par amour.

---

1. **Philippe II** (1527-1598) : fils de Charles Quint et d'Isabelle de Portugal, il règne à partir de 1556.
2. **Don Carlos** (1545-1568) : fils aîné de Philippe II. C'est finalement son père, devenu veuf, qui épousera Élisabeth de France.
3. **Marie Tudor** (1516-1558) : fille d'Henri VIII et de Catherine d'Aragon.
4. **Élisabeth Ire** (1533-1603) : fille d'Henri VIII et d'Anne de Boleyn, sa seconde épouse.
5. **Avènement** : accession au trône.
6. **Chimérique** : illusoire, impossible.

Le Roi lui promit de ne parler qu'au Connétable de ce dessein[1], et il jugea même le secret nécessaire pour le succès. M. de Randan conseillait à M. de Nemours d'aller en Angleterre sur le simple prétexte de voyager, mais ce prince ne put s'y résoudre. Il envoya Lignerolles qui était un jeune homme d'esprit, son favori, pour voir les sentiments de la Reine, et pour tâcher de commencer quelque liaison. En attendant l'événement[2] de ce voyage, il alla voir le duc de Savoie, qui était alors à Bruxelles avec le roi d'Espagne. La mort de Marie d'Angleterre apporta de grands obstacles à la paix ; l'assemblée se rompit à la fin de novembre, et le Roi revint à Paris.

Il parut alors une beauté à la Cour, qui attira les yeux de tout le monde, et l'on doit croire que c'était une beauté parfaite, puisqu'elle donna de l'admiration dans un lieu où l'on était si accoutumé à voir de belles personnes. Elle était de la même maison[3] que le vidame de Chartres et une des plus grandes héritières de France. Son père était mort jeune, et l'avait laissée sous la conduite de Mme de Chartres, sa femme, dont le bien, la vertu et le mérite étaient extraordinaires. Après avoir perdu son mari, elle avait passé plusieurs années sans revenir à la Cour. Pendant cette absence, elle avait donné ses soins à l'éducation de sa fille ; mais elle ne travailla pas seulement à cultiver son esprit et sa beauté, elle songea aussi à lui donner de la vertu et à la lui rendre aimable. La plupart des mères s'imaginent qu'il suffit de ne parler jamais de galanterie devant les jeunes personnes pour les en éloigner. Mme de Chartres avait une opinion opposée ; elle faisait souvent à sa fille des peintures de l'amour ; elle lui montrait ce qu'il a d'agréable pour la persuader plus aisément sur ce qu'elle lui en apprenait de dangereux ; elle lui contait le peu de sincérité des hommes, leurs tromperies et leur infidélité, les malheurs domestiques où plongent les engagements[4] ; et elle lui faisait voir, d'un autre côté, quelle tranquillité suivait la vie d'une honnête femme,

1. **Dessein** : projet.
2. **Événement** : issue.
3. **Maison** : famille.
4. **Domestiques** : intimes, privés ; **engagements** : liaisons amoureuses.

et combien la vertu donnait d'éclat et d'élévation à une personne qui avait de la beauté et de la naissance ; mais elle lui faisait voir aussi combien il était difficile de conserver cette vertu, que par une extrême défiance[1] de soi-même et par un grand soin de s'attacher à ce qui seul peut faire le bonheur d'une femme, qui est d'aimer son mari et d'en être aimée.

Cette héritière était alors un des grands partis qu'il y eût en France, et quoiqu'elle fût dans une extrême jeunesse, l'on avait déjà proposé plusieurs mariages. Mme de Chartres, qui était extrêmement glorieuse[2], ne trouvait presque rien digne de sa fille ; la voyant dans sa seizième année, elle voulut la mener à la Cour. Lorsqu'elle arriva, le Vidame alla au-devant d'elle ; il fut surpris de la grande beauté de Mlle de Chartres, et il en fut surpris avec raison. La blancheur de son teint et ses cheveux blonds lui donnaient un éclat que l'on n'a jamais vu qu'à elle ; tous ses traits étaient réguliers, et son visage et sa personne étaient pleins de grâce et de charmes.

Le lendemain qu'elle fut arrivée, elle alla pour assortir des pierreries chez un Italien qui en trafiquait[3] par tout le monde. Cet homme était venu de Florence avec la Reine, et s'était tellement enrichi dans son trafic que sa maison paraissait plutôt celle d'un grand seigneur que d'un marchand. Comme elle y était, le prince de Clèves y arriva. Il fut tellement surpris de sa beauté qu'il ne put cacher sa surprise ; et Mlle de Chartres ne put s'empêcher de rougir en voyant l'étonnement qu'elle lui avait donné. Elle se remit néanmoins, sans témoigner d'autre attention aux actions de ce prince que celle que la civilité[4] lui devait donner pour un homme tel qu'il paraissait. M. de Clèves la regardait avec admiration, et il ne pouvait comprendre qui était cette belle personne qu'il ne connaissait point. Il voyait bien par son air, et par tout ce qui était à sa suite[5],

1. **Défiance** : sentiment de doute qui incite à la réflexion.
2. **Glorieuse** : fière.
3. **Trafiquait** : faisait le commerce.
4. **Civilité** : politesse.
5. **Par tout ce qui était à sa suite** : par le cortège qui l'accompagnait.

qu'elle devait être d'une grande qualité[1]. Sa jeunesse lui faisait croire que c'était une fille[2], mais, ne lui voyant point de mère, et l'Italien qui ne la connaissait point l'appelant Madame, il ne savait que penser, et il la regardait toujours avec étonnement. Il s'aperçut que ses regards l'embarrassaient, contre l'ordinaire[3] des jeunes personnes qui voient toujours avec plaisir l'effet de leur beauté ; il lui parut même qu'il était cause qu'elle avait de l'impatience de s'en aller, et en effet elle sortit assez promptement. M. de Clèves se consola de la perdre de vue dans l'espérance de savoir qui elle était ; mais il fut bien surpris quand il sut qu'on ne la connaissait point. Il demeura si touché de sa beauté et de l'air modeste qu'il avait remarqué dans ses actions qu'on peut dire qu'il conçut pour elle dès ce moment une passion et une estime extraordinaires. Il alla le soir chez Madame, sœur du roi.

Cette princesse était dans une grande considération par le crédit qu'elle avait sur le Roi, son frère ; et ce crédit était si grand que le Roi, en faisant la paix, consentait à rendre le Piémont pour lui faire épouser le duc de Savoie. Quoiqu'elle eût désiré toute sa vie de se marier, elle n'avait jamais voulu épouser qu'un souverain, et elle avait refusé pour cette raison le roi de Navarre lorsqu'il était duc de Vendôme, et avait toujours souhaité M. de Savoie ; elle avait conservé de l'inclination[4] pour lui depuis qu'elle l'avait vu à Nice à l'entrevue du roi François premier et du pape Paul troisième. Comme elle avait beaucoup d'esprit et un grand discernement[5] pour les belles choses, elle attirait tous les honnêtes gens, et il y avait de certaines heures où toute la Cour était chez elle.

M. de Clèves y vint comme à l'ordinaire ; il était si rempli de l'esprit et de la beauté de Mlle de Chartres qu'il ne pouvait parler

1. **Qualité** : rang social.
2. **Fille** : jeune femme qui n'est pas mariée.
3. **Contre l'ordinaire** : contrairement à l'habitude.
4. **Inclination** : penchant naturel que l'on éprouve pour une personne (vocabulaire précieux).
5. **Discernement** : capacité à apprécier.

d'autre chose. Il conta tout haut son aventure, et ne pouvait se lasser de donner des louanges à[1] cette personne qu'il avait vue, qu'il ne connaissait point. Madame lui dit qu'il n'y avait point de personne comme celle qu'il dépeignait et que, s'il y en avait quelqu'une, elle serait connue de tout le monde. Mme de Dampierre, qui était sa dame d'honneur et amie de Mme de Chartres, entendant cette conversation, s'approcha de cette princesse et lui dit tout bas que c'était sans doute Mlle de Chartres que M. de Clèves avait vue. Madame se retourna vers lui et lui dit que, s'il voulait revenir chez elle le lendemain, elle lui ferait voir cette beauté dont il était si touché. Mlle de Chartres parut en effet le jour suivant ; elle fut reçue des reines avec tous les agréments[2] qu'on peut s'imaginer, et avec une telle admiration de tout le monde qu'elle n'entendait autour d'elle que des louanges. Elle les recevait avec une modestie si noble qu'il ne semblait pas qu'elle les entendît ou, du moins, qu'elle en fût touchée. Elle alla ensuite chez Madame, sœur du Roi. Cette princesse, après avoir loué sa beauté, lui conta l'étonnement qu'elle avait donné à M. de Clèves. Ce prince entra un moment après :

– Venez, lui dit-elle, voyez si je ne vous tiens pas ma parole et si, en vous montrant Mlle de Chartres, je ne vous fais pas voir cette beauté que vous cherchiez ; remerciez-moi au moins de lui avoir appris l'admiration que vous aviez déjà pour elle.

M. de Clèves sentit de la joie de voir que cette personne, qu'il avait trouvée si aimable, était d'une qualité proportionnée à sa beauté ; il s'approcha d'elle et il la supplia de se souvenir qu'il avait été le premier à l'admirer et que, sans la connaître, il avait eu pour elle tous les sentiments de respect et d'estime qui lui étaient dus.

Le chevalier de Guise et lui, qui étaient amis, sortirent ensemble de chez Madame. Ils louèrent d'abord Mlle de Chartres sans se contraindre. Ils trouvèrent enfin qu'ils la louaient trop, et ils cessèrent l'un et l'autre de dire ce qu'ils en pensaient ; mais ils furent

1. **Donner des louanges à** : faire l'éloge de.
2. **Agréments** : bienveillances.

contraints d'en parler les jours suivants partout où ils se rencontrèrent. Cette nouvelle beauté fut longtemps le sujet de toutes les conversations. La Reine lui donna de grandes louanges et eut pour elle une considération extraordinaire ; la Reine Dauphine en fit une de ses favorites[1] et pria Mme de Chartres de la mener souvent chez elle. Mesdames, filles du Roi, l'envoyaient chercher pour être de tous leurs divertissements. Enfin, elle était aimée et admirée de toute la cour, excepté de Mme de Valentinois. Ce n'est pas que cette beauté lui donnât de l'ombrage : une trop longue expérience lui avait appris qu'elle n'avait rien à craindre auprès du Roi ; mais elle avait tant de haine pour le vidame de Chartres qu'elle avait souhaité d'attacher[2] à elle par le mariage d'une de ses filles, et qui s'était attaché à la Reine, qu'elle ne pouvait regarder favorablement une personne qui portait son nom et pour qui il faisait paraître une grande amitié.

Le prince de Clèves devint passionnément amoureux de Mlle de Chartres et souhaitait ardemment[3] l'épouser ; mais il craignait que l'orgueil de Mme de Chartres ne fût blessé de donner sa fille à un homme qui n'était pas l'aîné de sa maison. Cependant cette maison était si grande, et le comte d'Eu, qui en était l'aîné, venait d'épouser une personne si proche de la maison royale que c'était plutôt la timidité que donne l'amour que de véritables raisons, qui causaient les craintes de M. de Clèves. Il avait un grand nombre de rivaux : le chevalier de Guise lui paraissait le plus redoutable par sa naissance, par son mérite et par l'éclat que la faveur[4] donnait à sa maison. Ce prince était devenu amoureux de Mlle de Chartres le premier jour qu'il l'avait vue ; il s'était aperçu de la passion de M. de Clèves, comme M. de Clèves s'était aperçu de la sienne. Quoiqu'ils fussent amis, l'éloignement que donnent les mêmes prétentions ne leur avait pas permis de s'expliquer ensemble ; et leur amitié s'était

1. **Favorites** : amies intimes d'une personne de pouvoir.
2. **Attacher** : unir.
3. **Ardemment** : d'un désir puissant.
4. **Faveur** : appui d'une personne puissance.

refroidie sans qu'ils eussent eu la force de s'éclaircir. L'aventure qui était arrivée à M. de Clèves, d'avoir vu le premier Mlle de Chartres, lui paraissait un heureux présage et semblait lui donner quelque avantage sur ses rivaux; mais il prévoyait de grands obstacles par le duc de Nevers, son père. Ce duc avait d'étroites liaisons avec la duchesse de Valentinois: elle était ennemie du Vidame, et cette raison était suffisante pour empêcher le duc de Nevers de consentir que son fils pensât à sa nièce.

Mme de Chartres, qui avait eu tant d'application pour inspirer la vertu à sa fille, ne discontinua pas de prendre les mêmes soins dans un lieu où ils étaient si nécessaires et où il y avait tant d'exemples si dangereux. L'ambition et la galanterie étaient l'âme de cette cour, et occupaient également les hommes et les femmes. Il y avait tant d'intérêts et tant de cabales[1] différentes, et les dames y avaient tant de part que l'amour était toujours mêlé aux affaires et les affaires à l'amour. Personne n'était tranquille ni indifférent; on songeait à s'élever, à plaire, à servir ou à nuire; on ne connaissait ni l'ennui, ni l'oisiveté[2], et on était toujours occupé des plaisirs ou des intrigues[3]. Les dames avaient des attachements[4] particuliers pour la Reine, pour la Reine Dauphine, pour la reine de Navarre[5], pour Madame, sœur du Roi, ou pour la duchesse de Valentinois. Les inclinations, les raisons de bienséance ou le rapport d'humeur[6] faisaient ces différents attachements. Celles qui avaient passé la première jeunesse et qui faisaient profession d'une vertu plus austère[7], étaient attachées à la Reine. Celles qui étaient plus jeunes et qui cherchaient la joie et la galanterie faisaient leur cour à la Reine Dauphine. La reine de Navarre avait ses favorites; elle était jeune et elle avait du pouvoir sur le roi son mari: il était joint au Connétable, et avait par

---

1. **Cabales**: complots.
2. **Oisiveté**: passivité.
3. **Intrigues**: manœuvres secrètes.
4. **Attachements**: sentiments d'affection.
5. **Reine de Navarre**: Jeanne d'Albret (1528-1572), mère du futur roi Henri IV.
6. **Bienséance**: règles de politesse; **rapport d'humeur**: compatibilité de caractère.
7. **Faisaient profession**: faisaient preuve; **austère**: sévère.

là beaucoup de crédit. Madame, sœur du Roi, conservait encore de la beauté et attirait plusieurs dames auprès d'elle. La duchesse de Valentinois avait toutes celles qu'elle daignait regarder; mais peu de femmes lui étaient agréables; et excepté quelques-unes, qui avaient sa familiarité[1] et sa confiance, et dont l'humeur avait du rapport avec la sienne, elle n'en recevait chez elle que les jours où elle prenait plaisir à avoir une cour comme celle de la Reine.

Toutes ces différentes cabales avaient de l'émulation et de l'envie les unes contre les autres: les dames qui les composaient avaient aussi de la jalousie entre elles, ou pour la faveur, ou pour les amants; les intérêts de grandeur et d'élévation se trouvaient souvent joints à ces autres intérêts moins importants, mais qui n'étaient pas moins sensibles. Ainsi il y avait une sorte d'agitation sans désordre dans cette cour, qui la rendait très agréable, mais aussi très dangereuse pour une jeune personne. Mme de Chartres voyait ce péril et ne songeait qu'aux moyens d'en garantir[2] sa fille. Elle la pria, non pas comme sa mère, mais comme son amie, de lui faire confidence de toutes les galanteries[3] qu'on lui dirait, et elle lui promit de lui aider[4] à se conduire dans des choses où l'on était souvent embarrassée quand on était jeune.

Le chevalier de Guise fit tellement paraître les sentiments et les desseins qu'il avait pour Mlle de Chartres qu'ils ne furent ignorés de personne. Il ne voyait néanmoins que de l'impossibilité dans ce qu'il désirait; il savait bien qu'il n'était point un parti qui convînt à Mlle de Chartres, par le peu de biens qu'il avait pour soutenir son rang; et il savait bien aussi que ses frères n'approuveraient pas qu'il se mariât, par la crainte de l'abaissement que les mariages des cadets apportent d'ordinaire dans les grandes maisons[5]. Le cardinal de

1. **Avaient sa familiarité**: faisaient partie de son cercle intime.
2. **Garantir**: protéger.
3. **Galanteries**: ici, paroles destinées à séduire.
4. **Lui aider**: l'aider.
5. Les fils cadets des familles nobles étaient souvent condamnés au célibat pour ne pas disperser le patrimoine familial.

Lorraine lui fit bientôt voir qu'il ne se trompait pas ; il condamna l'attachement qu'il témoignait pour Mlle de Chartres avec une chaleur extraordinaire ; mais il ne lui en dit pas les véritables raisons. Ce cardinal avait une haine pour le Vidame, qui était secrète alors, et qui éclata depuis. Il eût plutôt consenti à voir son frère entrer dans toute autre alliance que dans celle de ce vidame ; et il déclara si publiquement combien il en était éloigné que Mme de Chartres en fut sensiblement offensée. Elle prit de grands soins de faire voir que le cardinal de Lorraine n'avait rien à craindre, et qu'elle ne songeait pas à ce mariage. Le Vidame prit la même conduite et sentit[1], encore plus que Mme de Chartres, celle du cardinal de Lorraine, parce qu'il en savait mieux la cause.

Le prince de Clèves n'avait pas donné des marques moins publiques de sa passion qu'avait fait le chevalier de Guise. Le duc de Nevers apprit cet attachement avec chagrin ; il crut néanmoins qu'il n'avait qu'à parler à son fils pour le faire changer de conduite ; mais il fut bien surpris de trouver en lui le dessein formé d'épouser Mlle de Chartres. Il blâma ce dessein, il s'emporta et cacha si peu son emportement que le sujet s'en répandit bientôt à la Cour et alla jusqu'à Mme de Chartres. Elle n'avait pas mis en doute que M. de Nevers ne regardât le mariage de sa fille comme un avantage pour son fils ; elle fut bien étonnée que la maison de Clèves et celle de Guise craignissent son alliance, au lieu de la souhaiter. Le dépit qu'elle eut lui fit penser à trouver un parti pour sa fille, qui la mît au-dessus de ceux qui se croyaient au-dessus d'elle. Après avoir tout examiné, elle s'arrêta au Prince dauphin, fils du duc de Montpensier. Il était lors à marier, et c'était ce qu'il y avait de plus grand à la Cour. Comme Mme de Chartres avait beaucoup d'esprit, qu'elle était aidée du Vidame qui était dans une grande considération, et qu'en effet sa fille était un parti considérable, elle agit avec tant d'adresse et tant de succès que M. de Montpensier parut souhaiter ce mariage, et il semblait qu'il ne s'y pouvait trouver de difficultés.

1. **Sentit** : comprit.

Le Vidame, qui savait l'attachement de M. d'Anville pour la Reine Dauphine, crut néanmoins qu'il fallait employer le pouvoir que cette princesse avait sur lui pour l'engager à servir Mlle de Chartres auprès du Roi et auprès du prince de Montpensier, dont il était ami intime. Il en parla à cette reine, et elle entra avec joie dans une affaire où il s'agissait de l'élévation[1] d'une personne qu'elle aimait beaucoup ; elle le témoigna au Vidame, et l'assura que, quoiqu'elle sût bien qu'elle ferait une chose désagréable au cardinal de Lorraine, son oncle, elle passerait avec joie par-dessus cette considération parce qu'elle avait sujet de se plaindre de lui et qu'il prenait tous les jours les intérêts de la Reine contre les siens propres.

Les personnes galantes sont toujours bien aises qu'un prétexte leur donne lieu de parler à ceux qui les aiment. Sitôt que le Vidame eut quitté Mme la Dauphine, elle ordonna à Chastelart, qui était favori de M. d'Anville, et qui savait la passion qu'il avait pour elle, de lui aller dire, de sa part, de se trouver le soir chez la Reine. Chastelart reçut cette commission avec beaucoup de joie et de respect. Ce gentilhomme était d'une bonne maison de Dauphiné ; mais son mérite et son esprit le mettaient au-dessus de sa naissance. Il était reçu et bien traité de tout ce qu'il y avait de grands seigneurs à la cour, et la faveur de la maison de Montmorency l'avait particulièrement attaché à M. d'Anville. Il était bien fait de sa personne, adroit à toutes sortes d'exercices ; il chantait agréablement, il faisait des vers, et avait un esprit galant et passionné qui plut si fort à M. d'Anville qu'il le fit confident de l'amour qu'il avait pour la Reine Dauphine. Cette confidence l'approchait de cette princesse, et ce fut en la voyant souvent qu'il prit le commencement de cette malheureuse passion qui lui ôta la raison et qui lui coûta enfin la vie.

M. d'Anville ne manqua pas d'être le soir chez la Reine ; il se trouva heureux que Mme la Dauphine l'eût choisi pour travailler à une chose qu'elle désirait, et il lui promit d'obéir exactement à ses ordres ; mais Mme de Valentinois, ayant été avertie du dessein

1. **Élévation** : accession à un rang social supérieur.

de ce mariage, l'avait traversé[1] avec tant de soin, et avait tellement prévenu[2] le Roi que, lorsque M. d'Anville lui en parla, il lui fit paraître qu'il ne l'approuvait pas et lui ordonna même de le dire au prince de Montpensier. L'on peut juger ce que sentit Mme de Chartres par la rupture d'une chose qu'elle avait tant désirée, dont le mauvais succès[3] donnait un si grand avantage à ses ennemis et faisait un si grand tort à sa fille.

La Reine Dauphine témoigna à Mlle de Chartres, avec beaucoup d'amitié, le déplaisir qu'elle avait de lui avoir été inutile :

– Vous voyez, lui dit-elle, que j'ai un médiocre pouvoir ; je suis si haïe de la Reine et de la duchesse de Valentinois qu'il est difficile que, par elles ou par ceux qui sont dans leur dépendance[4], elles ne traversent toujours toutes les choses que je désire. Cependant, ajouta-t-elle, je n'ai jamais pensé qu'à leur plaire ; aussi elles ne me haïssent qu'à cause de la Reine ma mère, qui leur a donné autrefois de l'inquiétude et de la jalousie. Le Roi en avait été amoureux avant qu'il le fût de Mme de Valentinois ; et dans les premières années de son mariage, qu'il n'avait point encore d'enfants, quoiqu'il aimât cette duchesse, il parut quasi résolu de se démarier pour épouser la Reine ma mère. Mme de Valentinois qui craignait une femme qu'il avait déjà aimée, et dont la beauté et l'esprit pouvaient diminuer sa faveur, s'unit au Connétable, qui ne souhaitait pas aussi que le Roi épousât une sœur de MM. de Guise. Ils mirent le feu Roi[5] dans leurs sentiments, et quoiqu'il haït mortellement la duchesse de Valentinois, comme il aimait la Reine, il travailla avec eux pour empêcher le Roi de se démarier ; mais, pour lui ôter absolument la pensée d'épouser la Reine ma mère, ils firent son mariage avec le roi d'Écosse, qui était veuf de Mme Magdeleine, sœur du Roi, et ils le firent parce qu'il était le plus prêt à conclure, et manquèrent

1. **L'avait traversé** : s'y était opposé.
2. **Prévenu** : influencé, manipulé.
3. **Succès** : issue, dénouement.
4. **Ceux qui sont dans leur dépendance** : ceux qui leur sont subordonnés.
5. **Feu Roi** : François Ier (1494-1547).

aux engagements qu'on avait avec le roi d'Angleterre, qui la souhaitait ardemment. Il s'en fallait peu même que ce manquement ne fît une rupture entre les deux rois. Henri VIII[1] ne pouvait se consoler de n'avoir pas épousé la Reine ma mère ; et, quelque autre princesse française qu'on lui proposât, il disait toujours qu'elle ne remplacerait jamais celle qu'on lui avait ôtée. Il est vrai aussi que la Reine ma mère, était une parfaite beauté, et que c'est une chose remarquable que, veuve d'un duc de Longueville, trois rois aient souhaité de l'épouser ; son malheur l'a donnée au moindre et l'a mise dans un royaume où elle ne trouve que des peines. On dit que je lui ressemble ; je crains de lui ressembler aussi par sa malheureuse destinée et, quelque bonheur qui semble se préparer pour moi, je ne saurais croire que j'en jouisse.

Mlle de Chartres dit à la Reine que ces tristes pressentiments étaient si mal fondés qu'elle ne les conserverait pas longtemps, et qu'elle ne devait point douter que son bonheur ne répondît aux apparences.

Personne n'osait plus penser à Mlle de Chartres, par la crainte de déplaire au Roi ou par la pensée de ne pas réussir auprès d'une personne qui avait espéré un prince du sang. M. de Clèves ne fut retenu par aucune de ces considérations. La mort du duc de Nevers, son père, qui arriva alors, le mit dans une entière liberté de suivre son inclination et, sitôt que le temps de la bienséance du deuil fut passé, il ne songea plus qu'aux moyens d'épouser Mlle de Chartres. Il se trouvait heureux d'en faire la proposition dans un temps où ce qui s'était passé avait éloigné les autres partis et où il était quasi assuré qu'on ne la lui refuserait pas. Ce qui troublait sa joie, était la crainte de ne lui être pas agréable, et il eût préféré le bonheur de lui plaire à la certitude de l'épouser sans en être aimé.

Le chevalier de Guise lui avait donné quelque sorte de jalousie ; mais comme elle était plutôt fondée sur le mérite de ce prince que

1. **Henri VIII** (1491-1547) : roi d'Angleterre, marié à Catherine d'Aragon qu'il répudie pour épouser Anne de Boleyn.

sur aucune des actions de Mlle de Chartres, il songea seulement à tâcher de découvrir s'il était assez heureux pour qu'elle approuvât la pensée qu'il avait pour elle. Il ne la voyait que chez les reines ou aux assemblées; il était difficile d'avoir une conversation particulière[1]. Il en trouva pourtant les moyens et il lui parla de son dessein et de sa passion avec tout le respect imaginable; il la pressa de lui faire connaître quels étaient les sentiments qu'elle avait pour lui et il lui dit que ceux qu'il avait pour elle étaient d'une nature qui le rendrait éternellement malheureux si elle n'obéissait que par devoir aux volontés de Madame sa mère.

Comme Mlle de Chartres avait le cœur très noble et très bien fait, elle fut véritablement touchée de reconnaissance du procédé du prince de Clèves. Cette reconnaissance donna à ses réponses et à ses paroles un certain air de douceur qui suffisait pour donner de l'espérance à un homme aussi éperdument amoureux que l'était ce prince; de sorte qu'il se flatta d'une partie de[2] ce qu'il souhaitait.

Elle rendit compte à sa mère de cette conversation, et Mme de Chartres lui dit qu'il y avait tant de grandeur et de bonnes qualités dans M. de Clèves et qu'il faisait paraître tant de sagesse pour son âge que, si elle sentait son inclination portée à l'épouser, elle y consentirait avec joie. Mlle de Chartres répondit qu'elle lui remarquait les mêmes bonnes qualités; qu'elle l'épouserait même avec moins de répugnance[3] qu'un autre, mais qu'elle n'avait aucune inclination particulière pour sa personne.

Dès le lendemain, ce prince fit parler à Mme de Chartres; elle reçut la proposition qu'on lui faisait et elle ne craignit point de donner à sa fille un mari qu'elle ne pût aimer en lui donnant le prince de Clèves. Les articles[4] furent conclus; on parla au Roi, et ce mariage fut su de tout le monde.

---

1. **Particulière**: privée.
2. **Il se flatta d'une partie de**: il se convainquit d'avoir.
3. **Répugnance**: réticence.
4. **Les articles**: ceux du contrat de mariage.

M. de Clèves se trouvait heureux sans être néanmoins entièrement content[1]. Il voyait avec beaucoup de peine que les sentiments de Mlle de Chartres ne passaient pas[2] ceux de l'estime et de la reconnaissance et il ne pouvait se flatter qu'elle en cachât de plus obligeants[3], puisque l'état[4] où ils étaient lui permettait de les faire paraître sans choquer son extrême modestie[5]. Il ne se passait guère de jours qu'il ne lui en fît ses plaintes.

– Est-il possible, lui disait-il, que je puisse n'être pas heureux en vous épousant ? Cependant il est vrai que je ne le suis pas. Vous n'avez pour moi qu'une sorte de bonté qui ne me peut satisfaire ; vous n'avez ni impatience, ni inquiétude, ni chagrin ; vous n'êtes pas plus touchée de ma passion que vous le seriez d'un attachement qui ne serait fondé que sur les avantages de votre fortune et non pas sur les charmes de votre personne.

– Il y a de l'injustice à vous plaindre, lui répondit-elle ; je ne sais ce que vous pouvez souhaiter au-delà de ce que je fais, et il me semble que la bienséance ne permet pas que j'en fasse davantage.

– Il est vrai, lui répliqua-t-il, que vous me donnez de certaines apparences[6] dont je serais content s'il y avait quelque chose au-delà ; mais, au lieu que la bienséance vous retienne, c'est elle seule qui vous fait faire ce que vous faites. Je ne touche ni votre inclination, ni votre cœur, et ma présence ne vous donne ni de plaisir, ni de trouble.

– Vous ne sauriez douter, reprit-elle, que je n'aie de la joie de vous voir, et je rougis si souvent en vous voyant que vous ne sauriez douter aussi que votre vue ne me donne du trouble.

– Je ne me trompe pas à votre rougeur, répondit-il ; c'est un sentiment de modestie, et non pas un mouvement de votre cœur, et je n'en tire que l'avantage que j'en dois tirer.

---

1. **Content** : satisfait.
2. **Ne passaient pas** : n'allaient pas au-delà de.
3. **Obligeants** : plaisants, agréables.
4. **L'état** : le fait qu'ils soient promis l'un à l'autre.
5. **Modestie** : retenue, pudeur.
6. **Vous me donnez de certaines apparences** : vous avez certaines attit

Mlle de Chartres ne savait que répondre, et ces distinctions étaient au-dessus de ses connaissances. M. de Clèves ne voyait que trop combien elle était éloignée d'avoir pour lui des sentiments qui le pouvaient satisfaire, puisqu'il lui paraissait même qu'elle ne les entendait pas[1].

Le chevalier de Guise revint d'un voyage peu de jours avant les noces. Il avait vu tant d'obstacles insurmontables au dessein qu'il avait eu d'épouser Mlle de Chartres qu'il n'avait pu se flatter d'y réussir ; et néanmoins il fut sensiblement affligé de la voir devenir la femme d'un autre.

Cette douleur n'éteignit pas sa passion et il ne demeura pas moins amoureux. Mlle de Chartres n'avait pas ignoré les sentiments que ce prince avait eus pour elle. Il lui fit connaître, à son retour, qu'elle était cause de l'extrême tristesse qui paraissait sur son visage ; et il avait tant de mérite et tant d'agréments qu'il était difficile de le rendre malheureux sans en avoir quelque pitié. Aussi ne se pouvait-elle défendre[2] d'en avoir ; mais cette pitié ne la conduisait pas à d'autres sentiments : elle contait à sa mère la peine que lui donnait l'affection[3] de ce prince.

Mme de Chartres admirait la sincérité de sa fille, et elle l'admirait avec raison, car jamais personne n'en a eu une si grande et si naturelle ; mais elle n'admirait pas moins que son cœur ne fût point touché[4], et d'autant plus qu'elle voyait bien que le prince de Clèves ne l'avait pas touchée, non plus que les autres. Cela fut cause qu'elle prit de grands soins de l'attacher à son mari et de lui faire comprendre ce qu'elle devait à l'inclination qu'il avait eue pour elle avant que de la connaître et à la passion qu'il lui avait témoignée en la préférant à tous les autres partis, dans un temps où personne n'osait plus penser à elle.

---

1. **Ne les entendait pas** : ne les connaissait pas.
2. **Défendre** : empêcher.
3. **Affection** : peine, douleur.
4. **Touché** : affecté par un sentiment amoureux.

Ce mariage s'acheva, la cérémonie s'en fit au Louvre ; et le soir, le Roi et les reines vinrent souper chez Mme de Chartres avec toute la Cour, où ils furent reçus avec une magnificence admirable. Le chevalier de Guise n'osa se distinguer des autres et ne pas assister à cette cérémonie ; mais il y fut si peu maître de sa tristesse qu'il était aisé de la remarquer.

M. de Clèves ne trouva pas que Mlle de Chartres eût changé de sentiment en changeant de nom. La qualité de mari lui donna de plus grands privilèges ; mais elle ne lui donna pas une autre place dans le cœur de sa femme. Cela fit aussi que, pour être son mari, il ne laissa pas d'être son amant[1], parce qu'il avait toujours quelque chose à souhaiter au-delà de sa possession ; et, quoiqu'elle vécût parfaitement bien avec lui, il n'était pas entièrement heureux. Il conservait pour elle une passion violente et inquiète qui troublait sa joie ; la jalousie n'avait point de part à ce trouble : jamais mari n'a été si loin d'en prendre et jamais femme n'a été si loin d'en donner. Elle était néanmoins exposée au milieu de la Cour ; elle allait tous les jours chez les reines et chez Madame. Tout ce qu'il y avait d'hommes jeunes et galants la voyaient chez elle et chez le duc de Nevers, son beau-frère, dont la maison était ouverte à tout le monde ; mais elle avait un air qui inspirait un si grand respect et qui paraissait si éloigné de la galanterie que le maréchal de Saint-André, quoique audacieux et soutenu de la faveur du Roi, était touché de sa beauté, sans oser le lui faire paraître que par des soins et des devoirs. Plusieurs autres étaient dans le même état ; et Mme de Chartres joignait à la sagesse de sa fille une conduite si exacte pour toutes les bienséances[2] qu'elle achevait de la faire paraître une personne où l'on ne pouvait atteindre[3].

---

1. **Il ne laissa pas d'être son amant** : il ne cessa pas de l'aimer.
2. **Si exacte pour toutes les bienséances** : si respectueuse de toutes les bienséances.
3. **Une personne où l'on ne pouvait atteindre** : une personne que l'on ne pouvait séduire.

La duchesse de Lorraine, en travaillant à la paix, avait aussi travaillé pour le mariage du duc de Lorraine, son fils. Il avait été conclu avec Mme Claude de France, seconde fille du roi. Les noces en furent résolues pour le mois de février.

Cependant le duc de Nemours était demeuré à Bruxelles, entièrement rempli et occupé de ses desseins pour l'Angleterre. Il en recevait ou y envoyait continuellement des courriers : ses espérances augmentaient tous les jours, et enfin Lignerolles lui manda[1] qu'il était temps que sa présence vînt achever ce qui était si bien commencé. Il reçut cette nouvelle avec toute la joie que peut avoir un jeune homme ambitieux qui se voit porté au trône par sa seule réputation. Son esprit s'était insensiblement accoutumé à la grandeur de cette fortune et, au lieu qu'il[2] l'avait rejetée d'abord comme une chose où il ne pouvait parvenir[3], les difficultés s'étaient effacées de son imagination et il ne voyait plus d'obstacles.

Il envoya en diligence[4] à Paris donner tous les ordres nécessaires pour faire un équipage[5] magnifique, afin de paraître en Angleterre avec un éclat proportionné au dessein qui l'y conduisait, et il se hâta lui-même de venir à la Cour pour assister au mariage de M. de Lorraine.

Il arriva la veille des fiançailles ; et, dès le même soir qu'il fut arrivé, il alla rendre compte au Roi de l'état de son dessein et recevoir ses ordres et ses conseils pour ce qu'il lui restait à faire. Il alla ensuite chez les reines. Mme de Clèves n'y était pas, de sorte qu'elle ne le vit point et ne sut pas même qu'il fût arrivé. Elle avait ouï[6] parler de ce prince à tout le monde comme de ce qu'il y avait de mieux fait et de plus agréable à la Cour ; et surtout Mme la Dauphine le lui avait dépeint d'une sorte et lui en avait

---

1. **Manda** : fit savoir par lettre.
2. **Au lieu qu'il** : alors qu'il.
3. **Une chose où il ne pouvait parvenir** : une chose à laquelle il ne pouvait accéder.
4. **En diligence** : en toute hâte.
5. **Équipage** : chevaux, voitures et valets.
6. **Elle avait ouï** : elle avait entendu.

parlé tant de fois qu'elle lui avait donné de la curiosité, et même de l'impatience de le voir.

Elle passa tout le jour des fiançailles chez elle à se parer[1], pour se trouver le soir au bal et au festin royal qui se faisait au Louvre. Lorsqu'elle arriva, l'on admira sa beauté et sa parure; le bal commença et, comme elle dansait avec M. de Guise, il se fit un assez grand bruit vers la porte de la salle, comme de quelqu'un qui entrait et à qui on faisait place. Mme de Clèves acheva de danser et, pendant qu'elle cherchait des yeux quelqu'un qu'elle avait dessein de prendre[2], le Roi lui cria de prendre celui qui arrivait. Elle se tourna et vit un homme qu'elle crut d'abord[3] ne pouvoir être que M. de Nemours, qui passait par-dessus quelques sièges pour arriver où l'on dansait. Ce prince était fait d'une sorte qu'il était difficile de n'être pas surpris de le voir quand on ne l'avait jamais vu, surtout ce soir-là, où le soin qu'il avait pris de se parer augmentait encore l'air brillant qui était dans sa personne; mais il était difficile aussi de voir Mme de Clèves pour la première fois sans avoir un grand étonnement.

M. de Nemours fut tellement surpris de sa beauté que, lorsqu'il fut proche d'elle, et qu'elle lui fit la révérence, il ne put s'empêcher de donner des marques de son admiration. Quand ils commencèrent à danser, il s'éleva dans la salle un murmure de louanges. Le Roi et les reines se souvinrent qu'ils ne s'étaient jamais vus, et trouvèrent quelque chose de singulier[4] de les voir danser ensemble sans se connaître. Ils les appelèrent quand ils eurent fini sans leur donner le loisir de parler à personne et leur demandèrent s'ils n'avaient pas bien envie de savoir qui ils étaient, et s'ils ne s'en doutaient point.

– Pour moi, Madame, dit M. de Nemours, je n'ai pas d'incertitude; mais comme Mme de Clèves n'a pas les mêmes raisons pour

---

1. **Se parer**: préparer sa toilette avec beaucoup de soins.
2. **Prendre**: prendre comme cavalier.
3. **D'abord**: aussitôt.
4. **Singulier**: atypique.

deviner qui je suis que celles que j'ai pour la reconnaître, je voudrais bien que Votre Majesté eût la bonté de lui apprendre mon nom.

– Je crois, dit Mme la Dauphine, qu'elle le sait aussi bien que vous savez le sien.

– Je vous assure, Madame, reprit Mme de Clèves, qui paraissait un peu embarrassée, que je ne devine pas si bien que vous pensez.

– Vous devinez fort bien, répondit Mme la Dauphine ; et il y a même quelque chose d'obligeant pour M. de Nemours à ne vouloir pas avouer que vous le connaissez sans l'avoir jamais vu.

La Reine les interrompit pour faire continuer le bal ; M. de Nemours prit la Reine Dauphine. Cette princesse était d'une parfaite beauté et avait paru telle aux yeux de M. de Nemours avant qu'il allât en Flandre ; mais, de tout le soir, il ne put admirer que Mme de Clèves.

Le chevalier de Guise, qui l'adorait toujours, était à ses pieds, et ce qui se venait de passer lui avait donné une douleur sensible[1]. Il le prit comme un présage que la fortune[2] destinait M. de Nemours à être amoureux de Mme de Clèves ; et, soit qu'en effet il eût paru quelque trouble sur son visage, ou que la jalousie fît voir au chevalier de Guise au-delà de la vérité, il crut qu'elle avait été touchée de la vue de ce prince, et il ne put s'empêcher de lui dire que M. de Nemours était bien heureux de commencer à être connu d'elle par une aventure qui avait quelque chose de galant et d'extraordinaire.

Mme de Clèves revint chez elle, l'esprit si rempli de tout ce qui s'était passé au bal que, quoiqu'il fût fort tard, elle alla dans la chambre de sa mère pour lui en rendre compte ; et elle lui loua M. de Nemours avec un certain air qui donna à Mme de Chartres la même pensée qu'avait eue le chevalier de Guise.

Le lendemain, la cérémonie des noces se fit. Mme de Clèves y vit le duc de Nemours avec une mine et une grâce si admirables qu'elle en fut encore plus surprise.

1. **Sensible** : vive.
2. **Fortune** : destin, sort.

Les jours suivants, elle le vit chez la Reine Dauphine, elle le vit jouer à la paume avec le Roi, elle le vit courre la bague[1], elle l'entendit parler; mais elle le vit toujours surpasser de si loin tous les autres et se rendre tellement maître de la conversation dans tous les lieux où il était, par l'air de sa personne et par l'agrément de son esprit, qu'il fit, en peu de temps, une grande impression dans son cœur.

Il est vrai aussi que, comme M. de Nemours sentait pour elle une inclination violente, qui lui donnait cette douceur et cet enjouement qu'inspirent les premiers désirs de plaire, il était encore plus aimable qu'il n'avait accoutumé de l'être; de sorte que, se voyant souvent, et se voyant l'un et l'autre ce qu'il y avait de plus parfait à la Cour, il était difficile qu'ils ne se plussent infiniment.

La duchesse de Valentinois était de toutes les parties de plaisir, et le Roi avait pour elle la même vivacité et les mêmes soins que dans les commencements de sa passion. Mme de Clèves, qui était dans cet âge où l'on ne croit pas qu'une femme puisse être aimée quand elle a passé vingt-cinq ans, regardait avec un extrême étonnement l'attachement que le Roi avait pour cette duchesse, qui était grand-mère, et qui venait de marier sa petite-fille. Elle en parlait souvent à Mme de Chartres.

Est-il possible, Madame, lui disait-elle, qu'il y ait si longtemps que le Roi en soit amoureux? Comment s'est-il pu attacher à une personne qui était beaucoup plus âgée que lui, qui avait été maîtresse de son père, et qui l'est encore de beaucoup d'autres, à ce que j'ai ouï dire?

Il est vrai, répondit-elle, que ce n'est ni le mérite, ni la fidélité de Mme de Valentinois qui a fait naître la passion du Roi, ni qui l'a conservée, et c'est aussi en quoi il n'est pas excusable; car si cette femme avait eu de la jeunesse et de la beauté jointes à sa naissance, qu'elle eût eu le mérite de n'avoir jamais rien[2] aimé, qu'elle eût

---

1. **Courre la bague**: jouer au jeu de la bague.
2. **Rien**: personne.

aimé le Roi avec une fidélité exacte, qu'elle l'eût aimé par rapport à sa seule personne sans intérêt de grandeur, ni de fortune, et sans se servir de son pouvoir que pour des choses honnêtes ou agréables au Roi même, il faut avouer qu'on aurait eu de la peine à s'empêcher de louer ce prince du grand attachement qu'il a pour elle. Si je ne craignais, continua Mme de Chartres, que vous disiez de moi ce que l'on dit de toutes les femmes de mon âge, qu'elles aiment à conter les histoires de leur temps, je vous apprendrais le commencement de la passion du Roi pour cette duchesse, et plusieurs choses de la cour du feu Roi qui ont même beaucoup de rapport avec celles qui se passent encore présentement[1].

Bien loin de vous accuser, reprit Mme de Clèves, de redire les histoires passées, je me plains, Madame, que vous ne m'ayez pas instruite des présentes et que vous ne m'ayez point appris les divers intérêts et les diverses liaisons de la Cour. Je les ignore si entièrement que je croyais, il y a peu de jours, que M. le Connétable était fort bien avec la Reine.

Vous aviez une opinion bien opposée à la vérité, répondit Mme de Chartres. La Reine hait M. le Connétable, et si elle a jamais quelque pouvoir, il ne s'en apercevra que trop. Elle sait qu'il a dit plusieurs fois au Roi que, de tous ses enfants, il n'y avait que les naturels[2] qui lui ressemblassent.

Je n'eusse jamais soupçonné cette haine, interrompit Mme de Clèves, après avoir vu le soin que la Reine avait d'écrire à M. le Connétable pendant sa prison, la joie qu'elle a témoignée à son retour, et comme elle l'appelle toujours mon compère[3], aussi bien que le Roi.

Si vous jugez sur les apparences en ce lieu-ci, répondit Mme de Chartres, vous serez souvent trompée : ce qui paraît n'est presque jamais la vérité.

---

1. **Présentement** : actuellement.
2. **Naturels** : enfants illégitimes, nés hors mariage.
3. **Mon compère** : mon cher ami.

« Mais, pour revenir à Mme de Valentinois, vous savez qu'elle s'appelle Diane de Poitiers ; sa maison est très illustre ; elle vient des anciens ducs d'Aquitaine ; son aïeule était fille naturelle de Louis XI, et enfin il n'y a rien que de grand dans sa naissance. Saint-Vallier, son père, se trouva embarrassé[1] dans l'affaire du connétable de Bourbon[2], dont vous avez ouï parler. Il fut condamné à avoir la tête tranchée et conduit sur l'échafaud. Sa fille, dont la beauté était admirable, et qui avait déjà plu au feu Roi, fit si bien (je ne sais par quels moyens) qu'elle obtint la vie de son père. On lui porta sa grâce comme il n'attendait que le coup de la mort ; mais la peur l'avait tellement saisi qu'il n'avait plus de connaissance, et il mourut peu de jours après. Sa fille parut à la Cour comme la maîtresse du Roi. Le voyage d'Italie et la prison de ce prince interrompirent cette passion[3]. Lorsqu'il revint d'Espagne et que Mme la Régente[4] alla au-devant de lui à Bayonne, elle mena toutes ses filles[5], parmi lesquelles était Mlle de Pisseleu, qui a été depuis la duchesse d'Étampes[6]. Le Roi en devint amoureux. Elle était inférieure en naissance, en esprit et en beauté à Mme de Valentinois, et elle n'avait au-dessus d'elle que l'avantage de la grande jeunesse. Je lui ai ouï dire plusieurs fois qu'elle était née le jour que Diane de Poitiers avait été mariée ; la haine le lui faisait dire, et non pas la vérité : car je suis bien trompée si la duchesse de Valentinois n'épousa M. de Brézé, grand sénéchal de Normandie, dans le même temps que le Roi devint amoureux de Mme d'Étampes. Jamais il n'y a eu une si grande haine que l'a été celle de ces deux femmes. La duchesse de Valentinois ne pouvait pardonner à Mme d'Étampes de lui avoir ôté le titre de maîtresse

---

1. **Embarrassé** : compromis.
2. **L'affaire du connétable de Bourbon** : il trahit François Ier au profit de Charles Quint. Jean de Poitiers, père de Mme de Valentinois et proche du connétable, est alors accusé de complicité.
3. François Ier perd la bataille de Pavie en 1525. Il est fait prisonnier jusqu'à la signature du traité de Madrid.
4. **Mme la Régente** : Louise de Savoie (1476-1531), mère de François Ier.
5. **Ses filles** : ses dames de compagnie.
6. **Duchesse d'Étampes** : maîtresse de François Ier.

du Roi. Mme d'Étampes avait une jalousie violente contre Mme de Valentinois parce que le Roi conservait un commerce[1] avec elle. Ce prince n'avait pas une fidélité exacte pour ses maîtresses ; il y en avait toujours une qui avait le titre et les honneurs ; mais les dames que l'on appelait de la petite bande le partageaient tour à tour. La perte du Dauphin, son fils, qui mourut à Tournon, et que l'on crut empoisonné, lui donna une sensible affliction[2]. Il n'avait pas la même tendresse, ni le même goût pour son second fils, qui règne présentement ; il ne lui trouvait pas assez de hardiesse, ni assez de vivacité. Il s'en plaignit un jour à Mme de Valentinois, et elle lui dit qu'elle voulait le faire devenir amoureux d'elle pour le rendre plus vif et plus agréable. Elle y réussit comme vous le voyez ; il y a plus de vingt ans que cette passion dure sans qu'elle ait été altérée ni par le temps, ni par les obstacles.

« Le feu Roi s'y opposa d'abord, et soit qu'il eût encore assez d'amour pour Mme de Valentinois pour avoir de la jalousie, ou qu'il fût poussé par la duchesse d'Étampes, qui était au désespoir que M. le Dauphin fût attaché à son ennemie, il est certain qu'il vit cette passion avec une colère et un chagrin dont il donnait tous les jours des marques. Son fils ne craignit ni sa colère, ni sa haine, et rien ne put l'obliger à diminuer son attachement, ni à le cacher ; il fallut que le Roi s'accoutumât à le souffrir. Aussi cette opposition à ses volontés l'éloigna encore de lui et l'attacha davantage au duc d'Orléans[3], son troisième fils. C'était un prince bien fait, beau, plein de feu et d'ambition, d'une jeunesse fougueuse[4], qui avait besoin d'être modéré, mais qui eût fait aussi un prince d'une grande élévation si l'âge eût mûri son esprit.

« Le rang d'aîné qu'avait le Dauphin, et la faveur du Roi qu'avait le duc d'Orléans, faisaient entre eux une sorte d'émulation qui allait jusqu'à la haine. Cette émulation avait commencé dès leur

1. **Commerce** : relation amoureuse.
2. **Affliction** : douleur morale.
3. **Duc d'Orléans** (1522-1545) : troisième fils de François Ier.
4. **Fougueuse** : impétueuse, vive.

enfance et s'était toujours conservée. Lorsque l'Empereur[1] passa en France, il donna une préférence entière au duc d'Orléans sur M. le Dauphin, qui la ressentit si vivement que, comme cet Empereur était à Chantilly, il voulut obliger M. le Connétable à l'arrêter sans attendre le ommandement du Roi. M. le Connétable ne le voulut pas ; le roi le blâma dans la suite de n'avoir pas suivi le conseil de son fils ; et lorsqu'il l'éloigna de la Cour, cette raison y eut beaucoup de part.

« La division des deux frères donna la pensée à la duchesse d'Étampes de s'appuyer de M. le duc d'Orléans pour la soutenir auprès du Roi contre Mme de Valentinois. Elle y réussit : ce prince, sans être amoureux d'elle, n'entra guère moins dans ses intérêts que le Dauphin était dans ceux de Mme de Valentinois. Cela fit deux cabales dans la Cour, telles que vous pouvez vous les imaginer ; mais ces intrigues ne se bornèrent pas seulement à des démêlés[2] de femmes.

« L'Empereur, qui avait conservé de l'amitié pour le duc d'Orléans, avait offert plusieurs fois de lui remettre le duché de Milan. Dans les propositions qui se firent depuis pour la paix, il faisait espérer de lui donner les dix-sept provinces[3] et de lui faire épouser sa fille. M. le Dauphin ne souhaitait ni la paix, ni ce mariage. Il se servit de M. le Connétable, qu'il a toujours aimé, pour faire voir au Roi de quelle importance il était de ne pas donner à son successeur un frère aussi puissant que le serait un duc d'Orléans avec l'alliance de l'Empereur et les dix-sept provinces.

M. le Connétable entra d'autant mieux dans les sentiments de M. le Dauphin qu'il s'opposait par là à ceux de Mme d'Étampes, qui était son ennemie déclarée, et qui souhaitait ardemment l'élévation de M. le duc d'Orléans.

M. le Dauphin commandait alors l'armée du Roi en Champagne et avait réduit celle de l'Empereur en une telle extrémité qu'elle

---

1. **L'Empereur** : Charles Quint.
2. **Démêlés** : disputes.
3. **Les dix-sept provinces** : territoire composé des Pays-Bas, de la Belgique, du Luxembourg et du Nord-Pas-de-Calais.

eût péri entièrement si la duchesse d'Étampes, craignant que de trop grands avantages ne nous fissent refuser la paix et l'alliance de l'Empereur pour le duc d'Orléans, n'eût fait secrètement avertir les ennemis de surprendre Épernay et Château-Thierry qui étaient pleins de vivres. Ils le firent et sauvèrent par ce moyen toute leur armée.

« Cette duchesse ne jouit pas longtemps du succès de sa trahison. Peu après, M. le duc d'Orléans mourut, à Farmoutier, d'une espèce de maladie contagieuse. Il aimait une des plus belles femmes de la Cour et en était aimé. Je ne vous la nommerai pas, parce qu'elle a vécu depuis avec tant de sagesse et qu'elle a même caché avec tant de soin la passion qu'elle avait pour ce prince qu'elle a mérité que l'on conserve sa réputation. Le hasard fit qu'elle reçut la nouvelle de la mort de son mari le même jour qu'elle apprit celle de M. d'Orléans ; de sorte qu'elle eut ce prétexte pour cacher sa véritable affliction, sans avoir la peine de se contraindre.

« Le Roi ne survécut guère le prince[1] son fils ; il mourut deux ans après. Il recommanda à M. le Dauphin de se servir du cardinal de Tournon et de l'amiral d'Annebauld, et ne parla point de M. le Connétable, qui était pour lors relégué à Chantilly. Ce fut néanmoins la première chose que fit le Roi son fils, de le rappeler, et de lui donner le gouvernement des affaires.

« Mme d'Étampes fut chassée et reçut tous les mauvais traitements qu'elle pouvait attendre d'une ennemie toute puissante ; la duchesse de Valentinois se vengea alors pleinement, et de cette duchesse, et de tous ceux qui lui avaient déplu. Son pouvoir parut plus absolu sur l'esprit du Roi qu'il ne paraissait encore pendant qu'il était Dauphin. Depuis douze ans que ce prince règne, elle est maîtresse absolue de toutes choses ; elle dispose des charges[2] et des affaires ; elle a fait chasser le cardinal de Tournon, le chancelier Olivier, et Villeroy. Ceux qui ont voulu éclairer le Roi sur sa conduite ont péri dans cette entreprise. Le comte de Taix, grand maître de l'artillerie,

---

1. **Ne survécut guère le prince** : ne survécut guère au prince.
2. **Charges** : fonctions d'État.

qui ne l'aimait pas, ne put s'empêcher de parler de ses galanteries et surtout de celle du comte de Brissac, dont le Roi avait déjà eu beaucoup de jalousie; néanmoins elle fit si bien que le comte de Taix fut disgracié[1]; on lui ôta sa charge; et, ce qui est presque incroyable, elle la fit donner au comte de Brissac et l'a fait ensuite maréchal de France. La jalousie du Roi augmenta néanmoins d'une telle sorte qu'il ne put souffrir que ce maréchal demeurât à la Cour; mais la jalousie, qui est aigre et violente en tous les autres, est douce et modérée en lui par l'extrême respect qu'il a pour sa maîtresse; en sorte qu'il n'osa éloigner son rival que sur le prétexte de lui donner le gouvernement de Piémont. Il y a passé plusieurs années; il revint, l'hiver dernier, sur le prétexte de demander des troupes et d'autres choses nécessaires pour l'armée qu'il commande. Le désir de revoir Mme de Valentinois, et la crainte d'en être oublié, avaient peut-être beaucoup de part à ce voyage. Le Roi le reçut avec une grande froideur. MM. de Guise qui ne l'aiment pas, mais qui n'osent le témoigner à cause de Mme de Valentinois, se servirent de M. le Vidame, qui est son ennemi déclaré, pour empêcher qu'il n'obtînt aucune des choses qu'il était venu demander. Il n'était pas difficile de lui nuire: le Roi le haïssait, et sa présence lui donnait de l'inquiétude; de sorte qu'il fut contraint de s'en retourner sans remporter aucun fruit[2] de son voyage, que d'avoir peut-être rallumé dans le cœur de Mme de Valentinois des sentiments que l'absence commençait d'éteindre. Le Roi a bien eu d'autres sujets de jalousie; mais ou il ne les a pas connus, ou il n'a osé s'en plaindre.

« Je ne sais, ma fille, ajouta Mme de Chartres, si vous ne trouverez point que je vous ai plus appris de choses que vous n'aviez envie d'en savoir.

– Je suis très éloignée, Madame, de faire cette plainte, répondit Mme de Clèves; et, sans la peur de vous importuner, je vous demanderais encore plusieurs circonstances[3] que j'ignore.

---

1. **Disgracié**: puni par le Roi.
2. **Fruit**: avantage.
3. **Circonstances**: détails.

La passion de M. de Nemours pour Mme de Clèves fut d'abord si violente qu'elle lui ôta le goût et même le souvenir de toutes les personnes qu'il avait aimées et avec qui il avait conservé des commerces pendant son absence. Il ne prit pas seulement le soin de chercher des prétextes pour rompre avec elles ; il ne put se donner la patience d'écouter leurs plaintes et de répondre à leurs reproches. Mme la Dauphine, pour qui il avait eu des sentiments assez passionnés, ne put tenir dans son cœur contre Mme de Clèves. Son impatience pour le voyage d'Angleterre commença même à se ralentir et il ne pressa[1] plus avec tant d'ardeur les choses qui étaient nécessaires pour son départ. Il allait souvent chez la Reine Dauphine, parce que Mme de Clèves y allait souvent, et il n'était pas fâché de laisser imaginer ce que l'on avait cru de ses sentiments pour cette reine. Mme de Clèves lui paraissait d'un si grand prix qu'il se résolut de manquer[2] plutôt à lui donner des marques de sa passion que de hasarder[3] de la faire connaître au public. Il n'en parla pas même au vidame de Chartres, qui était son ami intime, et pour qui il n'avait rien de caché. Il prit une conduite si sage et s'observa[4] avec tant de soin que personne ne le soupçonna d'être amoureux de Mme de Clèves, que le chevalier de Guise ; et elle aurait eu peine à s'en apercevoir elle-même, si l'inclination qu'elle avait pour lui ne lui eût donné une attention particulière pour ses actions, qui ne lui permît pas d'en douter.

Elle ne se trouva pas la même disposition[5] à dire à sa mère ce qu'elle pensait des sentiments de ce prince qu'elle avait eue à lui parler de ses autres amants[6] ; sans avoir un dessein formé de lui cacher, elle ne lui en parla point. Mais Mme de Chartres ne le voyait que trop, aussi bien que le penchant que sa fille avait pour lui. Cette

---

1. **Pressa** : précipita.
2. **Manquer** : renoncer.
3. **Hasarder** : risquer.
4. **S'observa** : se retint.
5. **Elle ne se trouva pas la même disposition** : elle n'éprouva pas la même facilité.
6. **Amants** : prétendants.

connaissance lui donna une douleur sensible ; elle jugeait bien le péril où était cette jeune personne, d'être aimée d'un homme fait comme M. de Nemours pour qui elle avait de l'inclination. Elle fut entièrement confirmée dans les soupçons qu'elle avait de cette inclination par une chose qui arriva peu de jours après.

Le maréchal de Saint-André, qui cherchait toutes les occasions de faire voir sa magnificence, supplia le Roi, sur le prétexte de lui montrer sa maison, qui ne venait que d'être achevée, de lui vouloir faire l'honneur d'y aller souper avec les reines. Ce maréchal était bien aise[1] aussi de faire paraître, aux yeux de Mme de Clèves, cette dépense éclatante qui allait jusqu'à la profusion.

Quelques jours avant celui qui avait été choisi pour ce souper, le Roi Dauphin, dont la santé était assez mauvaise, s'était trouvé mal, et n'avait vu personne. La Reine, sa femme, avait passé tout le jour auprès de lui. Sur le soir, comme il se portait mieux, il fit entrer toutes les personnes de qualité qui étaient dans son antichambre. La Reine Dauphine s'en alla chez elle ; elle y trouva Mme de Clèves et quelques autres dames qui étaient les plus dans sa familiarité.

Comme il était déjà assez tard, et qu'elle n'était point habillée[2], elle n'alla pas chez la Reine ; elle fit dire qu'on ne la voyait point, et fit apporter ses pierreries afin d'en choisir pour le bal du maréchal de Saint-André et pour en donner à Mme de Clèves, à qui elle en avait promis. Comme elles étaient dans cette occupation, le prince de Condé arriva. Sa qualité lui rendait toutes les entrées libres. La Reine Dauphine lui dit qu'il venait sans doute de chez le Roi son mari et lui demanda ce que l'on y faisait.

– L'on dispute[3] contre M. de Nemours, Madame, répondit-il ; et il défend avec tant de chaleur la cause qu'il soutient qu'il faut que ce soit la sienne. Je crois qu'il a quelque maîtresse qui lui donne de l'inquiétude quand elle est au bal, tant il trouve que c'est une chose fâcheuse, pour un amant, que d'y voir la personne qu'il aime.

---

1. **Aise** : content.
2. **Habillée** : dans une tenue convenable pour sortir.
3. **Dispute** : débat.

– Comment ! reprit Mme la Dauphine, M. de Nemours ne veut pas que sa maîtresse aille au bal ? J'avais bien cru que les maris pouvaient souhaiter que leurs femmes n'y allassent pas ; mais, pour les amants, je n'avais jamais pensé qu'ils pussent être de ce sentiment.

– M. de Nemours trouve, répliqua le prince de Condé, que le bal est ce qu'il y a de plus insupportable pour les amants, soit qu'ils soient aimés ou qu'ils ne le soient pas. Il dit que, s'ils sont aimés, ils ont le chagrin de l'être moins pendant plusieurs jours ; qu'il n'y a point de femme que le soin de sa parure n'empêche de songer à son amant ; qu'elles en sont entièrement occupées ; que ce soin de se parer est pour tout le monde aussi bien que pour celui qu'elles aiment ; que, lorsqu'elles sont au bal, elles veulent plaire à tous ceux qui les regardent ; que, quand elles sont contentes de leur beauté, elles en ont une joie dont leur amant ne fait pas la plus grande partie. Il dit aussi que, quand on n'est point aimé, on souffre encore davantage de voir sa maîtresse dans une assemblée ; que, plus elle est admirée du public, plus on se trouve malheureux de n'en être point aimé ; que l'on craint toujours que sa beauté ne fasse naître quelque amour plus heureux que le sien. Enfin il trouve qu'il n'y a point de souffrance pareille à celle de voir sa maîtresse au bal, si ce n'est de savoir qu'elle y est et de n'y être pas.

Mme de Clèves ne faisait pas semblant[1] d'entendre ce que disait le prince de Condé ; mais elle l'écoutait avec attention. Elle jugeait aisément quelle part elle avait à l'opinion que soutenait M. de Nemours, et surtout à ce qu'il disait du chagrin de n'être pas au bal où était sa maîtresse, parce qu'il ne devait pas être à celui du maréchal de Saint-André, et que le Roi l'envoyait au-devant du duc de Ferrare.

La Reine Dauphine riait avec le prince de Condé et n'approuvait pas l'opinion de M. de Nemours.

– Il n'y a qu'une occasion, Madame, lui dit ce prince, où M. de Nemours consente que sa maîtresse aille au bal, c'est alors que c'est lui qui le donne ; et il dit que, l'année passée qu'il en donna un à

1. **Ne faisait pas semblant** : faisait semblant de ne pas.

Votre Majesté, il trouva que sa maîtresse lui faisait une faveur d'y venir, quoiqu'elle ne semblât que vous y suivre ; que c'est toujours faire une grâce[1] à un amant que d'aller prendre sa part à un plaisir qu'il donne ; que c'est aussi une chose agréable pour l'amant, que sa maîtresse le voie le maître d'un lieu où est toute la Cour, et qu'elle le voie se bien acquitter d'en faire les honneurs.

– M. de Nemours avait raison, dit la Reine Dauphine en souriant, d'approuver que sa maîtresse allât au bal. Il y avait alors un si grand nombre de femmes à qui il donnait cette qualité[2] que, si elles n'y fussent point venues, il y aurait eu peu de monde.

Sitôt que le prince de Condé avait commencé à conter les sentiments de M. de Nemours sur le bal, Mme de Clèves avait senti une grande envie de ne point aller à celui du maréchal de Saint-André. Elle entra aisément dans l'opinion qu'il ne fallait pas aller chez un homme dont on était aimée, et elle fut bien aise d'avoir une raison de sévérité pour faire une chose qui était une faveur pour M. de Nemours ; elle emporta néanmoins la parure que lui avait donnée la Reine Dauphine ; mais, le soir, lorsqu'elle la montra à sa mère, elle lui dit qu'elle n'avait pas dessein de s'en servir, que le maréchal de Saint-André prenait tant de soin de faire voir qu'il était attaché à elle qu'elle ne doutait point qu'il ne voulût aussi faire croire qu'elle aurait part au divertissement qu'il devait donner au Roi et que, sous prétexte de faire l'honneur de chez lui, il lui rendrait des soins dont peut-être elle serait embarrassée.

Mme de Chartres combattit quelque temps l'opinion de sa fille, comme la trouvant particulière[3] ; mais, voyant qu'elle s'y opiniâtrait[4], elle s'y rendit[5], et lui dit qu'il fallait donc qu'elle fît la malade pour avoir un prétexte de n'y pas aller, parce que les raisons qui l'en empêchaient ne seraient pas approuvées et qu'il fallait même empêcher

1. **Grâce** : faveur.
2. **Cette qualité** : ce statut.
3. **Particulière** : singulière, étrange.
4. **S'y opiniâtrait** : s'entêtait.
5. **Elle s'y rendit** : elle se rangea à l'avis de sa fille.

qu'on ne les soupçonnât. Mme de Clèves consentit volontiers à passer quelques jours chez elle pour ne point aller dans un lieu où M. de Nemours ne devait pas être ; et il partit sans avoir le plaisir de savoir qu'elle n'irait pas.

Il revint le lendemain du bal, il sut qu'elle ne s'y était pas trouvée ; mais comme il ne savait pas que l'on eût redit devant elle la conversation de chez le Roi Dauphin, il était bien éloigné de croire qu'il fût assez heureux pour l'avoir empêchée d'y aller.

Le lendemain, comme il était chez la Reine et qu'il parlait à Mme la Dauphine, Mme de Chartres et Mme de Clèves y vinrent et s'approchèrent de cette princesse. Mme de Clèves était un peu négligée[1], comme une personne qui s'était trouvée mal ; mais son visage ne répondait pas à son habillement.

– Vous voilà si belle, lui dit Mme la Dauphine, que je ne saurais croire que vous ayez été malade. Je pense que M. le prince de Condé, en vous contant l'avis de M. de Nemours sur le bal, vous a persuadée que vous feriez une faveur au maréchal de Saint-André d'aller chez lui et que c'est ce qui vous a empêchée d'y venir.

Mme de Clèves rougit de ce que Mme la Dauphine devinait si juste et de ce qu'elle disait devant M. de Nemours ce qu'elle avait deviné.

Mme de Chartres vit dans ce moment pourquoi sa fille n'avait pas voulu aller au bal ; et, pour empêcher que M. de Nemours ne le jugeât aussi bien qu'elle, elle prit la parole avec un air qui semblait être appuyé sur la vérité.

– Je vous assure, Madame, dit-elle à Mme la Dauphine, que Votre Majesté fait plus d'honneur à ma fille qu'elle n'en mérite. Elle était véritablement malade ; mais je crois que, si je ne l'en eusse empêchée, elle n'eût pas laissé[2] de vous suivre et de se montrer aussi changée[3] qu'elle était, pour avoir le plaisir de voir tout ce qu'il y a eu d'extraordinaire au divertissement d'hier au soir.

---

1. **Négligée** : dans une tenue plus simple.
2. **Laissé** : manqué.
3. **Changée** : altérée, souffrante.

Mme la Dauphine crut ce que disait Mme de Chartres, M. de Nemours fut bien fâché d'y trouver de l'apparence[1] ; néanmoins la rougeur de Mme de Clèves lui fit soupçonner que ce que Mme la Dauphine avait dit n'était pas entièrement éloigné de la vérité. Mme de Clèves avait d'abord été fâchée que M. de Nemours eût eu lieu de croire que c'était lui qui l'avait empêchée d'aller chez le maréchal de Saint-André ; mais ensuite elle sentit quelque espèce de chagrin que sa mère lui en eût entièrement ôté l'opinion.

Quoique l'assemblée de Cercamp[2] eût été rompue, les négociations pour la paix avaient toujours continué et les choses s'y disposèrent d'une telle sorte que, sur la fin de février, on se rassembla à Cateau-Cambrésis. Les mêmes députés y retournèrent ; et l'absence du maréchal de Saint-André défit M. de Nemours du rival qui lui était plus redoutable, tant par l'attention qu'il avait à observer ceux qui approchaient Mme de Clèves que par le progrès qu'il pouvait faire auprès d'elle.

Mme de Chartres n'avait pas voulu laisser voir à sa fille qu'elle connaissait ses sentiments pour ce prince, de peur de se rendre suspecte sur les choses qu'elle avait envie de lui dire. Elle se mit un jour à parler de lui ; elle lui en dit du bien et y mêla beaucoup de louanges empoisonnées sur la sagesse qu'il avait d'être incapable de devenir amoureux et sur ce qu'il ne se faisait qu'un plaisir et non pas un attachement sérieux du commerce des femmes. Ce n'est pas, ajouta-t-elle, que l'on ne l'ait soupçonné d'avoir une grande passion pour la Reine Dauphine ; je vois même qu'il y va très souvent, et je vous conseille d'éviter, autant que vous pourrez, de lui parler, et surtout en particulier[3], parce que, Mme la Dauphine vous traitant comme elle fait, on dirait bientôt que vous êtes leur confidente, et vous savez combien cette réputation est désagréable. Je suis d'avis, si ce bruit

1. **Apparence** : vraisemblance.
2. **Assemblée de Cercamp** : premières négociations qui ont donné ensuite naissance au traité de Cateau-Cambrésis en 1559, scellant la paix entre la France et l'Espagne.
3. **En particulier** : en privé.

continue, que vous alliez un peu moins chez Mme la Dauphine, afin de ne vous pas trouver mêlée dans des aventures de galanterie.

Mme de Clèves n'avait jamais ouï parler de M. de Nemours et de Mme la Dauphine; elle fut si surprise de ce que lui dit sa mère, et elle crut si bien voir combien elle s'était trompée dans tout ce qu'elle avait pensé des sentiments de ce prince, qu'elle en changea de visage. Mme de Chartres s'en aperçut: il vint du monde dans ce moment, Mme de Clèves s'en alla chez elle et s'enferma dans son cabinet[1].

L'on ne peut exprimer la douleur qu'elle sentit de connaître, par ce que lui venait de dire sa mère, l'intérêt qu'elle prenait à M. de Nemours: elle n'avait encore osé se l'avouer à elle-même. Elle vit alors que les sentiments qu'elle avait pour lui étaient ceux que M. de Clèves lui avait tant demandés; elle trouva combien il était honteux de les avoir pour un autre que pour un mari qui les méritait. Elle se sentit blessée et embarrassée de la crainte que M. de Nemours ne la voulût faire servir de prétexte à Mme la Dauphine et cette pensée la détermina à conter à Mme de Chartres ce qu'elle ne lui avait point encore dit.

Elle alla le lendemain matin dans sa chambre pour exécuter ce qu'elle avait résolu; mais elle trouva que Mme de Chartres avait un peu de fièvre, de sorte qu'elle ne voulut pas lui parler. Ce mal paraissait néanmoins si peu de chose que Mme de Clèves ne laissa pas d'aller l'après-dînée chez Mme la Dauphine: elle était dans son cabinet avec deux ou trois dames qui étaient le plus avant dans sa familiarité.

– Nous parlions de M. de Nemours, lui dit cette reine en la voyant, et nous admirions combien il est changé depuis son retour de Bruxelles. Devant que[2] d'y aller il avait un nombre infini de maîtresses, et c'était même un défaut en lui; car il ménageait également[3] celles qui avaient du mérite et celles qui n'en avaient pas.

1. **Cabinet**: petite pièce à l'écart.
2. **Devant que**: avant que.
3. **Il ménageait également**: il traitait avec les mêmes égards.

Depuis qu'il est revenu, il ne connaît[1] ni les unes ni les autres ; il n'y a jamais eu un si grand changement ; je trouve même qu'il y en a dans son humeur, et qu'il est moins gai que de coutume.

Mme de Clèves ne répondit rien ; et elle pensait avec honte qu'elle aurait pris tout ce que l'on disait du changement de ce prince pour des marques de sa passion si elle n'avait point été détrompée. Elle se sentait quelque aigreur[2] contre Mme la Dauphine de lui voir chercher des raisons et s'étonner d'une chose dont apparemment elle savait mieux la vérité que personne. Elle ne put s'empêcher de lui en témoigner quelque chose ; et, comme les autres dames s'éloignèrent, elle s'approcha d'elle et lui dit tout bas :

– Est-ce aussi pour moi, Madame, que vous venez de parler, et voudriez-vous me cacher que vous fussiez celle qui a fait changer de conduite à M. de Nemours ?

– Vous êtes injuste, lui dit Mme la Dauphine, vous savez que je n'ai rien de caché pour vous. Il est vrai que M. de Nemours, devant que d'aller à Bruxelles, a eu, je crois, intention de me laisser entendre qu'il ne me haïssait pas ; mais, depuis qu'il est revenu, il ne m'a pas même paru qu'il se souvînt des choses qu'il avait faites, et j'avoue que j'ai de la curiosité de savoir ce qui l'a fait changer. Il sera bien difficile que je ne le démêle[3], ajouta-t-elle ; le vidame de Chartres, qui est son ami intime, est amoureux d'une personne sur qui j'ai quelque pouvoir et je saurai par ce moyen ce qui a fait ce changement.

Mme la Dauphine parla d'un air qui persuada Mme de Clèves, et elle se trouva, malgré elle, dans un état plus calme et plus doux que celui où elle était auparavant.

Lorsqu'elle revint chez sa mère, elle sut qu'elle était beaucoup plus mal qu'elle ne l'avait laissée. La fièvre lui avait redoublé et, les jours suivants, elle augmenta de telle sorte qu'il parut que ce serait une maladie considérable. Mme de Clèves était dans une

1. **Il ne connaît** : il ne remarque.
2. **Aigreur** : amertume.
3. **Je ne le démêle** : je ne le devine.

affliction extrême, elle ne sortait point de la chambre de sa mère; M. de Clèves y passait aussi presque tous les jours, et par l'intérêt qu'il prenait à Mme de Chartres, et pour empêcher sa femme de s'abandonner à la tristesse, mais pour avoir aussi le plaisir de la voir; sa passion n'était point diminuée.

M. de Nemours, qui avait toujours eu beaucoup d'amitié pour lui, n'avait pas cessé de lui en témoigner depuis son retour de Bruxelles. Pendant la maladie de Mme de Chartres, ce prince trouva le moyen de voir plusieurs fois Mme de Clèves en faisant semblant de chercher son mari ou de le venir prendre pour le mener promener. Il le cherchait même à des heures où il savait bien qu'il n'y était pas et, sous le prétexte de l'attendre, il demeurait dans l'antichambre de Mme de Chartres où il y avait toujours plusieurs personnes de qualité. Mme de Clèves y venait souvent et, pour être affligée[1], elle n'en paraissait pas moins belle à M. de Nemours. Il lui faisait voir combien il prenait d'intérêt à son affliction et il lui en parlait avec un air si doux et si soumis qu'il la persuadait aisément que ce n'était pas de Mme la Dauphine dont il était amoureux.

Elle ne pouvait s'empêcher d'être troublée de sa vue, et d'avoir pourtant du plaisir à le voir; mais quand elle ne le voyait plus et qu'elle pensait que ce charme qu'elle trouvait dans sa vue était le commencement des passions, il s'en fallait peu qu'elle ne crût le haïr par la douleur que lui donnait cette pensée.

Mme de Chartres empira[2] si considérablement que l'on commença à désespérer de sa vie; elle reçut ce que les médecins lui dirent du péril où elle était avec un courage digne de sa vertu et de sa piété. Après qu'ils furent sortis, elle fit retirer tout le monde et appeler Mme de Clèves.

– Il faut nous quitter, ma fille, lui dit-elle, en lui tendant la main; le péril où je vous laisse et le besoin que vous avez de moi augmentent le déplaisir[3] que j'ai de vous quitter. Vous avez de l'inclination

1. **Affligée**: plongée dans une extrême douleur, mortifiée.
2. **Mme de Chartres empira**: l'état de santé de Mme de Chartres se dégrada.
3. **Déplaisir**: douleur.

pour M. de Nemours ; je ne vous demande point de me l'avouer : je ne suis plus en état de me servir de votre sincérité pour vous conduire. Il y a déjà longtemps que je me suis aperçue de cette inclination mais je ne vous en ai pas voulu parler d'abord, de peur de vous en faire apercevoir vous-même. Vous ne la connaissez que trop présentement ; vous êtes sur le bord du précipice : il faut de grands efforts et de grandes violences pour vous retenir. Songez ce que vous devez à votre mari ; songez ce que vous vous devez à vous-même, et pensez que vous allez perdre cette réputation que vous vous êtes acquise et que je vous ai tant souhaitée. Ayez de la force et du courage, ma fille, retirez-vous de la Cour, obligez votre mari de vous emmener ; ne craignez point de prendre des partis trop rudes et trop difficiles, quelque affreux qu'ils vous paraissent d'abord : ils seront plus doux dans les suites que les malheurs d'une galanterie. Si d'autres raisons que celles de la vertu et de votre devoir vous pouvaient obliger à ce que je souhaite, je vous dirais que, si quelque chose était capable de troubler le bonheur que j'espère en sortant de ce monde, ce serait de vous voir tomber[1] comme les autres femmes ; mais, si ce malheur vous doit arriver, je reçois la mort avec joie, pour n'en être pas le témoin.

Mme de Clèves fondait en larmes sur la main de sa mère, qu'elle tenait serrée entre les siennes, et Mme de Chartres se sentant touchée elle-même :

– Adieu, ma fille, lui dit-elle, finissons une conversation qui nous attendrit trop l'une et l'autre, et souvenez-vous, si vous pouvez, de tout ce que je viens de vous dire.

Elle se tourna de l'autre côté en achevant ces paroles et commanda à sa fille d'appeler ses femmes[2], sans vouloir l'écouter ni parler davantage. Mme de Clèves sortit de la chambre de sa mère en l'état que l'on peut s'imaginer, et Mme de Chartres ne songea plus qu'à se préparer à la mort. Elle vécut encore deux jours, pendant

1. **Tomber** : succomber, commettre un péché.
2. Ses femmes de chambres.

lesquels elle ne voulut plus revoir sa fille, qui était la seule chose à quoi elle se sentait attachée.

Mme de Clèves était dans une affliction extrême ; son mari ne la quittait point et, sitôt que Mme de Chartres fut expirée, il l'emmena à la campagne, pour l'éloigner d'un lieu qui ne faisait qu'aigrir[1] sa douleur. On n'en a jamais vu de pareille ; quoique la tendresse et la reconnaissance y eussent la plus grande part, le besoin qu'elle sentait qu'elle avait de sa mère, pour se défendre contre M. de Nemours, ne laissait pas d'y en avoir beaucoup. Elle se trouvait malheureuse d'être abandonnée à elle-même, dans un temps où elle était si peu maîtresse de ses sentiments et où elle eût tant souhaité d'avoir quelqu'un qui pût la plaindre et lui donner de la force. La manière dont M. de Clèves en usait pour elle[2], lui faisait souhaiter plus fortement que jamais de ne manquer à rien de ce qu'elle lui devait. Elle lui témoignait aussi plus d'amitié et plus de tendresse qu'elle n'avait encore fait ; elle ne voulait point qu'il la quittât, et il lui semblait qu'à force de s'attacher à lui, il la défendrait contre M. de Nemours.

Ce prince vint voir M. de Clèves à la campagne. Il fit ce qu'il put pour rendre aussi une visite à Mme de Clèves ; mais elle ne le voulut point recevoir et, sentant bien qu'elle ne pouvait s'empêcher de le trouver aimable[3], elle avait fait une forte résolution de s'empêcher de le voir et d'en éviter toutes les occasions qui dépendraient d'elle.

M. de Clèves vint à Paris pour faire sa cour[4] et promit à sa femme de s'en retourner le lendemain ; il ne revint néanmoins que le jour d'après.

– Je vous attendis tout hier, lui dit Mme de Clèves, lorsqu'il arriva ; et je vous dois faire des reproches de n'être pas venu comme vous me l'aviez promis. Vous savez que si je pouvais sentir une nouvelle affliction en l'état où je suis, ce serait la mort de Mme de Tournon,

---

1. **Aigrir** : rendre plus vive.
2. **En usait pour elle** : agissait envers elle.
3. **Aimable** : digne d'être aimé.
4. **Faire sa cour** : s'acquitter de ses obligations envers le Roi.

que j'ai apprise ce matin. J'en aurais été touchée quand je ne l'aurais point connue ; c'est toujours une chose digne de pitié qu'une femme jeune et belle comme celle-là soit morte en deux jours ; mais, de plus, c'était une des personnes du monde qui me plaisait davantage et qui paraissait avoir autant de sagesse que de mérite.

– Je fus très fâché de ne pas revenir hier, répondit M. de Clèves ; mais j'étais si nécessaire à la consolation d'un malheureux qu'il m'était impossible de le quitter. Pour Mme de Tournon, je ne vous conseille pas d'en être affligée, si vous la regrettez comme une femme pleine de sagesse et digne de votre estime.

– Vous m'étonnez, reprit Mme de Clèves, et je vous ai ouï dire plusieurs fois qu'il n'y avait point de femme à la cour que vous estimassiez davantage.

– Il est vrai, répondit-il, mais les femmes sont incompréhensibles et, quand je les vois toutes, je me trouve si heureux de vous avoir que je ne saurais assez admirer mon bonheur.

– Vous m'estimez plus que je ne vaux, répliqua Mme de Clèves en soupirant, et il n'est pas encore temps de me trouver digne de vous. Apprenez-moi, je vous en supplie, ce qui vous a détrompé de[1] Mme de Tournon.

– Il y a longtemps que je le suis, répliqua-t-il, et que je sais qu'elle aimait le comte de Sancerre, à qui elle donnait des espérances de l'épouser.

– Je ne saurais croire, interrompit Mme de Clèves, que Mme de Tournon, après cet éloignement[2] si extraordinaire qu'elle a témoigné pour le mariage depuis qu'elle est veuve, et après les déclarations publiques qu'elle a faites de ne se remarier jamais, ait donné des espérances à Sancerre.

– Si elle n'en eût donné qu'à lui, répliqua M. de Clèves, il ne faudrait pas s'étonner ; mais ce qu'il y a de surprenant, c'est qu'elle en donnait aussi à Estouteville dans le même temps, et je vais vous apprendre toute cette histoire.

1. **Détrompé de** : fait changer d'avis au sujet de.
2. **Éloignement** : répugnance.

Arrêt sur lecture 1

Pour comprendre l'essentiel

Le cadre du roman

1 Le récit s'ouvre sur la description de la cour du roi Henri II. Analysez l'éloge qu'en fait le narrateur en relevant le lexique mélioratif et les expressions hyperboliques. Précisez quelles sont les principales caractéristiques de cette cour.

2 Le récit est ancré dans un cadre historique précis. Recherchez des informations sur la cour d'Henri II, et sur les principaux événements qui ont marqué son règne.

3 Après l'évocation du contexte de l'époque, l'intrigue du récit est introduite. Précisez à quel moment le narrateur fait cette transition et montrez que l'aspect historique passe alors au second plan.

Les débuts de Mlle de Chartres

4 L'arrivée de Mlle de Chartres à la cour est présentée comme un événement important. Montrez-le et expliquez comment Mlle de Chartres s'intègre parfaitement à la cour.

5 Mme de Chartres s'efforce de protéger sa fille contre les dangers de la vie mondaine. Relevez les différents périls qui menacent la jeune femme et précisez quelle demande Mme de Chartres fait à sa fille pour l'en prémunir.

6 Mme de Chartres peine à trouver un bon époux pour sa fille bien qu'elle ait de nombreux prétendants. Expliquez les différents obstacles qu'elle rencontre et montrez qu'ils sont révélateurs du fonctionnement de la cour.

La découverte de l'amour

7 M. de Clèves est parvenu à ses fins en épousant Mlle de Chartres, mais il n'est pourtant pas pleinement heureux. Expliquez les raisons de son insatisfaction en décrivant l'attitude de la princesse de Clèves à l'égard de son époux.

8 Mme de Clèves fait la connaissance du duc de Nemours lors d'un bal. Relisez cette scène de rencontre (p. 35-36) et montrez que l'on peut parler d'un véritable coup de foudre.

9 Mme de Chartres a conscience des sentiments que sa fille éprouve pour le duc de Nemours. Exprimez votre point de vue sur l'attitude de ce personnage à l'égard de sa fille.

✔ *Rappelez-vous !*

• **L'incipit** d'un roman a pour but de présenter le contexte du récit au lecteur ainsi que d'éveiller sa curiosité. Dans l'œuvre de Mme de Lafayette, le narrateur débute par une présentation de la cour d'Henri II, qui sert de cadre historique au récit. La **description du contexte** permet également au narrateur d'introduire et de décrire les différents personnages.

• L'intrigue se noue plus tard dans la première partie du récit. L'arrivée de l'héroïne a lieu après la description de la cour. De même, **l'élément perturbateur** du roman, à savoir la rencontre avec le duc de Nemours, se produit après le mariage de Mlle de Chartres et M. de Clèves. On peut donc dire que la mise en place de l'intrigue vise à placer le lecteur au cœur de l'univers de la cour, pour ensuite orienter la narration sur la naissance de la passion de l'héroïne.

Zoom sur...

Le portrait de la princesse de Clèves, des lignes 213 à 248, p. 19-20

→ *Montrer en quoi ce portrait laisse présager un destin exceptionnel*

Analyse du texte

Introduction rédigée

La présentation de l'héroïne du roman est un moment attendu par le lecteur. Il s'agit d'un passage important du récit, préparé par la description de la cour d'Henri II : le narrateur a présenté de nombreux membres de la cour et a mis en avant leurs qualités. L'arrivée de Mlle de Chartres est ensuite décrite comme un événement considérable et son portrait laisse présager un destin exceptionnel. Nous nous demanderons comment le narrateur brosse le portrait d'une héroïne. Nous montrerons que Mlle de Chartres est présentée comme une incarnation de la perfection et qu'elle a reçu de sa mère une éducation irréprochable. Nous verrons enfin que ce portrait possède une dimension annonciatrice.

Analyse guidée

I. Une incarnation de la perfection

a. Le narrateur brosse un portrait très élogieux de Mlle de Chartres. Relevez les termes mélioratifs employés pour décrire la jeune femme et montrez le caractère hyperbolique de ce portrait.

b. Mlle de Chartres est issue d'une illustre famille de l'époque. Relevez les expressions qui font référence à cette origine et expliquez l'importance de cette information dans la caractérisation du personnage.

c. Mlle de Chartres possède des qualités physiques, mais aussi morales. Montrez que la jeune femme incarne une forme de perfection grâce à ses multiples atouts.

II. Une éducation irréprochable

a. Le rôle fondamental de Mme de Chartres dans l'éducation de sa fille est mis en avant dans ce portrait. Montrez que le narrateur fait également l'éloge de la mère.

b. Mme de Chartres se charge de préparer sa fille à la vie à la cour. Montrez qu'elle cherche à lui transmettre un enseignement complet qui lui sera utile dans les différentes étapes de sa vie.

c. Mme de Chartres souhaite prévenir sa fille contre les dangers de l'amour. Analysez la conception de l'amour qu'elle lui inculque et étudiez sa vision de l'« honnête femme ».

III. Un portrait annonciateur d'un destin tragique

a. Mlle de Chartres fait une arrivée remarquée à la cour. Relevez et analysez les différentes expressions qui laissent présager un destin hors du commun.

b. Malgré de nombreuses qualités, Mlle de Chartres fait preuve d'une certaine fragilité. Relevez les informations qui mettent en avant le point faible de l'héroïne.

c. Mme de Chartres considère que le bonheur d'une femme repose sur l'amour conjugal. Montrez que les conseils qu'elle donne à sa fille sont annonciateurs des obstacles que l'héroïne va rencontrer.

■ *Conclusion rédigée*

Le portrait de Mlle de Chartres met en avant ses nombreuses qualités, et montre l'éducation rigoureuse que sa mère lui a inculquée. Le lecteur pressent, avec l'arrivée de ce personnage, que l'action va se concentrer sur son destin. La perfection morale et physique de Mlle de Chartres évoquée par le narrateur suscite inévitablement la curiosité des membres de la cour. Ce portrait peut être considéré comme le premier moment clé du récit, car c'est à partir de l'arrivée de Mlle de Chartres que les péripéties vont s'enchaîner.

Étude de la langue

Observez la phrase pages 19-20, de « Mme de Chartres avait une opinion opposée » à « d'en être aimé » (l. 226-238). Expliquez la manière dont les propositions sont reliées entre elles et nommez les différents liens grammaticaux.

Activité d'appropriation

Réécrivez cet extrait du point de vue de Mlle de Chartres en faisant part des impressions et des sentiments de l'héroïne. Vous rédigerez votre texte à la première personne du singulier. Votre travail fera environ trente lignes.

Deuxième partie

– Vous savez l'amitié qu'il y a entre Sancerre et moi ; néanmoins il devint amoureux de Mme de Tournon, il y a environ deux ans, et me le cacha avec beaucoup de soin, aussi bien qu'à tout le reste du monde. J'étais bien éloigné de le soupçonner. Mme de Tournon paraissait encore inconsolable de la mort de son mari et vivait dans une retraite[1] austère. La sœur de Sancerre était quasi la seule personne qu'elle vît, et c'était chez elle qu'il en était devenu amoureux.

« Un soir qu'il devait y avoir une comédie au Louvre et que l'on n'attendait plus que le Roi et Mme de Valentinois pour commencer, l'on vint dire qu'elle s'était trouvée mal, et que le Roi ne viendrait pas. On jugea aisément que le mal de cette duchesse était quelque démêlé avec le Roi. Nous savions les jalousies qu'il avait eues du maréchal de Brissac pendant qu'il avait été à la Cour ; mais il était retourné en Piémont depuis quelques jours, et nous ne pouvions imaginer le sujet de cette brouillerie[2].

« Comme j'en parlais avec Sancerre, M. d'Anville arriva dans la salle et me dit tout bas que le Roi était dans une affliction et dans une colère qui faisaient pitié ; qu'en un raccommodement[3], qui s'était fait entre lui et Mme de Valentinois, il y avait quelques jours, sur des démêlés qu'ils avaient eus pour le maréchal de Brissac, le Roi lui avait donné une bague et l'avait priée de la porter ; que, pendant qu'elle s'habillait pour venir à la comédie, il avait remarqué

1. **Vivait dans une retraite** : vivait loin de la vie mondaine.
2. **Brouillerie** : dispute.
3. **Raccommodement** : réconciliation.

qu'elle n'avait point cette bague, et lui en avait demandé la raison ; qu'elle avait paru étonnée de ne la pas avoir, qu'elle l'avait demandée à ses femmes, lesquelles, par malheur, ou faute d'être bien instruites, avaient répondu qu'il y avait quatre ou cinq jours qu'elles ne l'avaient vue.

« Ce temps est précisément celui du départ du maréchal de Brissac, continua M. d'Anville ; le Roi n'a point douté qu'elle ne lui ait donné la bague en lui disant adieu. Cette pensée a réveillé si vivement toute cette jalousie, qui n'était pas encore bien éteinte, qu'il s'est emporté contre son ordinaire[1] et lui a fait mille reproches. Il vient de rentrer chez lui très affligé ; mais je ne sais s'il l'est davantage de l'opinion que Mme de Valentinois a sacrifié[2] sa bague que de la crainte de lui avoir déplu par sa colère.

« Sitôt que M. d'Anville eut achevé de me conter cette nouvelle, je me rapprochai de Sancerre pour la lui apprendre ; je la lui dis comme un secret que l'on venait de me confier et dont je lui défendais de parler.

« Le lendemain matin, j'allai d'assez bonne heure chez ma belle-sœur ; je trouvai Mme de Tournon au chevet de son lit. Elle n'aimait pas Mme de Valentinois, et elle savait bien que ma belle-sœur n'avait pas sujet de s'en louer. Sancerre avait été chez elle au sortir de la comédie. Il lui avait appris la brouillerie du Roi avec cette duchesse, et Mme de Tournon était venue la conter à ma belle-sœur, sans savoir ou sans faire réflexion[3] que c'était moi qui l'avais apprise à son amant.

« Sitôt que je m'approchai de ma belle-sœur, elle dit à Mme de Tournon que l'on pouvait me confier ce qu'elle venait de lui dire et, sans attendre la permission de Mme de Tournon, elle me conta mot pour mot tout ce que j'avais dit à Sancerre le soir précédent. Vous pouvez juger comme j'en fus étonné. Je regardai Mme de Tournon, elle me parut embarrassée. Son embarras me donna du

1. **Contre son ordinaire**: contrairement à ses habitudes.
2. **Sacrifié**: renoncé à.
3. **Sans faire réflexion**: sans imaginer.

soupçon ; je n'avais dit la chose qu'à Sancerre, il m'avait quitté au sortir de la comédie sans m'en dire la raison ; je me souvins de lui avoir ouï extrêmement louer Mme de Tournon. Toutes ces choses m'ouvrirent les yeux, et je n'eus pas de peine à démêler qu'il avait une galanterie avec elle et qu'il l'avait vue depuis qu'il m'avait quitté.

« Je fus si piqué[1] de voir qu'il me cachait cette aventure que je dis plusieurs choses qui firent connaître à Mme de Tournon l'imprudence qu'elle avait faite ; je la remis à son carrosse et je l'assurai, en la quittant, que j'enviais le bonheur de celui qui lui avait appris la brouillerie du Roi et de Mme de Valentinois.

« Je m'en allai à l'heure même trouver Sancerre, je lui fis des reproches et je lui dis que je savais sa passion pour Mme de Tournon, sans lui dire comment je l'avais découverte. Il fut contraint de me l'avouer ; je lui contai ensuite ce qui me l'avait apprise, et il m'apprit aussi le détail de leur aventure ; il me dit que, quoiqu'il fût cadet de sa maison, et très éloigné de pouvoir prétendre[2] un aussi bon parti, que néanmoins elle était résolue de l'épouser. L'on ne peut être plus surpris que je le fus. Je dis à Sancerre de presser la conclusion de son mariage, et qu'il n'y avait rien qu'il ne dût craindre d'une femme qui avait l'artifice[3] de soutenir, aux yeux du public, un personnage[4] si éloigné de la vérité. Il me répondit qu'elle avait été véritablement affligée, mais que l'inclination qu'elle avait eue pour lui avait surmonté cette affliction, et qu'elle n'avait pu laisser paraître tout d'un coup un si grand changement. Il me dit encore plusieurs autres raisons pour l'excuser, qui me firent voir à quel point il en était amoureux ; il m'assura qu'il la ferait consentir que je susse la passion qu'il avait pour elle, puisque aussi bien c'était elle-même qui me l'avait apprise. Il l'y obligea en effet,

1. **Piqué** : fâché, irrité.
2. **Prétendre** : aspirer à.
3. **Artifice** : habileté.
4. **Soutenir [...] un personnage** : jouer un rôle.

quoique avec beaucoup de peine, et je fus ensuite très avant[1] dans leur confidence.

« Je n'ai jamais vu une femme avoir une conduite si honnête et si agréable à l'égard de son amant; néanmoins j'étais toujours choqué de son affectation[2] à paraître encore affligée. Sancerre était si amoureux et si content de la manière dont elle en usait pour lui qu'il n'osait quasi la presser de conclure leur mariage, de peur qu'elle ne crût qu'il le souhaitait plutôt par intérêt que par une véritable passion. Il lui en parla toutefois, et elle lui parut résolue à l'épouser; elle commença même à quitter cette retraite où elle vivait et à se remettre dans le monde[3]. Elle venait chez ma belle-sœur à des heures où une partie de la cour s'y trouvait. Sancerre n'y venait que rarement, mais ceux qui y étaient tous les soirs, et qui l'y voyaient souvent, la trouvaient très aimable.

« Peu de temps après qu'elle eut commencé à quitter sa solitude, Sancerre crut voir quelque refroidissement dans la passion qu'elle avait pour lui. Il m'en parla plusieurs fois sans que je fisse aucun fondement sur[4] ses plaintes; mais, à la fin, comme il me dit qu'au lieu d'achever leur mariage, elle semblait l'éloigner, je commençai à croire qu'il n'avait pas de tort d'avoir de l'inquiétude. Je lui répondis que, quand la passion de Mme de Tournon diminuerait après avoir duré deux ans, il ne faudrait pas s'en étonner; que quand même, sans être diminuée, elle ne serait pas assez forte pour l'obliger à l'épouser, qu'il ne devrait pas s'en plaindre; que ce mariage, à l'égard du public, lui ferait un extrême tort, non seulement parce qu'il n'était pas un assez bon parti pour elle, mais par le préjudice qu'il apporterait à sa réputation; qu'ainsi tout ce qu'il pouvait souhaiter, était qu'elle ne le trompât point et qu'elle ne lui donnât pas de fausses espérances. Je lui dis encore que, si elle n'avait pas la force de l'épouser ou qu'elle lui avouât qu'elle

---

1. **Très avant** : pleinement.
2. **Affectation** : attitude feinte.
3. **Se remettre dans le monde** : fréquenter à nouveau la cour.
4. **Sans que je fisse aucun fondement sur** : sans accorder aucun crédit à.

en aimait quelque autre, il ne fallait point qu'il s'emportât, ni qu'il se plaignît; mais qu'il devrait conserver pour elle de l'estime et de la reconnaissance.

« Je vous donne, lui dis-je, le conseil que je prendrais pour moi-même; car la sincérité me touche d'une telle sorte que je crois que si ma maîtresse, et même ma femme, m'avouait que quelqu'un lui plût, j'en serais affligé sans en être aigri. Je quitterais le personnage d'amant ou de mari, pour la conseiller et pour la plaindre.

Ces paroles firent rougir Mme de Clèves, et elle y trouva un certain rapport avec l'état où elle était, qui la surprit et qui lui donna un trouble dont elle fut longtemps à se remettre.

– Sancerre parla à Mme de Tournon, continua M. de Clèves, il lui dit tout ce que je lui avais conseillé; mais elle le rassura avec tant de soin et parut si offensée de ses soupçons qu'elle les lui ôta entièrement. Elle remit néanmoins leur mariage après un voyage qu'il allait faire et qui devait être assez long; mais elle se conduisit si bien jusqu'à son départ et en parut si affligée que je crus, aussi bien que lui, qu'elle l'aimait véritablement. Il partit il y a environ trois mois; pendant son absence, j'ai peu vu Mme de Tournon: vous m'avez entièrement occupé et je savais seulement qu'il devait bientôt revenir.

« Avant-hier, en arrivant à Paris, j'appris qu'elle était morte; j'envoyai savoir chez lui si on n'avait point eu de ses nouvelles. On me manda qu'il était arrivé dès la veille, qui était précisément le jour de la mort de Mme de Tournon. J'allai le voir à l'heure même, me doutant bien de l'état où je le trouverais; mais son affliction passait de beaucoup ce que je m'en étais imaginé.

« Je n'ai jamais vu une douleur si profonde et si tendre; dès le moment qu'il me vit, il m'embrassa, fondant en larmes: Je ne la verrai plus, me dit-il, je ne la verrai plus, elle est morte! Je n'en étais pas digne; mais je la suivrai bientôt!

« Après cela il se tut; et puis, de temps en temps, redisant toujours: elle est morte, et je ne la verrai plus! il revenait aux cris et aux larmes, et demeurait comme un homme qui n'avait plus de raison.

Il me dit qu'il n'avait pas reçu souvent de ses lettres pendant son absence, mais qu'il ne s'en était pas étonné, parce qu'il la connaissait et qu'il savait la peine qu'elle avait à hasarder[1] de ses lettres. Il ne doutait point qu'il ne l'eût épousée à son retour ; il la regardait comme la plus aimable et la plus fidèle personne qui eût jamais été ; il s'en croyait tendrement aimé ; il la perdait dans le moment qu'il pensait s'attacher à elle pour jamais. Toutes ces pensées le plongeaient dans une affliction violente dont il était entièrement accablé ; et j'avoue que je ne pouvais m'empêcher d'en être touché.

« Je fus néanmoins contraint de le quitter pour aller chez le Roi ; je lui promis que je reviendrais bientôt. Je revins en effet, et je ne fus jamais si surpris que de le trouver tout différent de ce que je l'avais quitté. Il était debout dans sa chambre, avec un visage furieux, marchant et s'arrêtant comme s'il eût été hors de lui-même. Venez, venez, me dit-il, venez voir l'homme du monde le plus désespéré ; je suis plus malheureux mille fois que je n'étais tantôt, et ce que je viens d'apprendre de Mme de Tournon est pire que sa mort.

« Je crus que la douleur le troublait entièrement et je ne pouvais m'imaginer qu'il y eût quelque chose de pire que la mort d'une maîtresse que l'on aime et dont on est aimé. Je lui dis que tant que son affliction avait eu des bornes, je l'avais approuvée, et que j'y étais entré[2] ; mais que je ne le plaindrais plus s'il s'abandonnait au désespoir et s'il perdait la raison.

« Je serais trop heureux de l'avoir perdue, et la vie aussi, s'écria-t-il : Mme de Tournon m'était infidèle et j'apprends son infidélité et sa trahison le lendemain que j'ai appris sa mort, dans un temps où mon âme est remplie et pénétrée de la plus vive douleur et de la plus tendre amour[3] que l'on ait jamais senties ; dans un temps où son idée est dans mon cœur comme la plus parfaite chose qui ait jamais été, et la plus parfaite à mon égard, je trouve que je me suis trompé et qu'elle ne mérite pas que je la pleure ; cependant j'ai la même

---

1. **Hasarder** : se risquer à.
2. **J'y étais entré** : j'y avais consenti.
3. Le mot « amour » est féminin ou masculin à cette époque.

affliction de sa mort que si elle m'était fidèle et je sens son infidélité comme si elle n'était point morte. Si j'avais appris son changement devant[1] sa mort, la jalousie, la colère, la rage m'auraient rempli et m'auraient endurci en quelque sorte contre la douleur de sa perte ; mais je suis dans un état où je ne puis ni m'en consoler, ni la haïr.

« Vous pouvez juger si je fus surpris de ce que me disait Sancerre ; je lui demandai comment il avait su ce qu'il venait de me dire. Il me conta qu'un moment après que j'étais sorti de sa chambre, Estouteville, qui est son ami intime, mais qui ne savait pourtant rien de son amour pour Mme de Tournon, l'était venu voir ; que, d'abord qu'il[2] avait été assis, il avait commencé à pleurer et qu'il lui avait dit qu'il lui demandait pardon de lui avoir caché ce qu'il lui allait apprendre ; qu'il le priait d'avoir pitié de lui ; qu'il venait lui ouvrir son cœur et qu'il voyait l'homme du monde le plus affligé de la mort de Mme de Tournon.

« Ce nom, me dit Sancerre, m'a tellement surpris que, quoique mon premier mouvement ait été de lui dire que j'en étais plus affligé que lui, je n'ai pas eu néanmoins la force de parler. Il a continué, et m'a dit qu'il était amoureux d'elle depuis six mois ; qu'il avait toujours voulu me le dire, mais qu'elle le lui avait défendu expressément et avec tant d'autorité qu'il n'avait osé lui désobéir ; qu'il lui avait plu quasi dans le même temps qu'il l'avait aimée ; qu'ils avaient caché leur passion à tout le monde ; qu'il n'avait jamais été chez elle publiquement ; qu'il avait eu le plaisir de la consoler de la mort de son mari ; et qu'enfin il l'allait épouser dans le temps qu'elle était morte ; mais que ce mariage, qui était un effet de passion, aurait paru un effet de devoir et d'obéissance ; qu'elle avait gagné son père[3] pour se faire commander de l'épouser, afin qu'il n'y eût pas un trop grand changement dans sa conduite, qui avait été si éloignée de se remarier.

1. **Devant** : avant.
2. **D'abord qu'il** : dès qu'il.
3. **Elle avait gagné son père** : elle avait obtenu de son père.

« Tant qu'Estouteville m'a parlé, me dit Sancerre, j'ai ajouté foi à ses paroles, parce que j'y ai trouvé de la vraisemblance et que le temps où il m'a dit qu'il avait commencé à aimer Mme de Tournon est précisément celui où elle m'a paru changée ; mais un moment après, je l'ai cru un menteur ou du moins un visionnaire[1]. J'ai été prêt à le lui dire, j'ai passé ensuite à[2] vouloir m'éclaircir[3], je l'ai questionné, je lui ai fait paraître des doutes ; enfin j'ai tant fait pour m'assurer de mon malheur qu'il m'a demandé si je connaissais l'écriture de Mme de Tournon. Il a mis sur mon lit quatre de ses lettres et son portrait ; mon frère est entré dans ce moment, Estouteville avait le visage si plein de larmes qu'il a été contraint de sortir pour ne se pas laisser voir ; il m'a dit qu'il reviendrait ce soir requérir[4] ce qu'il me laissait ; et moi je chassai mon frère, sur le prétexte de me trouver mal, par l'impatience de voir ces lettres que l'on m'avait laissées, et espérant d'y trouver quelque chose qui ne me persuaderait[5] pas tout ce qu'Estouteville venait de me dire. Mais hélas ! que n'y ai-je point trouvé ? Quelle tendresse ! quels serments ! quelles assurances de l'épouser ! quelles lettres ! Jamais elle ne m'en a écrit de semblables. Ainsi, ajouta-t-il, j'éprouve à la fois la douleur de la mort et celle de l'infidélité ; ce sont deux maux que l'on a souvent comparés, mais qui n'ont jamais été sentis en même temps par la même personne. J'avoue, à ma honte, que je sens encore plus sa perte que son changement ; je ne puis la trouver assez coupable pour consentir à sa mort. Si elle vivait, j'aurais le plaisir de lui faire des reproches et de me venger d'elle en lui faisant connaître son injustice ; mais je ne la verrai plus, reprenait-il, je ne la verrai plus ; ce mal est le plus grand de tous les maux. Je souhaiterais de lui rendre la vie aux dépens de la mienne. Quel souhait ! si elle revenait, elle

1. **Visionnaire** : fou.
2. **J'ai passé ensuite à** : j'en suis ensuite venu à.
3. **M'éclaircir** : obtenir plus de précisions.
4. **Requérir** : rechercher.
5. **Persuaderait** : prouverait.

vivrait pour Estouteville. Que j'étais heureux hier ! s'écriait-il, que j'étais heureux ! j'étais l'homme du monde le plus affligé ; mais mon affliction était raisonnable, et je trouvais quelque douceur à penser que je ne devais jamais me consoler. Aujourd'hui, tous mes sentiments sont injustes. Je paye à une passion feinte qu'elle a eue pour moi, le même tribut[1] de douleur que je croyais devoir à une passion véritable. Je ne puis ni haïr, ni aimer sa mémoire ; je ne puis me consoler ni m'affliger. Du moins, me dit-il, en se retournant tout d'un coup vers moi, faites, je vous en conjure, que je ne voie jamais Estouteville ; son nom seul me fait horreur. Je sais bien que je n'ai nul sujet de m'en plaindre ; c'est ma faute de lui avoir caché que j'aimais Mme de Tournon ; s'il l'eût su il ne s'y serait peut-être pas attaché, elle ne m'aurait pas été infidèle ; il est venu me chercher pour me confier sa douleur ; il me fait pitié. Eh ! c'est avec raison, s'écriait-il ; il aimait Mme de Tournon, il en était aimé et il ne la verra jamais ; je sens bien néanmoins que je ne saurais m'empêcher de le haïr. Et encore une fois, je vous conjure de faire en sorte que je ne le voie point.

« Sancerre se remit ensuite à pleurer, à regretter Mme de Tournon, à lui parler et à lui dire les choses du monde les plus tendres ; il repassa ensuite à la haine, aux plaintes, aux reproches et aux imprécations[2] contre elle. Comme je le vis dans un état si violent, je connus[3] bien qu'il me fallait quelque secours pour m'aider à calmer son esprit. J'envoyai quérir son frère que je venais de quitter chez le Roi ; j'allai lui parler dans l'antichambre avant qu'il entrât et je lui contai l'état où était Sancerre. Nous donnâmes des ordres pour empêcher qu'il ne vît Estouteville et nous employâmes une partie de la nuit à tâcher de le rendre capable de raison. Ce matin je l'ai encore trouvé plus affligé ; son frère est demeuré auprès de lui, et je suis revenu auprès de vous.

---

1. **Tribut** : quantité.
2. **Imprécations** : menaces.
3. **Je connus** : je jugeai.

L'on ne peut être plus surprise que je le suis, dit alors Mme de Clèves, et je croyais Mme de Tournon incapable d'amour et de tromperie.

L'adresse et la dissimulation, reprit M. de Clèves, ne peuvent aller plus loin qu'elle les a portées. Remarquez que, quand Sancerre crut qu'elle était changée pour lui, elle l'était véritablement et qu'elle commençait à aimer Estouteville. Elle disait à ce dernier qu'il la consolait de la mort de son mari et que c'était lui qui était cause qu'elle quittait cette grande retraite ; et il paraissait à Sancerre que c'était parce que nous avions résolu qu'elle ne témoignerait plus d'être si affligée. Elle faisait valoir à Estouteville de cacher leur intelligence[1] et de paraître obligée à l'épouser par le commandement de son père, comme un effet du soin[2] qu'elle avait de sa réputation ; et c'était pour abandonner Sancerre sans qu'il eût sujet de s'en plaindre. Il faut que je m'en retourne, continua M. de Clèves, pour voir ce malheureux et je crois qu'il faut que vous reveniez aussi à Paris. Il est temps que vous voyiez le monde[3], et que vous receviez ce nombre infini de visites dont aussi bien vous ne sauriez vous dispenser.

Mme de Clèves consentit à son retour et elle revint le lendemain. Elle se trouva plus tranquille sur M. de Nemours qu'elle n'avait été ; tout ce que lui avait dit Mme de Chartres en mourant, et la douleur de sa mort, avaient fait une suspension[4] à ses sentiments, qui lui faisait croire qu'ils étaient entièrement effacés.

Dès le même soir qu'elle fut arrivée, Mme la Dauphine la vint voir, et après lui avoir témoigné la part qu'elle avait prise à son affliction, elle lui dit que, pour la détourner de ces tristes pensées, elle voulait l'instruire de tout ce qui s'était passé à la Cour en son absence ; elle lui conta ensuite plusieurs choses particulières.

---

1. **Intelligence** : complicité.
2. **Soin** : inquiétude.
3. **Vous voyiez le monde** : vous reparaissiez à la cour.
4. **Avaient fait une suspension** : avaient mis fin temporairement.

– Mais ce que j'ai le plus d'envie de vous apprendre, ajouta-t-elle, c'est qu'il est certain que M. de Nemours est passionnément amoureux et que ses amis les plus intimes, non seulement ne sont point dans sa confidence, mais qu'ils ne peuvent deviner qui est la personne qu'il aime.

Cependant cet amour est assez fort pour lui faire négliger ou abandonner, pour mieux dire, les espérances d'une couronne.

Mme la Dauphine conta ensuite tout ce qui s'était passé sur l'Angleterre.

– J'ai appris ce que je viens de vous dire, continua-t-elle, de M. d'Anville ; et il m'a dit ce matin que le Roi envoya quérir, hier au soir, M. de Nemours, sur des lettres de Lignerolles, qui demande à revenir, et qui écrit au roi qu'il ne peut plus soutenir auprès de la reine d'Angleterre les retardements[1] de M. de Nemours ; qu'elle commence à s'en offenser, et qu'encore qu'elle n'eût point donné de parole positive, elle en avait assez dit pour faire hasarder un voyage. Le Roi lut cette lettre à M. de Nemours qui, au lieu de parler sérieusement, comme il avait fait dans les commencements, ne fit que rire, que badiner[2] et se moquer des espérances de Lignerolles. Il dit que toute l'Europe condamnerait son imprudence s'il hasardait d'aller en Angleterre comme un prétendu mari de la Reine sans être assuré du succès. “Il me semble aussi, ajouta-t-il, que je prendrais mal mon temps de faire ce voyage présentement que le roi d'Espagne fait de si grandes instances[3] pour épouser cette reine. Ce ne serait peut-être pas un rival bien redoutable dans une galanterie ; mais je pense que dans un mariage Votre Majesté ne me conseillerait pas de lui disputer quelque chose. – Je vous le conseillerais en cette occasion, reprit le Roi ; mais vous n'aurez rien à lui disputer ; je sais qu'il a d'autres pensées ; et, quand il n'en aurait pas, la reine Marie s'est trop mal trouvée du joug[4] de

1. **Retardements** : retards, atermoiements.
2. **Badiner** : plaisanter.
3. **Instances** : sollicitations.
4. **Joug** : domination.

l'Espagne pour croire que sa sœur le veuille reprendre et qu'elle se laisse éblouir à l'éclat de tant de couronnes jointes ensemble. – Si elle ne s'en laisse pas éblouir, repartit M. de Nemours, il y a apparence qu'elle voudra se rendre heureuse par l'amour. Elle a aimé le milord Courtenay, il y a déjà quelques années; il était aussi aimé de la reine Marie, qui l'aurait épousé, du consentement de toute l'Angleterre, sans qu'elle connût que la jeunesse et la beauté de sa sœur Élisabeth le touchaient davantage que l'espérance de régner. Votre Majesté sait que les violentes jalousies qu'elle en eut la portèrent à les mettre l'un et l'autre en prison, à exiler ensuite le milord Courtenay, et la déterminèrent enfin à épouser le roi d'Espagne. Je crois qu'Élisabeth, qui est présentement sur le trône, rappellera bientôt ce milord, et qu'elle choisira un homme qu'elle a aimé, qui est fort aimable, qui a tant souffert pour elle, plutôt qu'un autre qu'elle n'a jamais vu. – Je serais de votre avis, repartit le Roi, si Courtenay vivait encore; mais j'ai su, depuis quelques jours, qu'il est mort à Padoue, où il était relégué[1]. Je vois bien, ajouta-t-il en quittant M. de Nemours, qu'il faudrait faire votre mariage comme on ferait celui de M. le Dauphin, et envoyer épouser la reine d'Angleterre par des ambassadeurs[2]."

« M. d'Anville et M. le vidame, qui étaient chez le Roi avec M. de Nemours, sont persuadés que c'est cette même passion dont il est occupé, qui le détourne d'un si grand dessein. Le Vidame, qui le voit de plus près que personne, a dit à Mme de Martigues que ce prince est tellement changé qu'il ne le reconnaît plus; et ce qui l'étonne davantage c'est qu'il ne lui voit aucun commerce, ni aucunes heures particulières où il se dérobe, en sorte qu'il croit qu'il n'a point d'intelligence avec la personne qu'il aime; et c'est ce qui fait méconnaître[3] M. de Nemours de lui voir aimer une femme qui ne répond point à son amour.

---

1. **Relégué** : exilé.
2. **Envoyer épouser la reine d'Angleterre par des ambassadeurs** : célébrer le mariage par procuration.
3. **Méconnaître** : ne pas reconnaître.

Quel poison, pour Mme de Clèves, que le discours de Mme la Dauphine ! Le moyen de[1] ne se pas reconnaître pour cette personne dont on ne savait point le nom et le moyen de n'être pas pénétrée de reconnaissance et de tendresse, en apprenant, par une voie qui ne lui pouvait être suspecte, que ce prince, qui touchait déjà son cœur, cachait sa passion à tout le monde et négligeait pour l'amour d'elle les espérances d'une couronne ? Aussi ne peut-on représenter ce qu'elle sentit, et le trouble qui s'éleva dans son âme. Si Mme la Dauphine l'eût regardée avec attention, elle eût aisément remarqué que les choses qu'elle venait de dire ne lui étaient pas indifférentes ; mais, comme elle n'avait aucun soupçon de la vérité, elle continua de parler, sans y faire de réflexion.

– M. d'Anville, ajouta-t-elle, qui, comme je vous viens de dire, m'a appris tout ce détail, m'en croit mieux instruite que lui ; et il a une si grande opinion de mes charmes qu'il est persuadé que je suis la seule personne qui puisse faire de si grands changements en M. de Nemours. Ces dernières paroles de Mme la Dauphine donnèrent une autre sorte de trouble à Mme de Clèves, que celui qu'elle avait eu quelques moments auparavant.

– Je serais aisément de l'avis de M. d'Anville, répondit-elle ; et il y a beaucoup d'apparence, Madame, qu'il ne faut pas moins qu'une princesse telle que vous pour faire mépriser la reine d'Angleterre.

– Je vous l'avouerais si je le savais, repartit Mme la Dauphine, et je le saurais s'il était véritable. Ces sortes de passions n'échappent point à la vue de celles qui les causent ; elles s'en aperçoivent les premières. M. de Nemours ne m'a jamais témoigné que de légères complaisances[2], mais il y a néanmoins une si grande différence de la manière dont il a vécu avec moi à celle dont il y vit présentement que je puis vous répondre que je ne suis pas la cause de l'indifférence qu'il a pour la couronne d'Angleterre.

1. **Le moyen de** : comment.
2. **Complaisances** : gentillesses.

«Je m'oublie avec vous, ajouta Mme la Dauphine, et je ne me souviens pas qu'il faut que j'aille voir Madame. Vous savez que la paix est quasi conclue ; mais vous ne savez pas que le roi d'Espagne n'a voulu passer aucun article qu'à condition d'épouser cette princesse[1], au lieu du prince don Carlos, son fils. Le Roi a eu beaucoup de peine à s'y résoudre ; enfin il y a consenti, et il est allé tantôt annoncer cette nouvelle à Madame. Je crois qu'elle sera inconsolable ; ce n'est pas une chose qui puisse plaire d'épouser un homme de l'âge et de l'humeur du roi d'Espagne, surtout à elle qui a toute la joie que donne la première jeunesse jointe à la beauté et qui s'attendait d'épouser un jeune prince pour qui elle a de l'inclination sans l'avoir vu. Je ne sais si le Roi trouvera en elle toute l'obéissance qu'il désire ; il m'a chargée de la voir parce qu'il sait qu'elle m'aime et qu'il croit que j'aurai quelque pouvoir sur son esprit. Je ferai ensuite une autre visite bien différente : j'irai me réjouir avec Madame sœur du Roi. Tout est arrêté pour son mariage avec M. de Savoie ; et il sera ici dans peu de temps. Jamais personne de l'âge de cette princesse n'a eu une joie si entière de se marier. La Cour va être plus belle et plus grosse qu'on ne l'a jamais vue ; et, malgré votre affliction, il faut que vous veniez nous aider à faire voir aux étrangers que nous n'avons pas de médiocres beautés.

Après ces paroles, Mme la Dauphine quitta Mme de Clèves et, le lendemain, le mariage de Madame fut su de tout le monde. Les jours suivants, le Roi et les reines allèrent voir Mme de Clèves. M. de Nemours, qui avait attendu son retour avec une extrême impatience et qui souhaitait ardemment de lui pouvoir parler sans témoins, attendit pour aller chez elle l'heure que tout le monde en sortirait et qu'apparemment il ne reviendrait plus personne. Il réussit dans son dessein et il arriva comme les dernières visites en sortaient.

Cette princesse était sur son lit, il faisait chaud, et la vue de M. de Nemours acheva de lui donner une rougeur qui ne diminuait pas sa beauté. Il s'assit vis-à-vis d'elle, avec cette crainte et cette timidité

---

1. **Cette princesse** : Élisabeth de France.

que donnent les véritables passions. Il demeura quelque temps sans pouvoir parler. Mme de Clèves n'était pas moins interdite[1], de sorte qu'ils gardèrent assez longtemps le silence. Enfin M. de Nemours prit la parole et lui fit des compliments[2] sur son affliction ; Mme de Clèves, étant bien aise de continuer la conversation sur ce sujet, parla assez longtemps de la perte qu'elle avait faite ; et enfin, elle dit que, quand le temps aurait diminué la violence de sa douleur, il lui en demeurerait toujours une si forte impression que son humeur en serait changée.

– Les grandes afflictions et les passions violentes, repartit M. de Nemours, font de grands changements dans l'esprit ; et, pour moi, je ne me reconnais pas depuis que je suis revenu de Flandre. Beaucoup de gens ont remarqué ce changement, et même Mme la Dauphine m'en parlait encore hier.

– Il est vrai, repartit Mme de Clèves, qu'elle l'a remarqué, et je crois lui en avoir ouï dire quelque chose.

– Je ne suis pas fâché, Madame, répliqua M. de Nemours, qu'elle s'en soit aperçue, mais je voudrais qu'elle ne fût pas seule à s'en apercevoir. Il y a des personnes à qui on n'ose donner d'autres marques de la passion qu'on a pour elles que par les choses qui ne les regardent point ; et, n'osant leur faire paraître qu'on les aime, on voudrait du moins qu'elles vissent que l'on ne veut être aimé de personne. L'on voudrait qu'elles sussent qu'il n'y a point de beauté, dans quelque rang qu'elle pût être, que l'on ne regardât avec indifférence, et qu'il n'y a point de couronne que l'on voulût acheter au prix de ne les voir jamais. Les femmes jugent d'ordinaire de la passion qu'on a pour elles, continua-t-il, par le soin qu'on prend de leur plaire et de les chercher ; mais ce n'est pas une chose difficile pour peu qu'elles soient aimables ; ce qui est difficile, c'est de ne s'abandonner pas au plaisir de les suivre ; c'est de les éviter, par la peur de laisser paraître au public, et quasi à elles-mêmes, les

1. **Interdite** : troublée.
2. **Lui fit des compliments** : lui adressa des paroles de condoléances.

sentiments que l'on a pour elles. Et ce qui marque encore mieux un véritable attachement, c'est de devenir entièrement opposé à ce que l'on était, et de n'avoir plus d'ambition, ni de plaisir, après avoir été toute sa vie occupé de l'un et de l'autre.

Mme de Clèves entendait[1] aisément la part qu'elle avait à ces paroles. Il lui semblait qu'elle devait y répondre et ne les pas souffrir. Il lui semblait aussi qu'elle ne devait pas les entendre, ni témoigner qu'elle les prît pour elle. Elle croyait devoir parler et croyait ne devoir rien dire. Le discours de M. de Nemours lui plaisait et l'offensait quasi également ; elle y voyait la confirmation de tout ce que lui avait fait penser Mme la Dauphine ; elle y trouvait quelque chose de galant et de respectueux, mais aussi quelque chose de hardi et de trop intelligible. L'inclination qu'elle avait pour ce prince lui donnait un trouble dont elle n'était pas maîtresse. Les paroles les plus obscures d'un homme qui plaît donnent plus d'agitation que des déclarations ouvertes d'un homme qui ne plaît pas. Elle demeurait donc sans répondre, et M. de Nemours se fût aperçu de son silence, dont il n'aurait peut-être pas tiré de mauvais présages, si l'arrivée de M. de Clèves n'eût fini la conversation et sa visite.

Ce prince venait conter à sa femme des nouvelles de Sancerre ; mais elle n'avait pas une grande curiosité pour la suite de cette aventure. Elle était si préoccupée de ce qui se venait de passer qu'à peine pouvait-elle cacher la distraction de son esprit. Quand elle fut en liberté de rêver, elle connut[2] bien qu'elle s'était trompée lorsqu'elle avait cru n'avoir plus que de l'indifférence pour M. de Nemours. Ce qu'il lui avait dit avait fait toute l'impression qu'il pouvait souhaiter et l'avait entièrement persuadée de sa passion. Les actions de ce prince s'accordaient trop bien avec ses paroles pour laisser quelque doute à cette princesse. Elle ne se flatta plus de l'espérance de ne le pas aimer ; elle songea seulement à ne lui en donner jamais aucune marque. C'était une entreprise difficile,

1. **Entendait** : comprenait.
2. **Connut** : admit.

dont elle connaissait déjà les peines ; elle savait que le seul moyen d'y réussir était d'éviter la présence de ce prince ; et, comme son deuil lui donnait lieu[1] d'être plus retirée[2] que de coutume, elle se servit de ce prétexte pour n'aller plus dans les lieux où il la pouvait voir. Elle était dans une tristesse profonde ; la mort de sa mère en paraissait la cause, et l'on n'en cherchait point d'autre.

M. de Nemours était désespéré de ne la voir presque plus ; et, sachant qu'il ne la trouverait dans aucune assemblée et dans aucun des divertissements où était toute la cour, il ne pouvait se résoudre d'y paraître ; il feignit une grande passion pour la chasse et il en faisait des parties les mêmes jours qu'il y avait des assemblées chez les reines. Une légère maladie lui servit longtemps de prétexte pour demeurer chez lui et pour éviter d'aller dans tous les lieux où il savait bien que Mme de Clèves ne serait pas.

M. de Clèves fut malade à peu près dans le même temps. Mme de Clèves ne sortit point de sa chambre pendant son mal ; mais, quand il se porta mieux, qu'il vit du monde, et entre autres M. de Nemours qui, sur le prétexte d'être encore faible, y passait la plus grande partie du jour, elle trouva qu'elle n'y pouvait plus demeurer ; elle n'eut pas néanmoins la force d'en sortir les premières fois qu'il y vint. Il y avait trop longtemps qu'elle ne l'avait vu, pour se résoudre à ne le voir pas. Ce prince trouva le moyen de lui faire entendre par des discours qui ne semblaient que généraux, mais qu'elle entendait néanmoins parce qu'ils avaient du rapport à ce qu'il lui avait dit chez elle, qu'il allait à la chasse pour rêver et qu'il n'allait point aux assemblées parce qu'elle n'y était pas.

Elle exécuta enfin la résolution qu'elle avait prise de sortir de chez son mari lorsqu'il y serait ; ce fut toutefois en se faisant une extrême violence. Ce prince vit bien qu'elle le fuyait, et en fut sensiblement touché.

1. **Donnait lieu** : donnait l'occasion.
2. **Retirée** : isolée.

M. de Clèves ne prit pas garde d'abord à la conduite de sa femme; mais enfin il s'aperçut qu'elle ne voulait pas être dans sa chambre lorsqu'il y avait du monde. Il lui en parla, et elle lui répondit qu'elle ne croyait pas que la bienséance voulût qu'elle fût tous les soirs avec ce qu'il y avait de plus jeune à la Cour; qu'elle le suppliait de trouver bon qu'elle fît une vie plus retirée qu'elle n'avait accoutumé[1]; que la vertu et la présence de sa mère autorisaient beaucoup de choses qu'une femme de son âge ne pouvait soutenir[2].

M. de Clèves, qui avait naturellement beaucoup de douceur et de complaisance pour sa femme, n'en eut pas en cette occasion, et il lui dit qu'il ne voulait pas absolument[3] qu'elle changeât de conduite. Elle fut prête de lui dire que le bruit[4] était dans le monde que M. de Nemours était amoureux d'elle; mais elle n'eut pas la force de le nommer. Elle sentit aussi de la honte de se vouloir servir d'une fausse raison et de déguiser la vérité à un homme qui avait si bonne opinion d'elle.

Quelques jours après, le Roi était chez la Reine à l'heure du cercle; l'on parla des horoscopes et des prédictions[5]. Les opinions étaient partagées sur la croyance que l'on y devait donner. La Reine y ajoutait beaucoup de foi; elle soutint qu'après tant de choses qui avaient été prédites, et que l'on avait vu arriver, on ne pouvait douter qu'il n'y eût quelque certitude dans cette science. D'autres soutenaient que, parmi ce nombre infini de prédictions, le peu qui se trouvaient véritables faisait bien voir que ce n'était qu'un effet du hasard.

J'ai eu autrefois beaucoup de curiosité pour l'avenir, dit le Roi; mais on m'a dit tant de choses fausses et si peu vraisemblables que je suis demeuré convaincu que l'on ne peut rien savoir de véritable. Il y a quelques années qu'il vint ici un homme d'une grande réputation

1. **Elle n'avait accoutumé** : elle n'avait l'habitude.
2. **Soutenir** : endurer.
3. **Pas absolument** : absolument pas.
4. **Bruit** : rumeur.
5. Au XVIIe siècle, l'astrologie, jusqu'alors considérée comme une science, est remise en cause par les progrès de l'astronomie.

dans l'astrologie. Tout le monde l'alla voir ; j'y allai comme les autres, mais sans lui dire qui j'étais, et je menai M. de Guise et d'Escars ; je les fis passer les premiers. L'astrologue néanmoins s'adressa d'abord à moi, comme s'il m'eût jugé le maître des autres. Peut-être qu'il me connaissait ; cependant il me dit une chose qui ne me convenait pas s'il m'eût connu. Il me prédit que je serais tué en duel. Il dit ensuite à de Guise qu'il serait tué par-derrière et à d'Escars qu'il aurait la tête cassée d'un coup de pied de cheval. M. de Guise s'offensa quasi de cette prédiction, comme si on l'eût accusé de devoir fuir. D'Escars ne fut guère satisfait de trouver qu'il devait finir par un accident si malheureux.

Enfin nous sortîmes tous très mal contents de l'astrologue. Je ne sais ce qui arrivera à M. de Guise et à d'Escars ; mais il n'y a guère d'apparence que je sois tué en duel. Nous venons de faire la paix, le roi d'Espagne et moi ; et, quand nous ne l'aurions pas faite, je doute que nous nous battions, et que je le fisse appeler[1] comme le Roi mon père fit appeler Charles-Quint.

Après le malheur que le Roi conta qu'on lui avait prédit, ceux qui avaient soutenu l'astrologie en abandonnèrent le parti et tombèrent d'accord qu'il n'y fallait donner aucune croyance.

– Pour moi, dit tout haut M. de Nemours, je suis l'homme du monde qui dois le moins y en avoir[2] ; – et, se tournant vers Mme de Clèves, auprès de qui il était : – On m'a prédit, lui dit-il tout bas, que je serais heureux par les bontés de la personne du monde pour qui j'aurais la plus violente et la plus respectueuse passion. Vous pouvez juger, Madame, si je dois croire aux prédictions. Mme la Dauphine qui crut, par ce que M. de Nemours avait dit tout haut, que ce qu'il disait tout bas était quelque fausse prédiction qu'on lui avait faite, demanda à ce prince ce qu'il disait à Mme de Clèves. S'il eût eu moins de présence d'esprit, il eût été surpris de cette demande. Mais prenant la parole sans hésiter :

---

1. **Appeler** : provoquer en duel.
2. **Le moins y en avoir** : le moins y croire.

– Je lui disais, Madame, répondit-il, que l'on m'a prédit que je serais élevé à une si haute fortune[1] que je n'oserais même y prétendre.

– Si l'on ne vous a fait que cette prédiction, repartit Mme la Dauphine en souriant, et pensant à l'affaire d'Angleterre, je ne vous conseille pas de décrier[2] l'astrologie, et vous pourriez trouver des raisons pour la soutenir[3].

Mme de Clèves comprit bien ce que voulait dire Mme la Dauphine; mais elle entendait bien aussi que la fortune dont M. de Nemours voulait parler, n'était pas d'être roi d'Angleterre.

Comme il y avait déjà assez longtemps de la mort de sa mère, il fallait qu'elle commençât à paraître dans le monde et à faire sa cour comme elle avait accoutumé. Elle voyait M. de Nemours chez Mme la Dauphine; elle le voyait chez M. de Clèves, où il venait souvent avec d'autres personnes de qualité de son âge, afin de ne se pas faire remarquer; mais elle ne le voyait plus qu'avec un trouble dont il s'apercevait aisément.

Quelque application qu'elle eût à éviter ses regards et à lui parler moins qu'à un autre, il lui échappait de certaines choses qui partaient d'un premier mouvement, qui faisaient juger à ce prince qu'il ne lui était pas indifférent. Un homme moins pénétrant[4] que lui ne s'en fût peut-être pas aperçu; mais il avait déjà été aimé tant de fois qu'il était difficile qu'il ne connût[5] pas quand on l'aimait. Il voyait bien que le chevalier de Guise était son rival, et ce prince connaissait que M. de Nemours était le sien. Il était le seul homme de la Cour qui eût démêlé cette vérité; son intérêt l'avait rendu plus clairvoyant[6] que les autres; la connaissance qu'ils avaient de leurs sentiments leur donnait une aigreur qui paraissait en toutes choses sans éclater néanmoins par aucun démêlé; mais ils étaient

1. **Fortune**: condition.
2. **Décrier**: critiquer.
3. **Soutenir**: défendre.
4. **Pénétrant**: perspicace.
5. **Connût**: s'aperçût.
6. **Clairvoyant**: lucide.

opposés en tout. Ils étaient toujours de différent parti dans les courses de bague, dans les combats, à la barrière[1] et dans tous les divertissements où le Roi s'occupait; et leur émulation était si grande qu'elle ne se pouvait cacher.

L'affaire d'Angleterre revenait souvent dans l'esprit de Mme de Clèves: il lui semblait que M. de Nemours ne résisterait point aux conseils du Roi et aux instances de Lignerolles. Elle voyait avec peine que ce dernier n'était point encore de retour, et elle l'attendait avec impatience. Si elle eût suivi ses mouvements[2], elle se serait informée avec soin de l'état de cette affaire; mais le même sentiment qui lui donnait de la curiosité, l'obligeait à la cacher et elle s'enquérait[3] seulement de la beauté, de l'esprit et de l'humeur de la reine Élisabeth. On apporta un de ses portraits chez le roi, qu'elle trouva plus beau qu'elle n'avait envie de le trouver; et elle ne put s'empêcher de dire qu'il était flatté[4].

– Je ne le crois pas, reprit Mme la Dauphine qui était présente; cette princesse a la réputation d'être belle et d'avoir un esprit fort au-dessus du commun, et je sais bien qu'on me l'a proposée toute ma vie pour exemple. Elle doit être aimable, si elle ressemble à Anne de Boulen[5], sa mère. Jamais femme n'a eu tant de charmes et tant d'agrément dans sa personne et dans son humeur. J'ai ouï dire que son visage avait quelque chose de vif et de singulier, et qu'elle n'avait aucune ressemblance avec les autres beautés anglaises.

– Il me semble aussi, reprit Mme de Clèves, que l'on dit qu'elle était née en France.

– Ceux qui l'ont cru se sont trompés, répondit Mme la Dauphine, et je vais vous conter son histoire en peu de mots. Elle était d'une bonne maison d'Angleterre. Henri VIII avait été amoureux de sa

1. **Barrière**: enclos où a lieu le tournoi.
2. **Mouvements**: impulsions.
3. **S'enquérait**: s'informait.
4. **Flatté**: peint à son avantage.
5. **Anne de Boulen** (1507-1536): seconde femme d'Henri VIII. Accusée d'adultère, elle fut décapitée en 1536.

sœur et de sa mère, et l'on a même soupçonné qu'elle était sa fille. Elle vint ici avec la sœur de Henri VII, qui épousa le roi Louis XII. Cette princesse, qui était jeune et galante, eut beaucoup de peine à quitter la cour de France après la mort de son mari ; mais Anne de Boulen, qui avait les mêmes inclinations que sa maîtresse, ne se put résoudre à en partir. Le feu Roi en était amoureux, et elle demeura fille d'honneur de la reine Claude[1]. Cette reine mourut, et Mme Marguerite[2], sœur du roi, duchesse d'Alençon, et depuis reine de Navarre, dont vous avez vu les contes, la prit auprès d'elle, et elle prit auprès de cette princesse les teintures de la religion nouvelle[3]. Elle retourna ensuite en Angleterre et y charma tout le monde ; elle avait les manières de France qui plaisent à toutes les nations ; elle chantait bien, elle dansait admirablement ; on la mit fille de la reine Catherine d'Aragon[4], et le roi Henri VIII en devint éperdument amoureux.

« Le cardinal de Wolsey, son favori et son premier ministre, avait prétendu au pontificat[5] et, mal satisfait de l'Empereur, qui ne l'avait pas soutenu dans cette prétention, il résolut de s'en venger, et d'unir le roi, son maître, à la France. Il mit dans l'esprit de Henri VIII que son mariage avec la tante de l'Empereur était nul et lui proposa d'épouser la duchesse d'Alençon, dont le mari venait de mourir. Anne de Boulen, qui avait de l'ambition, regarda ce divorce comme un chemin qui la pouvait conduire au trône. Elle commença à donner au roi d'Angleterre des impressions[6] de la religion de Luther et engagea le feu Roi à favoriser à Rome le divorce de Henri, sur l'espérance du mariage de Mme d'Alençon. Le cardinal de Wolsey se fit députer[7] en France sur d'autres prétextes pour traiter cette

---

1. **Reine Claude** : Claude de France (1499-1524), femme de François Ier.
2. **Mme Marguerite** : Marguerite de Navarre (1492-1549), sœur de François Ier, elle est l'auteur de *L'Heptaméron*, un recueil de nouvelles.
3. **Les teintures de la religion nouvelle** : l'influence du protestantisme.
4. **Catherine d'Aragon** (1485-1536) : première épouse d'Henri VIII, répudiée en 1533.
5. **Avait prétendu au pontificat** : souhaitait devenir pape.
6. **Donner [...] des impressions** : expliquer les principes, les idées.
7. **Députer** : envoyer comme représentant.

affaire ; mais son maître ne put se résoudre à souffrir qu'on en fît seulement la proposition et il lui envoya un ordre, à Calais, de ne point parler de ce mariage.

« Au retour de France, le cardinal de Wolsey fut reçu avec des honneurs pareils à ceux que l'on rendait au Roi même ; jamais favori n'a porté l'orgueil et la vanité à un si haut point. Il ménagea une entrevue entre les deux rois, qui se fit à Boulogne. François Ier donna la main à Henri VIII, qui ne la voulait point recevoir. Ils se traitèrent tour à tour avec une magnificence extraordinaire, et se donnèrent des habits pareils à ceux qu'ils avaient fait faire pour eux-mêmes. Je me souviens d'avoir ouï dire que ceux que le feu Roi envoya au roi d'Angleterre étaient de satin cramoisi[1], chamarré en[2] triangle, avec des perles et des diamants, et la robe de velours blanc brodé d'or. Après avoir été quelques jours à Boulogne, ils allèrent encore à Calais, Anne de Boulen était logée chez Henri VIII avec le train[3] d'une reine, et François Ier lui fit les mêmes présents et lui rendit les mêmes honneurs que si elle l'eût été. Enfin, après une passion de neuf années, Henri l'épousa sans attendre la dissolution de son premier mariage, qu'il demandait à Rome depuis longtemps. Le pape prononça les fulminations[4] contre lui avec précipitation et Henri en fut tellement irrité qu'il se déclara chef de la religion et entraîna toute l'Angleterre dans le malheureux changement[5] où vous la voyez.

« Anne de Boulen ne jouit pas longtemps de sa grandeur ; car, lorsqu'elle la croyait plus assurée par la mort de Catherine d'Aragon, un jour qu'elle assistait avec toute la Cour à des courses de bague que faisait le vicomte de Rochefort, son frère, le Roi en fut frappé d'une telle jalousie qu'il quitta brusquement le spectacle,

1. **Cramoisi** : rouge foncé.
2. **Chamarré en** : orné de.
3. **Train** : mode de vie.
4. **Fulminations** : condamnations par l'Église.
5. **Malheureux changement** : Henri VIII déclare l'anglicanisme religion officielle du pays.

s'en vint à Londres et laissa ordre d'arrêter la Reine, le vicomte de Rochefort et plusieurs autres, qu'il croyait amants ou confidents de cette princesse. Quoique cette jalousie parût née dans ce moment, il y avait déjà quelque temps qu'elle lui avait été inspirée par la vicomtesse de Rochefort qui, ne pouvant souffrir la liaison étroite de son mari avec la Reine, la fit regarder au Roi comme une amitié criminelle ; en sorte que ce prince qui, d'ailleurs, était amoureux de Jeanne Seymour, ne songea qu'à se défaire d'Anne de Boulen. En moins de trois semaines, il fit faire le procès à cette reine et à son frère, leur fit couper la tête et épousa Jeanne Seymour. Il eut ensuite plusieurs femmes, qu'il répudia ou qu'il fit mourir, et entre autres Catherine Howard, dont la comtesse de Rochefort était confidente, et qui eut la tête coupée avec elle. Elle fut ainsi punie des crimes qu'elle avait supposés[1] à Anne de Boulen, et Henri VIII mourut, étant devenu d'une grosseur prodigieuse[2].

Toutes les dames, qui étaient présentes au récit de Mme la Dauphine, la remercièrent de les avoir si bien instruites de la cour d'Angleterre, et entre autres Mme de Clèves, qui ne put s'empêcher de lui faire encore plusieurs questions sur la reine Élisabeth. La Reine Dauphine faisait faire des portraits en petit de toutes les belles personnes de la Cour pour les envoyer à la Reine sa mère. Le jour qu'on achevait celui de Mme de Clèves, Mme la Dauphine vint passer l'après-dînée chez elle. M. de Nemours ne manqua pas de s'y trouver ; il ne laissait échapper aucune occasion de voir Mme de Clèves sans laisser paraître néanmoins qu'il les cherchât. Elle était si belle, ce jour-là, qu'il en serait devenu amoureux quand il ne l'aurait pas été. Il n'osait pourtant avoir les yeux attachés sur elle pendant qu'on la peignait, et il craignait de laisser trop voir le plaisir qu'il avait à la regarder.

Mme la Dauphine demanda à M. de Clèves un petit portrait qu'il avait de sa femme, pour le voir auprès de celui que l'on achevait ;

1. **Supposés** : attribués sans preuve.
2. **Prodigieuse** : impressionnante.

tout le monde dit son sentiment[1] de l'un et de l'autre ; et Mme de Clèves ordonna au peintre de raccommoder[2] quelque chose à la coiffure de celui que l'on venait d'apporter. Le peintre, pour lui obéir, ôta le portrait de la boîte où il était et, après y avoir travaillé, il le remit sur la table.

Il y avait longtemps que M. de Nemours souhaitait d'avoir le portrait de Mme de Clèves. Lorsqu'il vit celui qui était à M. de Clèves, il ne put résister à l'envie de le dérober à un mari qu'il croyait tendrement aimé ; et il pensa que, parmi tant de personnes qui étaient dans ce même lieu, il ne serait pas soupçonné plutôt qu'un autre.

Mme la Dauphine était assise sur le lit et parlait bas à Mme de Clèves, qui était debout devant elle. Mme de Clèves aperçut par un des rideaux, qui n'était qu'à demi fermé, M. de Nemours, le dos contre la table, qui était au pied du lit, et elle vit que, sans tourner la tête, il prenait adroitement quelque chose sur cette table. Elle n'eut pas de peine à deviner que c'était son portrait, et elle en fut si troublée que Mme la Dauphine remarqua qu'elle ne l'écoutait pas et lui demanda tout haut ce qu'elle regardait. M. de Nemours se tourna à ces paroles ; il rencontra les yeux de Mme de Clèves, qui étaient encore attachés[3] sur lui, et il pensa qu'il n'était pas impossible qu'elle eût vu ce qu'il venait de faire.

Mme de Clèves n'était pas peu embarrassée. La raison voulait qu'elle demandât son portrait ; mais, en le demandant publiquement, c'était apprendre à tout le monde les sentiments que ce prince avait pour elle, et, en le lui demandant en particulier, c'était quasi l'engager à lui parler de sa passion. Enfin elle jugea qu'il valait mieux le lui laisser, et elle fut bien aise de lui accorder une faveur qu'elle lui pouvait faire sans qu'il sût même qu'elle la lui faisait. M. de Nemours, qui remarquait son embarras, et qui en devinait quasi la cause, s'approcha d'elle et lui dit tout bas :

---

1. **Sentiment** : opinion, avis.
2. **Raccommoder** : arranger.
3. **Attachés** : fixés.

– Si vous avez vu ce que j'ai osé faire, ayez la bonté, Madame, de me laisser croire que vous l'ignorez, je n'ose vous en demander davantage.

Et il se retira après ces paroles et n'attendit point sa réponse. Mme la Dauphine sortit pour s'aller promener, suivie de toutes les dames, et M. de Nemours alla se renfermer chez lui, ne pouvant soutenir en public la joie d'avoir un portrait de Mme de Clèves. Il sentait tout ce que la passion peut faire sentir de plus agréable ; il aimait la plus aimable personne de la Cour ; il s'en faisait aimer malgré elle, et il voyait dans toutes ses actions cette sorte de trouble et d'embarras que cause l'amour dans l'innocence de la première jeunesse.

Le soir, on chercha ce portrait avec beaucoup de soin ; comme on trouvait la boîte où il devait être, l'on ne soupçonna point qu'il eût été dérobé, et l'on crut qu'il était tombé par hasard. M. de Clèves était affligé de cette perte et, après qu'on eut encore cherché inutilement, il dit à sa femme, mais d'une manière qui faisait voir qu'il ne le pensait pas, qu'elle avait sans doute quelque amant caché à qui elle avait donné ce portrait ou qui l'avait dérobé, et qu'un autre qu'un amant ne se serait pas contenté de la peinture sans la boîte.

Ces paroles, quoique dites en riant, firent une vive impression dans l'esprit de Mme de Clèves. Elles lui donnèrent des remords ; elle fit réflexion[1] à la violence de l'inclination qui l'entraînait vers M. de Nemours ; elle trouva qu'elle n'était plus maîtresse de ses paroles et de son visage ; elle pensa que Lignerolles était revenu ; qu'elle ne craignait plus l'affaire d'Angleterre ; qu'elle n'avait plus de soupçons sur Mme la Dauphine ; qu'enfin il n'y avait plus rien qui la pût défendre et qu'il n'y avait de sûreté pour elle qu'en s'éloignant. Mais, comme elle n'était pas maîtresse de s'éloigner, elle se trouvait dans une grande extrémité[2] et prête à tomber dans ce qui lui paraissait le plus grand des malheurs, qui était de laisser

1. **Fit réflexion** : pensa.
2. **Extrémité** : danger.

voir à M. de Nemours l'inclination qu'elle avait pour lui. Elle se souvenait de tout ce que Mme de Chartres lui avait dit en mourant et des conseils qu'elle lui avait donnés de prendre toutes sortes de partis[1], quelque difficiles qu'ils pussent être, plutôt que de s'embarquer dans une galanterie. Ce que M. de Clèves lui avait dit sur la sincérité, en parlant de Mme de Tournon, lui revint dans l'esprit; il lui sembla qu'elle lui devait avouer l'inclination qu'elle avait pour M. de Nemours. Cette pensée l'occupa longtemps; ensuite elle fut étonnée de l'avoir eue, elle y trouva de la folie, et retomba dans l'embarras de ne savoir quel parti prendre.

La paix était signée[2]; Mme Élisabeth, après beaucoup de répugnance, s'était résolue à obéir au Roi son père. Le duc d'Albe avait été nommé pour venir l'épouser au nom[3] du roi catholique, et il devait bientôt arriver. L'on attendait le duc de Savoie, qui venait épouser Madame sœur du Roi, et dont les noces se devaient faire en même temps. Le Roi ne songeait qu'à rendre ces noces célèbres par des divertissements où il pût faire paraître l'adresse et la magnificence de sa Cour. On proposa tout ce qui se pouvait faire de plus grand pour des ballets et des comédies, mais le Roi trouva ces divertissements trop particuliers[4], et il en voulut d'un plus grand éclat. Il résolut de faire un tournoi, où les étrangers seraient reçus, et dont le peuple pourrait être spectateur. Tous les princes et les jeunes seigneurs entrèrent avec joie dans le dessein du Roi, et surtout le duc de Ferrare, M. de Guise et M. de Nemours, qui surpassaient tous les autres dans ces sortes d'exercices. Le Roi les choisit pour être avec lui les quatre tenants[5] du tournoi.

L'on fit publier, par tout le royaume, qu'en la ville de Paris le pas[6] était ouvert, au quinzième juin, par Sa Majesté Très Chrétienne et par

---

1. **Partis**: résolutions.
2. Il s'agit du traité de Cateau-Cambrésis, signé le 3 avril 1559, qui marque la réconciliation entre la France, l'Espagne et l'Angleterre.
3. **Au nom**: en tant que représentant, ambassadeur.
4. **Particuliers**: modestes.
5. **Tenants**: chevaliers qui affrontent les assaillants.
6. **Pas**: lieu de passage défendu par un chevalier dans un tournoi.

les princes Alphonse d'Este, duc de Ferrare, François de Lorraine, duc de Guise, et Jacques de Savoie, duc de Nemours, pour être tenu contre tous venants[1], à commencer le premier combat, à cheval en lice[2], en double pièce[3], quatre coups de lance et un pour les dames ; le deuxième combat, à coups d'épée, un à un ou deux à deux, à la volonté des maîtres du camp[4] ; le troisième combat à pied, trois coups de pique et six coups d'épée ; que les tenants fourniraient de lances, d'épées et de piques, au choix des assaillants ; et que, si en courant on donnait au cheval[5], on serait mis hors des rangs[6] ; qu'il y aurait quatre maîtres de camp pour donner les ordres et que ceux des assaillants qui auraient le plus rompu[7] et le mieux fait, auraient un prix dont la valeur serait à la discrétion[8] des juges ; que tous les assaillants, tant français qu'étrangers, seraient tenus de venir toucher à l'un des écus[9] qui seraient pendus au perron au bout de la lice, ou à plusieurs, selon leur choix ; que là ils trouveraient un officier d'armes, qui les recevrait pour les enrôler selon leur rang et selon les écus qu'ils auraient touchés ; que les assaillants seraient tenus de faire apporter par un gentilhomme leur écu, avec leurs armes, pour le pendre au perron trois jours avant le commencement du tournoi ; qu'autrement, ils n'y seraient point reçus sans le congé[10] des tenants.

On fit faire une grande lice proche de la Bastille qui venait du château des Tournelles, qui traversait la rue Saint-Antoine et qui allait rendre aux écuries royales. Il y avait des deux côtés des échafauds[11] et des amphithéâtres, avec des loges couvertes qui formaient

1. **Venants** : adversaires des « tenants ».
2. **Lice** : espace dédié au tournoi.
3. **En double pièce** : armure composée de deux parties.
4. **Maîtres du camp** : ceux qui dirigent le tournoi.
5. **On donnait au cheval** : on éperonnait.
6. **Mis hors des rangs** : exclu.
7. **Le plus rompu** : brisé le plus de lances.
8. **À la discrétion** : selon l'appréciation.
9. **Écus** : boucliers.
10. **Congé** : permission.
11. **Échafauds** : tribunes, gradins.

des espèces de galeries qui faisaient un très bel effet à la vue et qui pouvaient contenir un nombre infini de personnes. Tous les princes et seigneurs ne furent plus occupés que du soin d'ordonner ce qui leur était nécessaire pour paraître avec éclat et pour mêler, dans leurs chiffres ou dans leurs devises[1], quelque chose de galant qui eût rapport aux personnes qu'ils aimaient.

Peu de jours avant l'arrivée du duc d'Albe, le Roi fit une partie de paume avec M. de Nemours, le chevalier de Guise et le vidame de Chartres. Les reines les allèrent voir jouer, suivies de toutes les dames et, entre autres, de Mme de Clèves. Après que la partie fut finie, comme l'on sortait du jeu de paume, Chastelart s'approcha de la Reine Dauphine et lui dit que le hasard lui venait de mettre entre les mains une lettre de galanterie qui était tombée de la poche de M. de Nemours. Cette reine, qui avait toujours de la curiosité pour ce qui regardait ce prince, dit à Chastelart de la lui donner; elle la prit et suivit la Reine, sa belle-mère, qui s'en allait avec le Roi voir travailler à la lice. Après que l'on y eut été quelque temps, le roi fit amener des chevaux qu'il avait fait venir depuis peu. Quoiqu'ils ne fussent pas encore dressés, il les voulut monter, et en fit donner à tous ceux qui l'avaient suivi. Le Roi et M. de Nemours se trouvèrent sur les plus fougueux, ces chevaux se voulurent jeter l'un à l'autre[2]. M. de Nemours, par la crainte de blesser le Roi, recula brusquement et porta son cheval contre un pilier du manège[3], avec tant de violence que la secousse le fit chanceler. On courut à lui, et on le crut considérablement blessé. Mme de Clèves le crut encore plus blessé que les autres. L'intérêt qu'elle y prenait lui donna une appréhension et un trouble qu'elle ne songea pas à cacher; elle s'approcha de lui avec les reines et, avec un visage si changé qu'un homme moins intéressé que le chevalier de Guise s'en fût aperçu; aussi le remarqua-t-il aisément, et il eut bien plus d'attention à l'état où était Mme de Clèves qu'à celui où était M. de Nemours. Le coup

1. **Chiffres**: initiales; **devises**: petites phrases apposées sur les écus.
2. **L'un à l'autre**: l'un contre l'autre.
3. **Manège**: lieu où l'on pratique l'équitation.

que ce prince s'était donné lui causa un si grand éblouissement[1] qu'il demeura quelque temps la tête penchée sur ceux qui le soutenaient. Quand il la releva, il vit d'abord Mme de Clèves; il connut[2] sur son visage la pitié qu'elle avait de lui et il la regarda d'une sorte qui put lui faire juger combien il en était touché. Il fit ensuite des remerciements aux reines de la bonté qu'elles lui témoignaient et des excuses de l'état où il avait été devant elles. Le Roi lui ordonna de s'aller reposer.

Mme de Clèves, après être remise de la frayeur qu'elle avait eue, fit bientôt réflexion aux marques qu'elle en avait données. Le chevalier de Guise ne la laissa pas longtemps dans l'espérance que personne ne s'en serait aperçu; il lui donna la main pour la conduire hors de la lice.

– Je suis plus à plaindre que M. de Nemours, Madame, lui dit-il; pardonnez-moi si je sors de ce profond respect que j'ai toujours eu pour vous, et si je vous fais paraître la vive douleur que je sens de ce que je viens de voir: c'est la première fois que j'ai été assez hardi pour vous parler et ce sera aussi la dernière. La mort, ou du moins un éloignement éternel, m'ôteront d'un lieu où je ne puis plus vivre puisque je viens de perdre la triste consolation de croire que tous ceux qui osent vous regarder sont aussi malheureux que moi.

Mme de Clèves ne répondit que quelques paroles mal arrangées, comme si elle n'eût pas entendu ce que signifiaient celles du chevalier de Guise. Dans un autre temps elle aurait été offensée qu'il lui eût parlé de sentiments qu'il avait pour elle; mais dans ce moment elle ne sentit que l'affliction de voir qu'il s'était aperçu de ceux qu'elle avait pour M. de Nemours. Le chevalier de Guise en fut si convaincu et si pénétré de douleur que, dès ce jour, il prit la résolution de ne penser jamais à être aimé de Mme de Clèves. Mais pour quitter cette entreprise[3], qui lui avait paru si difficile et si glorieuse, il en fallait quelque autre dont la grandeur pût l'occuper. Il se mit dans

1. **Éblouissement**: étourdissement.
2. **Connut**: aperçut.
3. **Entreprise**: projet.

l'esprit de prendre Rhodes, dont il avait déjà eu quelque pensée; et, quand la mort l'ôta du monde dans la fleur de sa jeunesse[1] et dans le temps qu'il avait acquis la réputation d'un des plus grands princes de son siècle, le seul regret qu'il témoigna de quitter la vie, fut de n'avoir pu exécuter une si belle résolution, dont il croyait le succès infaillible par tous les soins qu'il en avait pris.

Mme de Clèves, en sortant de la lice, alla chez la Reine, l'esprit bien occupé de ce qui s'était passé. M. de Nemours y vint peu de temps après, habillé magnifiquement et comme un homme qui ne se sentait pas[2] de l'accident qui lui était arrivé. Il paraissait même plus gai que de coutume; et la joie de ce qu'il croyait avoir vu, lui donnait un air qui augmentait encore son agrément. Tout le monde fut surpris lorsqu'il entra, et il n'y eut personne qui ne lui demandât de ses nouvelles, excepté Mme de Clèves qui demeura auprès de la cheminée sans faire semblant de[3] le voir. Le Roi sortit d'un cabinet où il était et, le voyant parmi les autres, il l'appela pour lui parler de son aventure. M. de Nemours passa auprès de Mme de Clèves et lui dit tout bas:

– J'ai reçu aujourd'hui des marques de votre pitié, Madame; mais ce n'est pas de celles dont je suis le plus digne.

Mme de Clèves s'était bien doutée que ce prince s'était aperçu de la sensibilité[4] qu'elle avait eue pour lui et ses paroles lui firent voir qu'elle ne s'était pas trompée. Ce lui était une grande douleur de voir qu'elle n'était plus maîtresse de cacher ses sentiments et de les avoir laissés paraître au chevalier de Guise. Elle en avait aussi beaucoup[5] que M. de Nemours les connût; mais cette dernière douleur n'était pas si entière et elle était mêlée de quelque sorte de douceur.

---

1. Le chevalier de Guise a participé à une bataille navale contre les Turcs au large de la ville de Rhodes. Il meurt en 1563 après un combat, à 29 ans.
2. **Ne se sentait pas**: ne ressentait pas les effets.
3. **Sans faire semblant de**: en faisant semblant de ne pas.
4. **Sensibilité**: tendresse.
5. **Elle en avait aussi beaucoup**: elle souffrait aussi beaucoup.

La Reine Dauphine, qui avait une extrême impatience de savoir ce qu'il y avait dans la lettre que Chastelart lui avait donnée, s'approcha de Mme de Clèves :

– Allez lire cette lettre, lui dit-elle ; elle s'adresse à M. de Nemours et, selon les apparences, elle est de cette maîtresse pour qui il a quitté toutes les autres. Si vous ne la pouvez lire présentement, gardez-la ; venez ce soir à mon coucher pour me la rendre et pour me dire si vous en connaissez l'écriture.

Mme la Dauphine quitta Mme de Clèves après ces paroles et la laissa si étonnée et dans un si grand saisissement qu'elle fut quelque temps sans pouvoir sortir de sa place. L'impatience et le trouble où elle était ne lui permirent pas de demeurer chez la Reine ; elle s'en alla chez elle, quoiqu'il ne fût pas l'heure où elle avait accoutumé de se retirer. Elle tenait cette lettre avec une main tremblante ; ses pensées étaient si confuses qu'elle n'en avait aucune distincte ; et elle se trouvait dans une sorte de douleur insupportable, qu'elle ne connaissait point et qu'elle n'avait jamais sentie. Sitôt qu'elle fut dans son cabinet, elle ouvrit cette lettre, et la trouva telle :

LETTRE

Je vous ai trop aimé pour vous laisser croire que le changement qui vous paraît en moi soit un effet de ma légèreté ; je veux vous apprendre que votre infidélité en est la cause. Vous êtes bien surpris que je vous parle de votre infidélité ; vous me l'aviez cachée avec tant d'adresse, et j'ai pris tant de soin de vous cacher que je la savais, que vous avez raison d'être étonné qu'elle me soit connue. Je suis surprise moi-même que j'aie pu ne vous en rien faire paraître. Jamais douleur n'a été pareille à la mienne. Je croyais que vous aviez pour moi une passion violente ; je ne vous cachais plus celle que j'avais pour vous et, dans le temps que[1] *je vous la laissais voir tout entière, j'appris que vous me trompiez, que vous en aimiez une autre et que, selon toutes*

---

1. **Dans le temps que** : au moment où.

les apparences, vous me sacrifiiez à cette nouvelle maîtresse. Je le sus le jour de la course de bague ; c'est ce qui fit que je n'y allai point. Je feignis d'être malade pour cacher le désordre de mon esprit ; mais je le devins en effet et mon corps ne put supporter une si violente agitation. Quand je commençai à me porter mieux, je feignis encore d'être fort mal, afin d'avoir un prétexte de ne vous point voir et de ne vous point écrire. Je voulus avoir du temps pour résoudre de quelle sorte j'en devais user avec vous ; je pris et je quittai vingt fois les mêmes résolutions ; mais enfin je vous trouvai indigne de voir ma douleur et je résolus de ne vous la point faire paraître. Je voulus blesser votre orgueil en vous faisant voir que ma passion s'affaiblissait d'elle-même. Je crus diminuer par là le prix du sacrifice que vous en faisiez ; je ne voulus pas que vous eussiez le plaisir de montrer combien je vous aimais pour en paraître plus aimable. Je résolus de vous écrire des lettres tièdes et languissantes[1] pour jeter dans l'esprit de celle à qui vous les donniez que l'on cessait de vous aimer. Je ne voulus pas qu'elle eût le plaisir d'apprendre que je savais qu'elle triomphait de moi, ni augmenter son triomphe par mon désespoir et par mes reproches. Je pensai que je ne vous punirais pas assez en rompant avec vous et que je ne vous donnerais qu'une légère douleur si je cessais de vous aimer lorsque vous ne m'aimiez plus. Je trouvai qu'il fallait que vous m'aimassiez pour sentir le mal de n'être point aimé, que j'éprouvais si cruellement. Je crus que si quelque chose pouvait rallumer les sentiments que vous aviez eus pour moi, c'était de vous faire voir que les miens étaient changés ; mais de vous le faire voir en feignant de vous le cacher, et comme si je n'eusse pas eu la force de vous l'avouer. Je m'arrêtai à cette résolution ; mais qu'elle me fut difficile à prendre, et qu'en vous revoyant elle me parut impossible à exécuter ! Je fus prête cent fois à éclater[2] par mes reproches et par mes pleurs ; l'état où j'étais encore par ma santé me servit à vous déguiser mon trouble et mon affliction. Je fus soutenue ensuite par le

---

1. **Languissantes** : sans ardeur, fades.
2. **Éclater** : manifester mon chagrin.

plaisir de dissimuler[1] *avec vous, comme vous dissimuliez avec moi; néanmoins, je me faisais une si grande violence pour vous dire et pour vous écrire que je vous aimais que vous vîtes plus tôt que je n'avais eu dessein de vous laisser voir que mes sentiments étaient changés. Vous en fûtes blessé; vous vous en plaignîtes. Je tâchais de vous rassurer; mais c'était d'une manière si forcée que vous en étiez encore mieux persuadé que je ne vous aimais plus. Enfin, je fis tout ce que j'avais eu intention de faire. La bizarrerie de votre cœur vous fit revenir vers moi, à mesure que vous voyiez que je m'éloignais de vous. J'ai joui de tout le plaisir que peut donner la vengeance; il m'a paru que vous m'aimiez mieux que vous n'aviez jamais fait et je vous ai fait voir que je ne vous aimais plus. J'ai eu lieu de croire que vous aviez entièrement abandonné celle pour qui vous m'aviez quittée. J'ai eu aussi des raisons pour être persuadée que vous ne lui aviez jamais parlé de moi; mais votre retour et votre discrétion n'ont pu réparer votre légèreté. Votre cœur a été partagé entre moi et une autre, vous m'avez trompée; cela suffit pour m'ôter le plaisir d'être aimée de vous, comme je croyais mériter de l'être, et pour me laisser dans cette résolution que j'ai prise de ne vous voir jamais et dont vous êtes si surpris.*

Mme de Clèves lut cette lettre et la relut plusieurs fois, sans savoir néanmoins ce qu'elle avait lu. Elle voyait seulement que M. de Nemours ne l'aimait pas comme elle l'avait pensé et qu'il en aimait d'autres qu'il trompait comme elle. Quelle vue et quelle connaissance[2] pour une personne de son humeur, qui avait une passion violente, qui venait d'en donner des marques à un homme qu'elle en jugeait indigne et à un autre qu'elle maltraitait[3] pour l'amour de lui ! Jamais affliction n'a été si piquante et si vive : il lui semblait que ce qui faisait l'aigreur de cette affliction était ce qui s'était passé dans cette journée et que, si M. de Nemours n'eût point eu

1. **Dissimuler** : faire semblant.
2. **Connaissance** : nouvelle qu'elle vient d'apprendre.
3. **Qu'elle maltraitait** : à qui elle imposait une attitude froide et distante.

lieu de croire qu'elle l'aimait, elle ne se fût pas souciée qu'il en eût aimé une autre. Mais elle se trompait elle-même ; et ce mal, qu'elle trouvait si insupportable, était la jalousie avec toutes les horreurs dont elle peut être accompagnée. Elle voyait par cette lettre que M. de Nemours avait une galanterie depuis longtemps. Elle trouvait que celle qui avait écrit la lettre avait de l'esprit et du mérite ; elle lui paraissait digne d'être aimée ; elle lui trouvait plus de courage qu'elle ne s'en trouvait à elle-même et elle enviait la force qu'elle avait eue de cacher ses sentiments à M. de Nemours. Elle voyait, par la fin de la lettre, que cette personne se croyait aimée ; elle pensait que la discrétion[1] que ce prince lui avait fait paraître, et dont elle avait été si touchée, n'était peut-être que l'effet de la passion qu'il avait pour cette autre personne à qui il craignait de déplaire. Enfin elle pensait tout ce qui pouvait augmenter son affliction et son désespoir. Quels retours ne fit-elle point sur elle-même[2] ! quelles réflexions sur les conseils que sa mère lui avait donnés ! Combien se repentit-elle de ne s'être pas opiniâtrée[3] à se séparer du commerce du monde, malgré M. de Clèves, ou de n'avoir pas suivi la pensée qu'elle avait eue de lui avouer l'inclination qu'elle avait pour M. de Nemours ! Elle trouvait qu'elle aurait mieux fait de la découvrir à un mari dont elle connaissait la bonté, et qui aurait eu intérêt à la cacher, que de la laisser voir à un homme qui en était indigne, qui la trompait, qui la sacrifiait peut-être et qui ne pensait à être aimé d'elle que par un sentiment d'orgueil et de vanité. Enfin, elle trouva que tous les maux qui lui pouvaient arriver, et toutes les extrémités où elle se pouvait porter, étaient moindres que d'avoir laissé voir à M. de Nemours qu'elle l'aimait et de connaître qu'il en aimait une autre. Tout ce qui la consolait était de penser au moins, qu'après cette connaissance, elle n'avait plus rien à craindre d'elle-même, et qu'elle serait entièrement guérie de l'inclination qu'elle avait pour ce prince.

1. **Discrétion** : retenue.
2. **Retours [...] sur elle-même** : réflexions sur sa conduite.
3. **Opiniâtrée** : entêtée.

Elle ne pensa guère à l'ordre que Mme la Dauphine lui avait donné de se trouver à son coucher; elle se mit au lit et feignit de se trouver mal, en sorte que, quand M. de Clèves revint de chez le Roi, on lui dit qu'elle était endormie; mais elle était bien éloignée de la tranquillité qui conduit au sommeil. Elle passa la nuit sans faire autre chose que s'affliger[1] et relire la lettre qu'elle avait entre les mains.

Mme de Clèves n'était pas la seule personne dont cette lettre troublait le repos. Le vidame de Chartres, qui l'avait perdue, et non pas M. de Nemours, en était dans une extrême inquiétude; il avait passé tout le soir chez M. de Guise, qui avait donné un grand souper au duc de Ferrare, son beau-frère, et à toute la jeunesse de la Cour. Le hasard fit qu'en soupant on parla de jolies lettres. Le vidame de Chartres dit qu'il en avait une sur lui, plus jolie que toutes celles qui avaient jamais été écrites. On le pressa de la montrer: il s'en défendit. M. de Nemours lui soutint qu'il n'en avait point et qu'il ne parlait que par vanité. Le Vidame lui répondit qu'il poussait sa discrétion à bout, que néanmoins il ne montrerait pas la lettre, mais qu'il en lirait quelques endroits, qui feraient juger que peu d'hommes en recevaient de pareilles. En même temps, il voulut prendre cette lettre, et ne la trouva point; il la chercha inutilement, on lui en fit la guerre[2]; mais il parut si inquiet que l'on cessa de lui en parler. Il se retira plus tôt que les autres, et s'en alla chez lui avec impatience, pour voir s'il n'y avait point laissé la lettre qui lui manquait. Comme il la cherchait encore, un premier valet de chambre de la Reine le vint trouver, pour lui dire que la vicomtesse d'Uzès avait cru nécessaire de l'avertir en diligence que l'on avait dit chez la Reine qu'il était tombé une lettre de galanterie de sa poche pendant qu'il était au jeu de paume; que l'on avait raconté une grande partie de ce qui était dans la lettre; que la Reine avait témoigné beaucoup de curiosité de la voir; qu'elle l'avait envoyé

1. **S'affliger**: se mortifier.
2. **On lui en fit la guerre**: on lui fit des reproches.

demander à un de ses gentilshommes servants, mais qu'il avait répondu qu'il l'avait laissée entre les mains de Chastelart.

Le premier valet de chambre dit encore beaucoup d'autres choses au vidame de Chartres, qui achevèrent de lui donner un grand trouble. Il sortit à l'heure même pour aller chez un gentilhomme qui était ami intime de Chastelart ; il le fit lever, quoique l'heure fût extraordinaire, pour aller demander cette lettre, sans dire qui était celui qui la demandait et qui l'avait perdue. Chastelart, qui avait l'esprit prévenu[1] qu'elle était à M. de Nemours et que ce prince était amoureux de Mme la Dauphine, ne douta point que ce ne fût lui qui la faisait redemander. Il répondit, avec une maligne joie[2], qu'il avait remis la lettre entre les mains de la Reine Dauphine. Le gentilhomme vint faire cette réponse au vidame de Chartres. Elle augmenta l'inquiétude qu'il avait déjà, et y en joignit encore de nouvelles ; après avoir été longtemps irrésolu[3] sur ce qu'il devait faire, il trouva qu'il n'y avait que M. de Nemours qui pût lui aider à sortir de l'embarras où il était.

Il s'en alla chez lui et entra dans sa chambre que le jour ne commençait qu'à paraître. Ce prince dormait d'un sommeil tranquille ; ce qu'il avait vu, le jour précédent, de Mme de Clèves, ne lui avait donné que des idées agréables. Il fut bien surpris de se voir éveillé par le vidame de Chartres ; et il lui demanda si c'était pour se venger de ce qu'il lui avait dit pendant le souper qu'il venait troubler son repos. Le Vidame lui fit bien juger, par son visage, qu'il n'y avait rien que de sérieux au sujet qui l'amenait.

– Je viens vous confier la plus importante affaire de ma vie, lui dit-il. Je sais bien que vous ne m'en devez pas être obligé[4], puisque c'est dans un temps où j'ai besoin de votre secours ; mais je sais bien aussi que j'aurais perdu de votre estime si je vous avais appris tout ce que je vais vous dire, sans que la nécessité m'y eût contraint. J'ai

1. **Qui avait l'esprit prévenu** : qui était convaincu.
2. **Maligne joie** : joie malintentionnée.
3. **Irrésolu** : indécis.
4. **Vous ne m'en devez pas être obligé** : vous n'y êtes lié par aucune obligation.

laissé tomber cette lettre dont je parlais hier au soir ; il m'est d'une conséquence[1] extrême que personne ne sache qu'elle s'adresse à moi. Elle a été vue de beaucoup de gens qui étaient dans le jeu de paume où elle tomba hier ; vous y étiez aussi et je vous demande en grâce[2] de vouloir bien dire que c'est vous qui l'avez perdue.

– Il faut que vous croyiez que je n'ai point de maîtresse, reprit M. de Nemours en souriant, pour me faire une pareille proposition et pour vous imaginer qu'il n'y ait personne avec qui je me puisse brouiller en laissant croire que je reçois de pareilles lettres.

– Je vous prie, dit le vidame, écoutez-moi sérieusement. Si vous avez une maîtresse, comme je n'en doute point, quoique je ne sache pas qui elle est, il vous sera aisé de vous justifier et je vous en donnerai les moyens infaillibles ; quand[3] vous ne vous justifieriez pas auprès d'elle, il ne vous en peut coûter que d'être brouillé pour quelques moments. Mais moi, par cette aventure, je déshonore une personne qui m'a passionnément aimé et qui est une des plus estimables femmes du monde ; et, d'un autre côté, je m'attire une haine implacable[4], qui me coûtera ma fortune et peut-être quelque chose de plus.

– Je ne puis entendre[5] tout ce que vous me dites, répondit de Nemours ; mais vous me faites entrevoir que les bruits qui ont couru de l'intérêt qu'une grande princesse prenait à vous, ne sont pas entièrement faux.

– Ils ne le sont pas aussi[6], repartit le vidame de Chartres ; et plût à Dieu qu'ils le fussent, je ne me trouverais pas dans l'embarras où je me trouve ; mais il faut vous raconter tout ce qui s'est passé, pour vous faire voir tout ce que j'ai à craindre.

« Depuis que je suis à la Cour, la Reine m'a toujours traité avec beaucoup de distinction[7] et d'agrément, et j'avais eu lieu de croire

1. **Conséquence** : importance.
2. **En grâce** : comme une faveur.
3. **Quand** : quand bien même.
4. **Implacable** : qui ne peut être apaisée.
5. **Entendre** : comprendre.
6. **Ils ne le sont pas aussi** : ils ne sont pas faux.
7. **Distinction** : attention.

qu'elle avait de la bonté pour moi ; néanmoins, il n'y avait rien de particulier[1], et je n'avais jamais songé à avoir d'autres sentiments pour elle que ceux du respect. J'étais même fort amoureux de Mme de Thémines ; il est aisé de juger en la voyant qu'on peut avoir beaucoup d'amour pour elle quand on en est aimé, et je l'étais. Il y a près de deux ans que, comme la Cour était à Fontainebleau, je me trouvai deux ou trois fois en conversation avec la Reine, à des heures où il y avait très peu de monde. Il me parut que mon esprit lui plaisait et qu'elle entrait dans[2] tout ce que je disais. Un jour, entre autres, on se mit à parler de la confiance. Je dis qu'il n'y avait personne en qui j'en eusse une entière ; que je trouvais que l'on se repentait toujours d'en avoir et que je savais beaucoup de choses dont je n'avais jamais parlé. La Reine me dit qu'elle m'en estimait davantage ; qu'elle n'avait trouvé personne en France qui eût du secret[3] et que c'était ce qui l'avait le plus embarrassée, parce que cela lui avait ôté le plaisir de donner sa confiance ; que c'était une chose nécessaire, dans la vie, que d'avoir quelqu'un à qui on pût parler, et surtout pour les personnes de son rang. Les jours suivants, elle reprit encore plusieurs fois la même conversation ; elle m'apprit même des choses assez particulières[4] qui se passaient.

Enfin, il me sembla qu'elle souhaitait de s'assurer de mon secret et qu'elle avait envie de me confier les siens. Cette pensée m'attacha à elle, je fus touché de cette distinction et je lui fis ma cour avec beaucoup plus d'assiduité[5] que je n'avais accoutumé. Un soir que le Roi et toutes les dames s'étaient allés promener à cheval dans la forêt, où elle n'avait pas voulu aller parce qu'elle s'était trouvée un peu mal, je demeurai auprès d'elle ; elle descendit au bord de l'étang et quitta la main[6] de ses écuyers pour marcher avec plus

1. **Particulier** : extraordinaire.
2. **Entrait dans** : adhérait à.
3. **Eût du secret** : sût rester discret.
4. **Particulières** : privées.
5. **Avec beaucoup plus d'assiduité** : d'une façon plus pressante.
6. **Main** : compagnie.

de liberté. Après qu'elle eut fait quelques tours, elle s'approcha de moi, et m'ordonna de la suivre. "Je veux vous parler, me dit-elle; et vous verrez, par ce que je veux vous dire, que je suis de vos amies." Elle s'arrêta à ces paroles, et me regardant fixement: "Vous êtes amoureux, continua-t-elle, et, parce que vous ne vous fiez peut-être à personne, vous croyez que votre amour n'est pas su; mais il est connu, et même des personnes intéressées. On vous observe, on sait les lieux où vous voyez votre maîtresse, on a dessein de vous y surprendre. Je ne sais qui elle est; je ne vous le demande point et je veux seulement vous garantir[1] des malheurs où vous pouvez tomber." Voyez, je vous prie, quel piège me tendait la reine et combien il était difficile de n'y pas tomber. Elle voulait savoir si j'étais amoureux; et en ne me demandant point de qui je l'étais et, en ne me laissant voir que la seule intention de me faire plaisir, elle m'ôtait la pensée qu'elle me parlât par curiosité ou par dessein[2].

« Cependant, contre toutes sortes d'apparences, je démêlai la vérité. J'étais amoureux de Mme de Thémines; mais, quoiqu'elle m'aimât, je n'étais pas assez heureux pour avoir des lieux particuliers à la voir et pour craindre d'y être surpris; et ainsi je vis bien que ce ne pouvait être elle dont la Reine voulait parler. Je savais bien aussi que j'avais un commerce de galanterie avec une autre femme moins belle et moins sévère[3] que Mme de Thémines, et qu'il n'était pas impossible que l'on eût découvert le lieu où je la voyais; mais, comme je m'en souciais peu, il m'était aisé de me mettre à couvert de toutes sortes de périls en cessant de la voir. Ainsi je pris le parti de ne rien avouer à la Reine et de l'assurer, au contraire, qu'il y avait très longtemps que j'avais abandonné le désir de me faire aimer des femmes dont je pouvais espérer de l'être, parce que je les trouvais quasi toutes indignes d'attacher[4] un honnête homme et qu'il n'y avait que quelque chose fort au-dessus d'elles qui pût m'engager.

---

1. **Garantir**: protéger.
2. **Par dessein**: dans un but bien précis.
3. **Sévère**: vertueuse.
4. **D'attacher**: de plaire à.

“Vous ne me répondez pas sincèrement, répliqua la Reine; je sais le contraire de ce que vous me dites. La manière dont je vous parle vous doit obliger à ne me rien cacher. Je veux que vous soyez de mes amis, continua-t-elle; mais je ne veux pas, en vous donnant cette place, ignorer quels sont vos attachements. Voyez si vous la voulez acheter au prix de me les apprendre: je vous donne deux jours pour y penser; mais, après ce temps-là, songez bien à ce que vous me direz, et souvenez-vous que si, dans la suite, je trouve que vous m'ayez trompée, je ne vous le pardonnerai de ma vie.”

« La Reine me quitta après m'avoir dit ces paroles, sans attendre ma réponse. Vous pouvez croire que je demeurai l'esprit bien rempli de ce qu'elle me venait de dire. Les deux jours qu'elle m'avait donnés pour y penser ne me parurent pas trop longs pour me déterminer[1]. Je voyais qu'elle voulait savoir si j'étais amoureux et qu'elle ne souhaitait pas que je le fusse. Je voyais les suites et les conséquences du parti que j'allais prendre; ma vanité n'était pas peu flattée d'une liaison particulière avec une reine, et une reine dont la personne est encore extrêmement aimable. D'un autre côté, j'aimais Mme de Thémines et, quoique je lui fisse une espèce d'infidélité pour cette autre femme dont je vous ai parlé, je ne me pouvais résoudre à rompre avec elle. Je voyais aussi le péril où je m'exposais en trompant la Reine et combien il était difficile de la tromper; néanmoins, je ne pus me résoudre à refuser ce que la fortune m'offrait et je pris le hasard[2] de tout ce que ma mauvaise conduite pouvait m'attirer. Je rompis avec cette femme dont on pouvait découvrir le commerce, et j'espérai de cacher celui que j'avais avec Mme de Thémines.

« Au bout des deux jours que la Reine m'avait donnés, comme j'entrais dans la chambre où toutes les dames étaient au cercle, elle me dit tout haut, avec un air grave qui me surprit: “Avez-vous pensé à cette affaire dont je vous ai chargé et en savez-vous la vérité?

1. **Me déterminer**: prendre une décision.
2. **Hasard**: risque.

– Oui, Madame, lui répondis-je, et elle est comme je l'ai dite à Votre Majesté. – Venez ce soir à l'heure que je dois écrire, répliqua-t-elle, et j'achèverai de vous donner mes ordres." Je fis une profonde révérence sans rien répondre et ne manquai pas de me trouver à l'heure qu'elle m'avait marquée. Je la trouvai dans la galerie où était son secrétaire et quelqu'une de ses femmes. Sitôt qu'elle me vit, elle vint à moi et me mena à l'autre bout de la galerie. "Eh bien! me dit-elle, est-ce après y avoir bien pensé que vous n'avez rien à me dire, et la manière dont j'en use avec vous ne mérite-t-elle pas que vous me parliez sincèrement? – C'est parce que je vous parle sincèrement, Madame, lui répondis-je, que je n'ai rien à vous dire; et je jure à Votre Majesté, avec tout le respect que je lui dois, que je n'ai d'attachement pour aucune femme de la Cour. – Je le veux croire, repartit[1] la Reine, parce que je le souhaite; et je le souhaite, parce que je désire que vous soyez entièrement attaché à moi, et qu'il serait impossible que je fusse contente de votre amitié si vous étiez amoureux. On ne peut se fier à ceux qui le sont; on ne peut s'assurer de leur secret. Ils sont trop distraits et trop partagés, et leur maîtresse leur fait une première occupation[2] qui ne s'accorde point avec la manière dont je veux que vous soyez attaché à moi. Souvenez-vous donc que c'est sur la parole que vous me donnez, que vous n'avez aucun engagement, que je vous choisis pour vous donner toute ma confiance. Souvenez-vous que je veux la vôtre tout entière; que je veux que vous n'ayez ni ami, ni amie, que ceux qui me seront agréables, et que vous abandonniez tout autre soin que celui de me plaire. Je ne vous ferai pas perdre celui de votre fortune; je la conduirai avec plus d'application que vous-même et, quoi que je fasse pour vous, je m'en tiendrai trop bien récompensée, si je vous trouve pour moi tel que je l'espère. Je vous choisis pour vous confier tous mes chagrins et pour m'aider à les adoucir. Vous pouvez juger qu'ils ne sont pas médiocres. Je souffre en apparence,

1. **Repartit** : répondit.
2. **Leur fait une première occupation** : est leur principal souci.

sans beaucoup de peine, l'attachement du Roi pour la duchesse de Valentinois ; mais il m'est insupportable. Elle gouverne le Roi, elle le trompe, elle me méprise, tous mes gens[1] sont à elle. La Reine, ma belle-fille, fière de sa beauté et du crédit de ses oncles, ne me rend aucun devoir[2]. Le connétable de Montmorency est maître du Roi et du royaume ; il me hait, et m'a donné des marques de sa haine que je ne puis oublier. Le maréchal de Saint-André est un jeune favori audacieux, qui n'en use pas mieux avec moi que les autres. Le détail de mes malheurs vous ferait pitié ; je n'ai osé jusqu'ici me fier à personne, je me fie à vous ; faites que je ne m'en repente point et soyez ma seule consolation." Les yeux de la Reine rougirent en achevant ces paroles ; je pensai me jeter à ses pieds tant je fus véritablement touché de la bonté qu'elle me témoignait. Depuis ce jour-là, elle eut en moi une entière confiance ; elle ne fit plus rien sans m'en parler et j'ai conservé une liaison qui dure encore.

---

1. **Gens** : domestiques.
2. **Devoir** : respect, politesse.

Arrêt sur lecture 2

Pour comprendre l'essentiel

Les intrigues de Mme de Tournon

1 La deuxième partie du roman s'ouvre sur une digression. Identifiez le personnage qui prend en charge la narration et expliquez l'intérêt de ce choix.

2 La mort de Mme de Tournon a mis au jour sa véritable personnalité. Expliquez pourquoi cette femme était considérée de son vivant comme un exemple de vertu et montrez que cela rend sa tromperie d'autant plus répréhensible.

3 Sancerre est affligé par deux événements : la mort de Mme de Tournon et la découverte de son infidélité. Pages 67 à 71, analysez l'évolution de ses sentiments et expliquez ses différentes réactions.

Des preuves d'amour

4 Mme la Dauphine révèle à Mme de Clèves que le duc de Nemours semble avoir une liaison. Expliquez l'intérêt du récit de Mme la Dauphine pour le lecteur, et analysez l'effet qu'il produit sur Mme de Clèves.

5 M. de Nemours parvient à rencontrer la princesse de Clèves en tête-à-tête. Pages 77-78, observez la manière dont le duc exprime ses sentiments et montrez qu'il fait une déclaration d'amour indirecte à la jeune femme.

6 Au cours des préparatifs du tournoi, M. de Nemours se blesse lorsqu'il est à cheval. Expliquez comment Mme de Clèves révèle alors malgré elle ses sentiments pour le duc et précisez quels personnages s'en aperçoivent.

La lettre égarée

7 Mme la Dauphine donne à Mme de Clèves une lettre qu'elle croit destinée à M. de Nemours. Expliquez le regard que le lecteur porte à ce moment du récit sur la princesse.

8 Après avoir perdu la lettre qui lui était adressée, le vidame de Chartres est très préoccupé. Relevez les expressions qui traduisent son inquiétude et montrez que ses différentes réactions prouvent l'importance de cette missive.

9 Le vidame de Chartres décrit la relation particulière qu'il entretient avec la Reine. Effectuez des recherches sur Catherine de Médicis, notamment sur sa relation avec le Roi. Expliquez les circonstances de leur mariage et les difficultés rencontrées par le couple royal. Montrez que cet exemple d'union illustre bien les contraintes sociales de l'époque. Vous ferez un compte rendu oral en classe de vos recherches.

✔ *Rappelez-vous !*

• La structure de *La Princesse de Clèves* repose sur un récit principal dans lequel s'insèrent plusieurs **récits enchâssés**. La deuxième partie du roman s'ouvre ainsi sur les intrigues de Mme de Tournon. Ces digressions ne sont pas totalement détachées de l'intrigue principale et le lecteur peut toujours établir un lien entre le récit enchâssé et les aventures de Mme de Clèves : Mme de Tournon apparaît comme un contre-exemple pour l'héroïne.

• Cette partie du roman fait intervenir une **lettre** dans la narration. Ce procédé couramment employé par les auteurs de l'époque, comme Honoré d'Urfé dans *L'Astrée*, permet de donner une nouvelle tournure aux événements. La lettre égarée par le vidame de Chartres amène ainsi Mme de Clèves à prendre conscience de la puissance de ses sentiments en raison de la jalousie qu'elle éprouve.

Zoom sur...

Le vol du portrait, des lignes 716 à 781, p. 87-89

→ *Montrer que le vol du portrait marque un tournant dans la passion de Mme de Clèves et de M. de Nemours*

Analyse du texte

Introduction rédigée

Jusqu'à cet instant du récit, Mme de Clèves et M. de Nemours ne se sont déclaré leur amour que de façon très discrète. Si, lors de leur dernière entrevue en tête à tête, le duc de Nemours a fait des allusions à ses sentiments de façon voilée, le vol du portrait constitue en revanche pour le duc un véritable passage à l'acte, une manifestation concrète de sa passion. Le fait que Mme de Clèves soit témoin de cette scène renforce le caractère symbolique de ce vol. Nous montrerons en quoi cet événement marque un tournant dans la passion des deux personnages. Pour cela, nous étudierons le jeu des regards sur lequel repose le déroulement de l'action. Ensuite, nous nous intéresserons aux conséquences de cet acte pour montrer qu'il déclenche des sentiments exaltés chez les deux personnages.

Analyse guidée

I. Un jeu de regards

a. Plusieurs personnes se trouvent dans la chambre de Mme de Clèves au moment du vol du portrait. Relevez le lexique de la vue et montrez que le jeu des regards est au cœur de cette péripétie.

b. Le narrateur prend le soin de préciser la position de chaque personnage ainsi que le décor du lieu. Relevez ces différentes indications et expliquez leur importance par rapport à l'enjeu de l'épisode.

c. L'objet que le duc de Nemours dérobe est un portrait de Mme de Clèves. Analysez la portée symbolique de cet objet.

II. Un acte décisif

a. Pris en flagrant délit, M. de Nemours décide de solliciter l'indulgence de Mme de Clèves. Expliquez l'importance de cette demande et dites comment elle est mise en valeur dans le texte.

b. Mme de Clèves voit M. de Nemours voler son portrait et décide pourtant de ne rien dire. Montrez que Mme de Clèves se trouve face à un dilemme et qu'elle préfère éviter toute confrontation avec le duc.

c. Cet incident fait ressurgir dans l'esprit de Mme de Clèves un certain nombre de souvenirs. Relevez les expressions qui se rapportent à ces souvenirs et expliquez quel est leur rôle dans le dilemme qui agite Mme de Clèves.

III. Des sentiments exacerbés

a. M. de Nemours est parvenu à ses fins en dérobant ce portrait. Analysez la manière dont la satisfaction du personnage est exprimée.

b. M. de Clèves est attristé par la disparition du portrait de son épouse. Montrez que l'attitude et les propos du prince ne font qu'accentuer le trouble de Mme de Clèves.

c. Mme de Clèves est tourmentée par l'événement qui vient de se produire. Observez la structure du dernier paragraphe de l'extrait et expliquez comment se traduit l'agitation de la princesse.

Conclusion rédigée

Le vol du portrait est une étape fondamentale dans la relation qui s'établit entre Mme de Clèves et M. de Nemours. En lui demandant de ne pas le dénoncer, le duc a rendu la princesse complice de son acte, et a créé un rapprochement coupable entre eux. Les regards échangés à la dérobée n'avaient pas d'incidence sur l'esprit de Mme de Clèves, mais le fait de partager ce secret avec le duc la rend fautive. De plus, les sentiments des deux personnages s'affirment plus clairement désormais : la princesse a une preuve indiscutable de l'amour de M. de Nemours, qui peut quant à lui se réjouir des sentiments qu'il a su déceler dans l'attitude bienveillante de Mme de Clèves.

Étude de la langue

Observez les trois phrases ci-dessous et expliquez l'accord des participes passés en précisant leur fonction dans la phrase.

« Elle en fut si troublée que Mme la Dauphine remarqua qu'elle ne l'écoutait pas » (l. 726-728).

« Il rencontra les yeux de Mme de Clèves, qui étaient encore attachés sur lui » (l. 729-730).

« Mme de Clèves n'était pas peu embarrassée » (l. 732).

Activité d'appropriation

Mme la Dauphine trouve que le comportement de Mme de Clèves est étrange et soupçonne que cette dernière lui cache quelque chose. Peu après la disparition du portrait, Mme la Dauphine s'entretient avec Mme de Clèves et lui fait part de ses soupçons. Imaginez le dialogue entre les deux femmes. Veillez à bien respecter les règles du dialogue et à adapter votre production écrite au langage précieux de l'époque. Aidez-vous du lexique et des expressions présents dans le récit de Mme de Lafayette.

Troisième partie

« Cependant, quelque rempli et quelque occupé que je fusse de cette nouvelle liaison avec la Reine, je tenais à Mme de Thémines par une inclination naturelle que je ne pouvais vaincre. Il me parut qu'elle cessait de m'aimer et, au lieu que, si j'eusse été sage, je me fusse servi du changement qui paraissait en elle pour aider à me guérir, mon amour en redoubla et je me conduisais si mal que la Reine eut quelque connaissance de cet attachement. La jalousie est naturelle aux personnes de sa nation [1], et peut-être que cette princesse a pour moi des sentiments plus vifs qu'elle ne pense elle-même. Mais enfin le bruit que j'étais amoureux lui donna de si grandes inquiétudes et de si grands chagrins que je me crus cent fois perdu auprès d'elle. Je la rassurai enfin à force de soins, de soumissions et de faux serments [2] ; mais je n'aurais pu la tromper longtemps si le changement de Mme de Thémines ne m'avait détaché d'elle malgré moi. Elle me fit voir qu'elle ne m'aimait plus ; et j'en fus si persuadé que je fus contraint de ne la pas tourmenter davantage et de la laisser en repos. Quelque temps après, elle m'écrivit cette lettre que j'ai perdue. J'appris par là qu'elle avait su le commerce que j'avais eu avec cette autre femme dont je vous ai parlé et que c'était la cause de son changement. Comme je n'avais plus rien alors qui me partageât, la Reine était assez contente de moi ; mais comme les sentiments que j'ai pour elle ne sont pas d'une nature à

1. Catherine de Médicis est italienne.
2. **Serments** : promesses.

me rendre incapable de tout autre attachement et que l'on n'est pas amoureux par sa volonté, je le suis devenu de Mme de Martigues, pour qui j'avais déjà eu beaucoup d'inclination pendant qu'elle était Villemontais, fille[1] de la Reine Dauphine. J'ai lieu de croire que je n'en suis pas haï[2] ; la discrétion que je lui fais paraître, et dont elle ne sait pas toutes les raisons, lui est agréable. La reine n'a aucun soupçon sur son sujet ; mais elle en a un autre qui n'est guère moins fâcheux. Comme Mme de Martigues est toujours chez la Reine Dauphine, j'y vais aussi beaucoup plus souvent que de coutume. La Reine s'est imaginé que c'est de cette princesse que je suis amoureux. Le rang de la Reine Dauphine, qui est égal au sien, et la beauté et la jeunesse qu'elle a au-dessus d'elle, lui donnent une jalousie qui va jusques à la fureur et une haine contre sa belle-fille qu'elle ne saurait plus cacher. Le cardinal de Lorraine, qui me paraît depuis longtemps aspirer aux bonnes grâces de la reine et qui voit bien que j'occupe une place qu'il voudrait remplir, sous prétexte de raccommoder[3] Mme la Dauphine avec elle, est entré dans les différends[4] qu'elles ont eus ensemble. Je ne doute pas qu'il n'ait démêlé le véritable sujet de l'aigreur de la Reine et je crois qu'il me rend toutes sortes de mauvais offices[5], sans lui laisser voir qu'il a dessein de me les rendre. Voilà l'état où sont les choses à l'heure que je vous parle. Jugez quel effet peut produire la lettre que j'ai perdue, et que mon malheur m'a fait mettre dans ma poche pour la rendre à Mme de Thémines. Si la Reine voit cette lettre, elle connaîtra que je l'ai trompée et que presque dans le temps que je la trompais pour Mme de Thémines, je trompais Mme de Thémines pour une autre ; jugez quelle idée cela lui peut donner de moi et si elle peut jamais se fier à mes paroles. Si elle ne voit point cette lettre, que lui dirai-je ? Elle sait qu'on l'a remise entre les mains de

---

1. Fille d'honneur.
2. **Je n'en suis pas haï** : j'en suis aimé.
3. **Raccommoder** : réconcilier.
4. **Différends** : désaccords.
5. **Il me rend [...] de mauvais offices** : il me fait du tort.

Mme la Dauphine ; elle croira que Chastelart a reconnu l'écriture de cette reine et que la lettre est d'elle ; elle s'imaginera que la personne dont on témoigne de la jalousie est peut-être elle-même ; enfin, il n'y a rien qu'elle n'ait lieu de penser et il n'y a rien que je ne doive craindre de ses pensées. Ajoutez à cela que je suis vivement touché de Mme de Martigues ; qu'assurément Mme la Dauphine qui montrera cette lettre qu'elle croira écrite depuis peu ; ainsi je serai également brouillé, et avec la personne du monde que j'aime le plus, et avec la personne du monde que je dois le plus craindre. Voyez après cela si je n'ai pas raison de vous conjurer[1] de dire que la lettre est à vous, et de vous demander, en grâce, de l'aller retirer des mains de Mme la Dauphine.

– Je vois bien, dit M. de Nemours, que l'on ne peut être dans un plus grand embarras que celui où vous êtes, et il faut avouer que vous le méritez. On m'a accusé de n'être pas un amant fidèle et d'avoir plusieurs galanteries à la fois ; mais vous me passez de si loin que je n'aurais seulement osé imaginer les choses que vous avez entreprises. Pouviez-vous prétendre de conserver Mme de Thémines en vous engageant avec la Reine et espériez-vous de vous engager avec la Reine et de la pouvoir tromper ? Elle est italienne et reine, et par conséquent pleine de soupçons, de jalousie et d'orgueil ; quand votre bonne fortune, plutôt que votre bonne conduite, vous a ôté des engagements où vous étiez, vous en avez pris de nouveaux et vous vous êtes imaginé qu'au milieu de la Cour, vous pourriez aimer Mme de Martigues sans que la Reine s'en aperçût. Vous ne pouviez prendre trop de soins de lui ôter la honte d'avoir fait les premiers pas. Elle a pour vous une passion violente ; votre discrétion vous empêche de me le dire et la mienne de vous le demander ; mais enfin elle vous aime, elle a de la défiance, et la vérité est contre vous.

Est-ce à vous à m'accabler de réprimandes[2], interrompit le Vidame, et votre expérience ne vous doit-elle pas donner de

---

1. Conjurer : supplier.
2. Réprimandes : reproches.

l'indulgence pour mes fautes ? Je veux pourtant bien convenir que j'ai tort ; mais songez, je vous conjure, à me tirer de l'abîme[1] où je suis. Il me paraît qu'il faudrait que vous vissiez la Reine Dauphine sitôt qu'elle sera éveillée pour lui redemander cette lettre, comme l'ayant perdue.

Je vous ai déjà dit, reprit M. de Nemours, que la proposition que vous me faites est un peu extraordinaire[2] et que mon intérêt particulier m'y peut faire trouver des difficultés ; mais, de plus, si l'on a vu tomber cette lettre de votre poche, il me paraît difficile de persuader qu'elle soit tombée de la mienne.

Je croyais vous avoir appris, répondit le Vidame, que l'on a dit à la Reine Dauphine que c'était de la vôtre qu'elle était tombée.

Comment ! reprit brusquement M. de Nemours, qui vit dans ce moment les mauvais offices que cette méprise lui pouvait faire auprès de Mme de Clèves, l'on a dit à la Reine Dauphine que c'est moi qui ai laissé tomber cette lettre ?

Oui, reprit le Vidame, on le lui a dit. Et ce qui a fait cette méprise, c'est qu'il y avait plusieurs gentilshommes des reines dans une des chambres du jeu de paume où étaient nos habits et que vos gens et les miens les ont été quérir. En même temps la lettre est tombée ; ces gentilshommes l'ont ramassée et l'ont lue tout haut. Les uns ont cru qu'elle était à vous et les autres à moi. Chastelart, qui l'a prise et à qui je viens de la faire demander, a dit qu'il l'avait donnée à la Reine Dauphine, comme une lettre qui était à vous ; et ceux qui en ont parlé à la Reine ont dit par malheur qu'elle était à moi ; ainsi vous pouvez faire aisément ce que je souhaite et m'ôter de l'embarras où je suis.

M. de Nemours avait toujours fort aimé le vidame de Chartres, et ce qu'il était à[3] Mme de Clèves le lui rendait encore plus cher. Néanmoins il ne pouvait se résoudre à prendre le hasard qu'elle

1. **L'abîme** : la situation désespérée.
2. **Extraordinaire** : étrange.
3. **Ce qu'il était à** : le lien qu'il avait avec.

entendît parler de cette lettre comme d'une chose où il avait intérêt[1]. Il se mit à rêver profondément et le Vidame, se doutant à peu près du sujet de sa rêverie :

– Je vois bien, lui dit-il, que vous craignez de vous brouiller avec votre maîtresse, et même vous me donneriez lieu de croire que c'est avec la Reine Dauphine si le peu de jalousie que je vous vois de M. d'Anville ne m'en ôtait la pensée ; mais, quoi qu'il en soit, il est juste que vous ne sacrifiiez pas votre repos au mien et je veux bien vous donner les moyens de faire voir à celle que vous aimez que cette lettre s'adresse à moi et non pas à vous : voilà un billet de Mme d'Amboise, qui est amie de Mme de Thémines et à qui elle s'est fiée[2] de tous les sentiments qu'elle a eus pour moi. Par ce billet elle me redemande cette lettre de son amie que j'ai perdue ; mon nom est sur le billet ; et ce qui est dedans prouve sans aucun doute que la lettre que l'on me redemande est la même que l'on a trouvée. Je vous remets ce billet entre les mains et je consens que vous le montriez à votre maîtresse pour vous justifier.

Je vous conjure de ne perdre pas un moment et d'aller, dès ce matin, chez Mme la Dauphine.

M. de Nemours le promit au vidame de Chartres et prit le billet de Mme d'Amboise ; néanmoins son dessein n'était pas de voir la Reine Dauphine et il trouvait qu'il avait quelque chose de plus pressé à faire. Il ne doutait pas qu'elle n'eût déjà parlé de la lettre à Mme de Clèves et il ne pouvait supporter qu'une personne qu'il aimait si éperdument, eût lieu de croire qu'il eût quelque attachement pour une autre.

Il alla chez elle à l'heure qu'il crut qu'elle pouvait être éveillée et lui fit dire qu'il ne demanderait pas à avoir l'honneur de la voir, à une heure si extraordinaire, si une affaire de conséquence[3] ne l'y obligeait. Mme de Clèves était encore au lit, l'esprit aigri et agité de tristes pensées qu'elle avait eues pendant la nuit. Elle fut extrêmement

1. **Où il avait intérêt** : qui le concernait.
2. **Fiée** : confiée.
3. **De conséquence** : d'une grande importance.

fut extrêmement surprise lorsqu'on lui dit que M. de Nemours la demandait; l'aigreur où elle était ne la fit pas balancer[1] à répondre qu'elle était malade et qu'elle ne pouvait lui parler.

Ce prince ne fut pas blessé de ce refus: une marque de froideur, dans un temps où elle pouvait avoir de la jalousie, n'était pas un mauvais augure[2]. Il alla à l'appartement de M. de Clèves, et lui dit qu'il venait de celui de Madame sa femme, qu'il était bien fâché de ne la pouvoir entretenir, parce qu'il avait à lui parler d'une affaire importante pour le vidame de Chartres. Il fit entendre en peu de mots à M. de Clèves la conséquence de cette affaire, et M. de Clèves le mena à l'heure même dans la chambre de sa femme. Si elle n'eût point été dans l'obscurité, elle eût eu peine à cacher son trouble et son étonnement de voir entrer M. de Nemours conduit par son mari. M. de Clèves lui dit qu'il s'agissait d'une lettre, où l'on avait besoin de son secours pour les intérêts du Vidame, qu'elle verrait avec M. de Nemours ce qu'il y avait à faire, et que, pour lui, il s'en allait chez le Roi qui venait de l'envoyer quérir.

M. de Nemours demeura seul auprès de Mme de Clèves, comme il le pouvait souhaiter.

– Je viens vous demander, Madame, lui dit-il, si Mme la Dauphine ne vous a point parlé d'une lettre que Chastelart lui remit hier entre les mains.

– Elle m'en a dit quelque chose, répondit Mme de Clèves; mais je ne vois pas ce que cette lettre a de commun avec les intérêts de mon oncle et je vous puis assurer qu'il n'y est pas nommé.

– Il est vrai, Madame, répliqua M. de Nemours, il n'y est pas nommé; néanmoins elle s'adresse à lui et il lui est très important que vous la retiriez des mains de Mme la Dauphine.

– J'ai peine à comprendre, reprit Mme de Clèves, pourquoi il lui importe que cette lettre soit vue et pourquoi il faut la redemander sous son nom.

1. **Balancer**: ici, hésiter.
2. **Augure**: présage.

– Si vous voulez vous donner le loisir de m'écouter, Madame, dit M. de Nemours, je vous ferai bientôt voir la vérité et vous apprendrez des choses si importantes pour le Vidame que je ne les aurais pas même confiées à M. le prince de Clèves, si je n'avais eu besoin de son secours pour avoir l'honneur de vous voir.

– Je pense que tout ce que vous prendriez la peine de me dire serait inutile, répondit Mme de Clèves avec un air assez sec, et il vaut mieux que vous alliez trouver la Reine Dauphine et que, sans chercher de détours, vous lui disiez l'intérêt que vous avez à cette lettre, puisque aussi bien on lui a dit qu'elle vient de vous.

L'aigreur que M. de Nemours voyait dans l'esprit de Mme de Clèves lui donnait le plus sensible plaisir qu'il eût jamais eu et balançait[1] son impatience de se justifier.

– Je ne sais, Madame, reprit-il, ce qu'on peut avoir dit à Mme la Dauphine ; mais je n'ai aucun intérêt à cette lettre et elle s'adresse à M. le Vidame.

– Je le crois, répliqua Mme de Clèves ; mais on a dit le contraire à la Reine Dauphine et il ne lui paraîtra pas vraisemblable que les lettres de M. le Vidame tombent de vos poches. C'est pourquoi, à moins que vous n'ayez quelque raison que je ne sais point, à cacher la vérité à la Reine Dauphine, je vous conseille de la lui avouer.

– Je n'ai rien à lui avouer, reprit-il ; la lettre ne s'adresse pas à moi et, s'il y a quelqu'un que je souhaite d'en persuader, ce n'est pas Mme la Dauphine. Mais, Madame, comme il s'agit en ceci de la fortune de M. le Vidame, trouvez bon que je vous apprenne des choses qui sont même dignes de votre curiosité.

Mme de Clèves témoigna par son silence qu'elle était prête à l'écouter, et M. de Nemours lui conta, le plus succinctement qu'il lui fut possible, tout ce qu'il venait d'apprendre du Vidame. Quoique ce fussent des choses propres à donner de l'étonnement et à être écoutées avec attention, Mme de Clèves les entendit avec une froideur si grande qu'il semblait qu'elle ne les crût pas véritables ou qu'elles

1. **Balançait** : ici, modérait.

lui fussent indifférentes. Son esprit demeura dans cette situation jusqu'à ce que M. de Nemours lui parlât du billet de Mme d'Amboise, qui s'adressait au vidame de Chartres et qui était la preuve de tout ce qu'il lui venait de dire. Comme Mme de Clèves savait que cette femme était amie de Mme de Thémines, elle trouva une apparence de vérité à ce que lui disait M. de Nemours, qui lui fit penser que la lettre ne s'adressait peut-être pas à lui. Cette pensée la tira tout d'un coup, et malgré elle, de la froideur qu'elle avait eue jusqu'alors. Ce prince, après lui avoir lu ce billet qui faisait sa justification, le lui présenta pour le lire et lui dit qu'elle en pouvait connaître l'écriture ; elle ne put s'empêcher de le prendre, de regarder le dessus pour voir s'il s'adressait au vidame de Chartres et de le lire tout entier pour juger si la lettre que l'on redemandait était la même qu'elle avait entre les mains. M. de Nemours lui dit encore tout ce qu'il crut propre à la persuader ; et, comme on persuade aisément une vérité agréable, il convainquit Mme de Clèves qu'il n'avait point de part à cette lettre.

Elle commença alors à raisonner[1] avec lui sur l'embarras et le péril où était le Vidame, à le blâmer de sa méchante conduite, à chercher les moyens de le secourir ; elle s'étonna du procédé[2] de la Reine, elle avoua à M. de Nemours qu'elle avait la lettre, enfin sitôt qu'elle le crut innocent, elle entra avec un esprit ouvert et tranquille dans les mêmes choses qu'elle semblait d'abord ne daigner pas entendre. Ils convinrent qu'il ne fallait point rendre la lettre à la Reine Dauphine, de peur qu'elle ne la montrât à Mme de Martigues, qui connaissait l'écriture de Mme de Thémines et qui aurait aisément deviné par l'intérêt qu'elle prenait au Vidame, qu'elle s'adressait à lui. Ils trouvèrent aussi qu'il ne fallait pas confier à la Reine Dauphine tout ce qui regardait la Reine, sa belle-mère. Mme de Clèves, sous le prétexte des affaires de son oncle, entrait[3] avec plaisir à garder tous les secrets que M. de Nemours lui confiait.

1. **Raisonner** : réfléchir.
2. **Du procédé** : de la façon d'agir.
3. **Entrait** : prenait part.

Ce prince ne lui eût pas toujours parlé des intérêts du Vidame, et la liberté où il se trouvait de l'entretenir lui eût donné une hardiesse[1] qu'il n'avait encore osé prendre, si l'on ne fût venu dire à Mme de Clèves que la Reine Dauphine lui ordonnait de l'aller trouver. M. de Nemours fut contraint de se retirer; il alla trouver le Vidame pour lui dire qu'après l'avoir quitté, il avait pensé qu'il était plus à propos de s'adresser à Mme de Clèves qui était sa nièce que d'aller droit à Mme la Dauphine. Il ne manqua pas de raisons pour faire approuver ce qu'il avait fait et pour en faire espérer un bon succès.

Cependant Mme de Clèves s'habilla en diligence pour aller chez la Reine. À peine parut-elle dans sa chambre, que cette princesse la fit approcher, et lui dit tout bas:

– Il y a deux heures que je vous attends, et jamais je n'ai été si embarrassée à déguiser la vérité que je l'ai été ce matin. La Reine a entendu parler de la lettre que je vous donnai hier; elle croit que c'est le vidame de Chartres qui l'a laissée tomber. Vous savez qu'elle y prend quelque intérêt; elle a fait chercher cette lettre, elle l'a fait demander à Chastelart; il a dit qu'il me l'avait donnée; on me l'est venu demander sur le prétexte que c'était une jolie lettre qui donnait de la curiosité à la Reine. Je n'ai osé dire que vous l'aviez; je crus qu'elle s'imaginerait que je vous l'avais mise entre les mains à cause du Vidame votre oncle, et qu'il y aurait une grande intelligence[2] entre lui et moi. Il m'a déjà paru qu'elle souffrait avec peine qu'il me vît souvent, de sorte que j'ai dit que la lettre était dans les habits que j'avais hier et que ceux qui en avaient la clef étaient sortis. Donnez-moi promptement cette lettre, ajouta-t-elle, afin que je la lui envoie et que je la lise avant que de l'envoyer pour voir si je n'en connaîtrai point l'écriture. Mme de Clèves se trouva encore plus embarrassée qu'elle n'avait pensé.

1. **Hardiesse**: témérité.
2. **Intelligence**: complicité.

– Je ne sais, Madame, comment vous ferez, répondit-elle ; car M. de Clèves, à qui je l'avais donnée à lire, l'a rendue à M. de Nemours qui est venu dès ce matin le prier de vous la redemander. M. de Clèves a eu l'imprudence de lui dire qu'il l'avait et il a eu la faiblesse de céder aux prières que M. de Nemours lui a faites de la lui rendre.

– Vous me mettez dans le plus grand embarras où je puisse jamais être, repartit Mme la Dauphine, et vous avez tort d'avoir rendu cette lettre à M. de Nemours ; puisque c'était moi qui vous l'avais donnée, vous ne deviez point la rendre sans ma permission. Que voulez-vous que je dise à la Reine et que pourra-t-elle s'imaginer ? Elle croira, et avec apparence[1], que cette lettre me regarde et qu'il y a quelque chose entre le Vidame et moi. Jamais on ne lui persuadera que cette lettre soit à M. de Nemours.

– Je suis très affligée, répondit Mme de Clèves, de l'embarras que je vous cause. Je le crois aussi grand qu'il est ; mais c'est la faute de M. de Clèves et non pas la mienne.

– C'est la vôtre, répliqua la Dauphine, de lui avoir donné la lettre, et il n'y a que vous de femme au monde[2] qui fasse confidence à son mari de toutes les choses qu'elle sait.

– Je crois que j'ai tort, Madame, répliqua Mme de Clèves ; mais songez à réparer ma faute et non pas à l'examiner.

– Ne vous souvenez-vous point, à peu près, de ce qui est dans cette lettre ? dit alors la Reine Dauphine.

– Oui, Madame, répondit-elle, je m'en souviens et l'ai relue plus d'une fois.

– Si cela est, reprit Mme la Dauphine, il faut que vous alliez tout à l'heure la faire écrire d'une main inconnue. Je l'enverrai à la Reine : elle ne la montrera pas à ceux qui l'ont vue. Quand elle le ferait, je soutiendrai toujours que c'est celle que Chastelart m'a donnée et il n'oserait dire le contraire.

---

1. **Avec apparence** : selon toute vraisemblance.
2. **Il n'y a que vous de femme au monde** : vous êtes la seule femme au monde.

Mme de Clèves entra dans cet expédient[1], et d'autant plus qu'elle pensa qu'elle enverrait quérir M. de Nemours pour ravoir la lettre même, afin de la faire copier mot à mot et d'en faire à peu près imiter l'écriture, et elle crut que la Reine y serait infailliblement trompée. Sitôt qu'elle fut chez elle, elle conta à son mari l'embarras de Mme la Dauphine et le pria d'envoyer chercher M. de Nemours. On le chercha ; il vint en diligence. Mme de Clèves lui dit tout ce qu'elle avait déjà appris à son mari et lui demanda la lettre ; mais M. de Nemours répondit qu'il l'avait déjà rendue au vidame de Chartres, qui avait eu tant de joie de la ravoir et de se trouver hors du péril qu'il aurait couru qu'il l'avait renvoyée à l'heure même à l'amie de Mme de Thémines. Mme de Clèves se retrouva dans un nouvel embarras ; et enfin, après avoir bien consulté[2], ils résolurent de faire la lettre de mémoire. Ils s'enfermèrent pour y travailler ; on donna ordre à la porte de ne laisser entrer personne et on renvoya tous les gens de M. de Nemours. Cet air de mystère et de confidence n'était pas d'un médiocre charme pour ce prince et même pour Mme de Clèves. La présence de son mari et les intérêts du vidame de Chartres la rassuraient en quelque sorte sur ses scrupules. Elle ne sentait que le plaisir de voir M. de Nemours, elle en avait une joie pure et sans mélange qu'elle n'avait jamais sentie : cette joie lui donnait une liberté et un enjouement dans l'esprit que M. de Nemours ne lui avait jamais vus et qui redoublaient son amour. Comme il n'avait point eu encore de si agréables moments, sa vivacité en était augmentée ; et quand Mme de Clèves voulut commencer à se souvenir de la lettre et à l'écrire, ce prince, au lieu de lui aider sérieusement, ne faisait que l'interrompre et lui dire des choses plaisantes. Mme de Clèves entra dans le même esprit de gaieté, de sorte qu'il y avait déjà longtemps qu'ils étaient enfermés, et on était déjà venu deux fois de la part de la Reine Dauphine pour dire à Mme de Clèves de se dépêcher, qu'ils n'avaient pas encore fait la moitié de la lettre.

1. **Entra dans cet expédient** : accepta ce stratagème.
2. **Consulté** : réfléchi.

M. de Nemours était bien aise de faire durer un temps qui lui était si agréable et oubliait les intérêts de son ami. Mme de Clèves ne s'ennuyait pas et oubliait aussi les intérêts de son oncle. Enfin à peine, à quatre heures, la lettre était-elle achevée, et elle était si mal[1], et l'écriture dont on la fit copier ressemblait si peu à celle que l'on avait eu dessein d'imiter qu'il eût fallu que la Reine n'eût guère pris de soin d'éclaircir la vérité pour ne la pas connaître. Aussi n'y fut-elle pas trompée, quelque soin que l'on prit de lui persuader que cette lettre s'adressait à M. de Nemours. Elle demeura convaincue, non seulement qu'elle était au vidame de Chartres, mais elle crut que la Reine Dauphine y avait part et qu'il y avait quelque intelligence entre eux. Cette pensée augmenta tellement la haine qu'elle avait pour cette princesse qu'elle ne lui pardonna jamais et qu'elle la persécuta jusqu'à ce qu'elle l'eût fait sortir de France[2].

Pour le vidame de Chartres, il fut ruiné[3] auprès d'elle, et, soit que le cardinal de Lorraine se fût déjà rendu maître de son esprit, ou que l'aventure de cette lettre qui lui fit voir qu'elle était trompée, lui aidât à démêler les autres tromperies que le Vidame lui avait déjà faites, il est certain qu'il ne put jamais se raccommoder sincèrement avec elle. Leur liaison se rompit, et elle le perdit ensuite à la conjuration d'Amboise[4] où il se trouva embarrassé[5].

Après qu'on eut envoyé la lettre à Mme la Dauphine, M. de Clèves et M. de Nemours s'en allèrent. Mme de Clèves demeura seule, et sitôt qu'elle ne fut plus soutenue par cette joie que donne la présence de ce que l'on aime, elle revint comme d'un songe; elle regarda avec étonnement la prodigieuse différence de l'état où elle était le soir d'avec celui où elle se trouvait alors; elle se remit devant les yeux l'aigreur et la froideur qu'elle avait fait paraître à M. de

1. **Si mal**: si mal faite.
2. Marie Stuart quitte la France à la mort de son époux.
3. **Ruiné**: discrédité.
4. **Conjuration d'Amboise**: complot mis en place pour soustraire François II à l'influence des Guises.
5. **Embarrassé**: compromis.

Nemours, tant qu'elle avait cru que la lettre de Mme de Thémines s'adressait à lui ; quel calme et quelle douceur avaient succédé à cette aigreur, sitôt qu'il l'avait persuadée que cette lettre ne le regardait pas. Quand elle pensait qu'elle s'était reproché comme un crime, le jour précédent, de lui avoir donné des marques de sensibilité que la seule compassion pouvait avoir fait naître et que, par son aigreur, elle lui avait fait paraître des sentiments de jalousie qui étaient des preuves certaines de passion, elle ne se reconnaissait plus elle-même. Quand elle pensait encore que M. de Nemours voyait bien qu'elle connaissait son amour, qu'il voyait bien aussi que, malgré cette connaissance elle ne l'en traitait pas plus mal en présence même de son mari, qu'au contraire elle ne l'avait jamais regardé si favorablement, qu'elle était cause que M. de Clèves l'avait envoyé quérir et qu'ils venaient de passer une après-dînée ensemble en particulier, elle trouvait qu'elle était d'intelligence avec M. de Nemours, qu'elle trompait le mari du monde qui méritait le moins d'être trompé, et elle était honteuse de paraître si peu digne d'estime aux yeux même de son amant. Mais, ce qu'elle pouvait moins supporter que tout le reste, était le souvenir de l'état où elle avait passé la nuit, et les cuisantes[1] douleurs que lui avait causées la pensée que M. de Nemours aimait ailleurs et qu'elle était trompée.

Elle avait ignoré jusqu'alors les inquiétudes mortelles de la défiance et de la jalousie ; elle n'avait pensé qu'à se défendre d'aimer M. de Nemours et elle n'avait point encore commencé à craindre qu'il en aimât une autre. Quoique les soupçons que lui avait donnés cette lettre fussent effacés, ils ne laissèrent pas de lui ouvrir les yeux sur le hasard d'être trompée et de lui donner des impressions[2] de défiance et de jalousie qu'elle n'avait jamais eues. Elle fut étonnée de n'avoir point encore pensé combien il était peu vraisemblable qu'un homme comme M. de Nemours, qui avait toujours fait paraître tant de légèreté parmi les femmes, fût capable d'un attachement sincère

1. **Cuisantes** : vives.
2. **Impressions** : marques.

et durable. Elle trouva qu'il était presque impossible qu'elle pût être contente de sa passion. Mais quand je le pourrais être, disait-elle, qu'en veux-je faire ? Veux-je la souffrir ? Veux-je y répondre ? Veux-je m'engager dans une galanterie ? Veux-je manquer[1] à M. de Clèves ? Veux-je me manquer à moi-même ? Et veux-je enfin m'exposer aux cruels repentirs[2] et aux mortelles douleurs que donne l'amour ? Je suis vaincue et surmontée par une inclination qui m'entraîne malgré moi. Toutes mes résolutions sont inutiles ; je pensai hier tout ce que je pense aujourd'hui et je fais aujourd'hui tout le contraire de ce que je résolus hier. Il faut m'arracher de la présence de M. de Nemours ; il faut m'en aller à la campagne, quelque bizarre que puisse paraître mon voyage ; et si M. de Clèves s'opiniâtre à l'empêcher ou à en vouloir savoir les raisons, peut-être lui ferai-je le mal, et à moi-même aussi, de les lui apprendre. Elle demeura dans cette résolution[3] et passa tout le soir chez elle, sans aller savoir de Mme la Dauphine ce qui était arrivé de la fausse lettre du Vidame.

Quand M. de Clèves fut revenu, elle lui dit qu'elle voulait aller à la campagne, qu'elle se trouvait mal et qu'elle avait besoin de prendre l'air. M. de Clèves, à qui elle paraissait d'une beauté qui ne lui persuadait pas que ses maux fussent considérables, se moqua d'abord de la proposition de ce voyage et lui répondit qu'elle oubliait que les noces des princesses et le tournoi s'allaient faire[4], et qu'elle n'avait pas trop de temps pour se préparer à y paraître avec la même magnificence que les autres femmes. Les raisons de son mari ne la firent pas changer de dessein ; elle le pria de trouver bon que, pendant qu'il irait à Compiègne avec le roi, elle allât à Coulommiers, qui était une belle maison à une journée de Paris, qu'ils faisaient bâtir avec soin. M. de Clèves y consentit ; elle y alla dans le dessein de n'en pas revenir sitôt, et le Roi partit pour Compiègne où il ne devait être que peu de jours.

---

1. **Manquer** : ne pas respecter.
2. **Repentirs** : regrets, remords.
3. **Résolution** : décision.
4. **S'allaient faire** : allaient avoir lieu.

M. de Nemours avait eu bien de la douleur de n'avoir point revu Mme de Clèves depuis cette après-dînée qu'il avait passée avec elle si agréablement et qui avait augmenté ses espérances. Il avait une impatience de la revoir qui ne lui donnait point de repos, de sorte que, quand le Roi revint à Paris, il résolut d'aller chez sa sœur, la duchesse de Mercœur, qui était à la campagne assez près de Coulommiers. Il proposa au Vidame d'y aller avec lui, qui accepta aisément cette proposition ; et M. de Nemours la fit dans l'espérance de voir Mme de Clèves et d'aller chez elle avec le Vidame.

Mme de Mercœur les reçut avec beaucoup de joie et ne pensa qu'à les divertir et à leur donner tous les plaisirs de la campagne. Comme ils étaient à la chasse à courir le cerf, M. de Nemours s'égara dans la forêt. En s'enquérant du chemin qu'il devait tenir[1] pour s'en retourner, il sut qu'il était proche de Coulommiers. À ce mot de Coulommiers, sans faire aucune réflexion et sans savoir quel était son dessein, il alla à toute bride[2] du côté qu'on le lui montrait. Il arriva dans la forêt et se laissa conduire au hasard par des routes faites avec soin, qu'il jugea bien qui conduisaient vers le château. Il trouva au bout de ces routes un pavillon, dont le dessous[3] était un grand salon accompagné de deux cabinets, dont l'un était ouvert sur un jardin de fleurs, qui n'était séparé de la forêt que par des palissades, et le second donnait sur une grande allée du parc. Il entra dans le pavillon, et il se serait arrêté à en regarder la beauté, sans qu'il vît[4] venir par cette allée du parc M. et Mme de Clèves, accompagnés d'un grand nombre de domestiques. Comme il ne s'était pas attendu à trouver M. de Clèves qu'il avait laissé auprès du Roi, son premier mouvement le porta à se cacher : il entra dans le cabinet qui donnait sur le jardin de fleurs, dans la pensée d'en ressortir par une porte qui était ouverte sur la forêt ; mais, voyant que Mme de Clèves et son mari s'étaient assis sous le pavillon, que

1. **Tenir** : prendre.
2. **À toute bride** : au galop.
3. **Dessous** : rez-de-chaussée.
4. **Sans qu'il vît** : s'il n'avait pas vu.

leurs domestiques demeuraient dans le parc et qu'ils ne pouvaient venir à lui sans passer dans le lieu où étaient M. et Mme de Clèves, il ne put se refuser le plaisir de voir cette princesse, ni résister à la curiosité d'écouter sa conversation avec un mari qui lui donnait plus de jalousie qu'aucun de ses rivaux.

Il entendit que M. de Clèves disait à sa femme :

– Mais pourquoi ne voulez-vous point revenir à Paris ? Qui vous peut retenir à la campagne ? Vous avez depuis quelque temps un goût pour la solitude qui m'étonne et qui m'afflige parce qu'il nous sépare. Je vous trouve même plus triste que de coutume et je crains que vous n'ayez quelque sujet d'affliction.

– Je n'ai rien de fâcheux dans l'esprit, répondit-elle avec un air embarrassé ; mais le tumulte[1] de la cour est si grand et il y a toujours un si grand monde chez vous qu'il est impossible que le corps et l'esprit ne se lassent et que l'on ne cherche du repos.

– Le repos, répliqua-t-il, n'est guère propre pour une personne de votre âge. Vous êtes, chez vous et dans la Cour, d'une sorte à ne vous pas donner de lassitude[2] et je craindrais plutôt que vous ne fussiez bien aise d'être séparée de moi.

– Vous me feriez une grande injustice d'avoir cette pensée, reprit-elle avec un embarras qui augmentait toujours ; mais je vous supplie de me laisser ici. Si vous y pouviez demeurer, j'en aurais beaucoup de joie, pourvu que vous y demeurassiez seul, et que vous voulussiez bien n'y avoir point ce nombre infini de gens qui ne vous quittent quasi jamais.

– Ah ! Madame ! s'écria M. de Clèves, votre air et vos paroles me font voir que vous avez des raisons pour souhaiter d'être seule, que je ne sais point, et je vous conjure de me les dire.

Il la pressa[3] longtemps de les lui apprendre sans pouvoir l'y obliger ; et, après qu'elle se fut défendue d'une manière qui augmentait toujours la curiosité de son mari, elle demeura dans un

1. **Tumulte** : agitation.
2. **À ne vous pas donner de lassitude** : à ne pas susciter votre ennui.
3. **Il la pressa** : il lui demanda avec insistance.

Scènes de bal

Francken l'Ancien, scène de danse, fin du XVIe-début du XVIIe siècle, huile sur bois, 415 x 54 cm, musée d'Histoire de l'art, Vienne (Autriche).

➡ Voir p. 247.

La Princesse de Clèves, film de Jean Delannoy avec Marina Vlady (la princesse de Clèves), Jean Marais (le prince de Clèves) et Jean-François Poron (le duc de Nemours), 1961.

➡ Voir p. 247.

Des amants maudits

Camille Corot, *Orphée ramenant Eurydice des enfers*, 1861, huile sur toile, 112 x 137 cm, musée des Beaux-Arts, Huston (Texas, États-Unis).

➡ Voir p. 247.

Rogelio de Egusquiza, *Tristan et Yseult*, 1910, huile sur toile, 160 x 240 cm, musée des Beaux-Arts, Bilbao (Espagne).

➡ Voir p. 247.

Marie de Montpensier (Mélanie Thierry) et le duc Henri de Guise (Gaspard Ulliel), dans *La Princesse de Montpensier*, film de Bertrand Tavernier, 2010.
➡ Voir p. 247.

Anne-Louis Girodet et Barthélemy Joseph Fulcran Roger, *Scène du déluge*, illustration du roman *Paul et Virginie* de Bernardin de Saint-Pierre, 1806, dessin, BnF, Paris.
➡ Voir p. 247.

Francesco Hayez, *Le Dernier Baiser de Roméo à Juliette*, 1823, huile sur toile, 291 x 202 cm, villa Carlotta, Côme (Italie). ➡ Voir p. 247.

Voir sans être vu

Titien, *La Femme au miroir*, vers 1515, huile sur toile, 99 x 76 cm, musée du Louvre, Paris.

➡ Voir p. 247.

Jean-Baptiste Santerre, *Suzanne au bain*, 1704, huile sur toile, 205 x 145 cm, musée du Louvre, Paris.

➡ Voir p. 247.

profond silence, les yeux baissés ; puis tout d'un coup prenant la parole et le regardant :

– Ne me contraignez point, lui dit-elle, à vous avouer une chose que je n'ai pas la force de vous avouer, quoique j'en aie eu plusieurs fois le dessein. Songez seulement que la prudence ne veut pas qu'une femme de mon âge, et maîtresse de sa conduite, demeure exposée au milieu de la Cour.

– Que me faites-vous envisager, Madame, s'écria M. de Clèves. Je n'oserais vous le dire de peur de vous offenser.

Mme de Clèves ne répondit point ; et son silence achevant de confirmer son mari dans ce qu'il avait pensé :

– Vous ne me dites rien, reprit-il, et c'est me dire que je ne me trompe pas.

– Eh bien, Monsieur, lui répondit-elle en se jetant à ses genoux, je vais vous faire un aveu que l'on n'a jamais fait à son mari ; mais l'innocence de ma conduite et de mes intentions m'en donne la force. Il est vrai que j'ai des raisons de m'éloigner de la Cour et que je veux éviter les périls où se trouvent quelquefois les personnes de mon âge. Je n'ai jamais donné nulle marque de faiblesse et je ne craindrais pas d'en laisser paraître si vous me laissiez la liberté de me retirer de la Cour ou si j'avais encore Mme de Chartres pour aider à me conduire. Quelque dangereux que soit le parti que je prends, je le prends avec joie pour me conserver digne d'être à vous. Je vous demande mille pardons, si j'ai des sentiments qui vous déplaisent, du moins je ne vous déplairai jamais par mes actions. Songez que pour faire ce que je fais, il faut avoir plus d'amitié et plus d'estime pour un mari que l'on en a jamais eu ; conduisez-moi, ayez pitié de moi, et aimez-moi encore, si vous pouvez.

M. de Clèves était demeuré, pendant tout ce discours, la tête appuyée sur ses mains, hors de lui-même, et il n'avait pas songé à faire relever sa femme. Quand elle eut cessé de parler, qu'il jeta les yeux sur elle, qu'il la vit à ses genoux le visage couvert de larmes et d'une beauté si admirable, il pensa mourir de douleur, et l'embrassant en la relevant :

– Ayez pitié de moi vous-même, Madame, lui dit-il, j'en suis digne ; et pardonnez si, dans les premiers moments d'une affliction aussi violente qu'est la mienne, je ne réponds pas, comme je dois, à un procédé comme le vôtre. Vous me paraissez plus digne d'estime et d'admiration que tout ce qu'il y a jamais eu de femmes au monde ; mais aussi je me trouve le plus malheureux homme qui ait jamais été. Vous m'avez donné de la passion[1] dès le premier moment que je vous ai vue ; vos rigueurs[2] et votre possession[3] n'ont pu l'éteindre : elle dure encore ; je n'ai jamais pu vous donner[4] de l'amour, et je vois que vous craignez d'en avoir pour un autre. Et qui est-il, Madame, cet homme heureux qui vous donne cette crainte ? Depuis quand vous plaît-il ? Qu'a-t-il fait pour vous plaire ? Quel chemin a-t-il trouvé pour aller à votre cœur ? Je m'étais consolé en quelque sorte de ne l'avoir pas touché par la pensée qu'il était incapable de l'être. Cependant un autre fait ce que je n'ai pu faire. J'ai tout ensemble la jalousie d'un mari et celle d'un amant ; mais il est impossible d'avoir celle d'un mari après un procédé comme le vôtre. Il est trop noble pour ne me pas donner une sûreté entière ; il me console même comme votre amant. La confiance et la sincérité que vous avez pour moi sont d'un prix infini : vous m'estimez assez pour croire que je n'abuserai pas de cet aveu. Vous avez raison, Madame, je n'en abuserai pas et je ne vous en aimerai pas moins. Vous me rendez malheureux par la plus grande marque de fidélité que jamais une femme ait donnée à son mari. Mais, Madame, achevez et apprenez-moi qui est celui que vous voulez éviter.

– Je vous supplie de ne me le point demander, répondit-elle, je suis résolue de ne vous le pas dire et je crois que la prudence ne veut pas que je vous le nomme.

– Ne craignez point, Madame, reprit M. de Clèves, je connais trop le monde pour ignorer que la considération d'un mari n'empêche

1. **Vous m'avez donné de la passion** : j'ai éprouvé de l'amour pour vous.
2. **Vos rigueurs** : votre indifférence.
3. **Votre possession** : le fait de vous avoir épousée.
4. **Donner** : susciter.

pas que l'on ne soit amoureux de sa femme. On doit haïr ceux qui le sont et non pas s'en plaindre ; et encore une fois, Madame, je vous conjure de m'apprendre ce que j'ai envie de savoir.

– Vous m'en presseriez inutilement, répliqua-t-elle ; j'ai de la force pour taire ce que je crois ne pas devoir dire. L'aveu que je vous ai fait n'a pas été par faiblesse, et il faut plus de courage pour avouer cette vérité que pour entreprendre de la cacher.

M. de Nemours ne perdait pas une parole de cette conversation ; et ce que venait de dire Mme de Clèves ne lui donnait guère moins de jalousie qu'à son mari. Il était si éperdument amoureux d'elle qu'il croyait que tout le monde avait les mêmes sentiments. Il était véritable aussi qu'il avait plusieurs rivaux ; mais il s'en imaginait encore davantage, et son esprit s'égarait à chercher celui dont Mme de Clèves voulait parler. Il avait cru bien des fois qu'il ne lui était pas désagréable et il avait fait ce jugement sur des choses qui lui parurent si légères dans ce moment qu'il ne put s'imaginer qu'il eût donné une passion qui devait être bien violente pour avoir recours à un remède si extraordinaire. Il était si transporté[1] qu'il ne savait quasi ce qu'il voyait, et il ne pouvait pardonner à M. de Clèves de ne pas assez presser sa femme de lui dire ce nom qu'elle lui cachait.

M. de Clèves faisait néanmoins tous ses efforts pour le savoir ; et, après qu'il l'en eut pressée inutilement :

– Il me semble, répondit-elle, que vous devez être content de ma sincérité ; ne m'en demandez pas davantage et ne me donnez point lieu de me repentir de ce que je viens de faire. Contentez-vous de l'assurance que je vous donne encore, qu'aucune de mes actions n'a fait paraître mes sentiments et que l'on ne m'a jamais rien dit dont j'aie pu m'offenser.

– Ah ! Madame, reprit tout d'un coup M. de Clèves, je ne vous saurais croire. Je me souviens de l'embarras où vous fûtes le jour que votre portrait se perdit. Vous avez donné, Madame, vous avez donné ce portrait qui m'était si cher et qui m'appartenait si légitimement.

---

1. **Transporté** : dans un état d'exaltation, de trouble.

Vous n'avez pu cacher vos sentiments ; vous aimez, on le sait ; votre vertu vous a jusqu'ici garantie du reste.

– Est-il possible, s'écria cette princesse, que vous puissiez penser qu'il y ait quelque déguisement[1] dans un aveu comme le mien, qu'aucune raison ne m'obligeait à vous faire ? Fiez-vous à mes paroles ; c'est par un assez grand prix que j'achète la confiance que je vous demande. Croyez, je vous en conjure, que je n'ai point donné mon portrait : il est vrai que je le vis prendre ; mais je ne voulus pas faire paraître que je le voyais, de peur de m'exposer à me faire dire des choses que l'on ne m'a encore osé dire.

– Par où vous a-t-on donc fait voir qu'on vous aimait, reprit M. de Clèves, et quelles marques de passion vous a-t-on données ?

– Épargnez-moi la peine, répliqua-t-elle, de vous redire des détails qui me font honte à moi-même de les avoir remarqués et qui ne m'ont que trop persuadée de ma faiblesse.

– Vous avez raison, Madame, reprit-il, je suis injuste. Refusez-moi toutes les fois que je vous demanderai de pareilles choses ; mais ne vous offensez pourtant pas si je vous les demande.

Dans ce moment plusieurs de leurs gens, qui étaient demeurés dans les allées, vinrent avertir M. de Clèves qu'un gentilhomme venait le chercher, de la part du Roi, pour lui ordonner de se trouver le soir à Paris. M. de Clèves fut contraint de s'en aller et il ne put rien dire à sa femme, sinon qu'il la suppliait de venir le lendemain, et qu'il la conjurait de croire que, quoiqu'il fût affligé, il avait pour elle une tendresse et une estime dont elle devait être satisfaite.

Lorsque ce prince fut parti, que Mme de Clèves demeura seule, qu'elle regarda ce qu'elle venait de faire, elle en fut si épouvantée qu'à peine put-elle s'imaginer que ce fût une vérité. Elle trouva qu'elle s'était ôté elle-même le cœur et l'estime de son mari et qu'elle s'était creusé un abîme[2] dont elle ne sortirait jamais. Elle se demandait pourquoi elle avait fait une chose si hasardeuse[3], et

1. **Déguisement** : feinte.
2. **Abîme** : fossé.
3. **Hasardeuse** : risquée.

elle trouvait qu'elle s'y était engagée sans en avoir presque eu le dessein. La singularité d'un pareil aveu, dont elle ne trouvait point d'exemple, lui en faisait voir tout le péril.

Mais quand elle venait à penser que ce remède, quelque violent qu'il fût, était le seul qui la pouvait défendre contre M. de Nemours, elle trouvait qu'elle ne devait point se repentir et qu'elle n'avait point trop hasardé. Elle passa toute la nuit, pleine d'incertitude, de trouble et de crainte, mais enfin le calme revint dans son esprit. Elle trouva même de la douceur à avoir donné ce témoignage de fidélité à un mari qui le méritait si bien, qui avait tant d'estime et tant d'amitié pour elle, et qui venait de lui en donner encore des marques par la manière dont il avait reçu ce qu'elle lui avait avoué.

Cependant M. de Nemours était sorti du lieu où il avait entendu une conversation qui le touchait si sensiblement et s'était enfoncé dans la forêt. Ce qu'avait dit Mme de Clèves de son portrait lui avait redonné la vie en lui faisant connaître que c'était lui qu'elle ne haïssait pas. Il s'abandonna d'abord à cette joie ; mais elle ne fut pas longue, quand il fit réflexion que la même chose qui lui venait d'apprendre qu'il avait touché le cœur de Mme de Clèves, le devait persuader aussi qu'il n'en recevrait jamais nulle marque et qu'il était impossible d'engager[1] une personne qui avait recours à un remède si extraordinaire. Il sentit pourtant un plaisir sensible de l'avoir réduite à cette extrémité. Il trouva de la gloire à s'être fait aimer d'une femme si différente de toutes celles de son sexe ; enfin, il se trouva cent fois heureux et malheureux tout ensemble. La nuit le surprit dans la forêt, et il eut beaucoup de peine à retrouver le chemin de chez Mme de Mercœur. Il y arriva à la pointe du jour. Il fut assez embarrassé de rendre compte de ce qui l'avait retenu ; il s'en démêla[2] le mieux qu'il lui fut possible et revint ce jour même à Paris avec le Vidame.

---

1. **Engager** : entraîner dans une liaison.
2. **Il s'en démêla** : il s'en expliqua.

Ce prince était si rempli de sa passion, et si surpris de ce qu'il avait entendu, qu'il tomba dans une imprudence assez ordinaire, qui est de parler en termes généraux de ses sentiments particuliers et de conter ses propres aventures sous des noms empruntés. En revenant il tourna la conversation sur l'amour, il exagéra le plaisir d'être amoureux d'une personne digne d'être aimée. Il parla des effets bizarres de cette passion et enfin ne pouvant renfermer en lui-même l'étonnement que lui donnait l'action de Mme de Clèves, il la conta au Vidame, sans lui nommer la personne et sans lui dire qu'il y eût aucune part; mais il la conta avec tant de chaleur et avec tant d'admiration que le Vidame soupçonna aisément que cette histoire regardait ce prince. Il le pressa extrêmement de le lui avouer. Il lui dit qu'il connaissait depuis longtemps qu'il avait quelque passion violente et qu'il y avait de l'injustice de se défier d'un homme qui lui avait confié le secret de sa vie. M. de Nemours était trop amoureux pour avouer son amour; il l'avait toujours caché au Vidame, quoique ce fût l'homme de la Cour qu'il aimât le mieux. Il lui répondit qu'un de ses amis lui avait conté cette aventure et lui avait fait promettre de n'en point parler, et qu'il le conjurait aussi de garder ce secret. Le Vidame l'assura qu'il n'en parlerait point; néanmoins M. de Nemours se repentit de lui en avoir tant appris.

Cependant, M. de Clèves était allé trouver le Roi, le cœur pénétré d'une douleur mortelle. Jamais mari n'avait eu une passion si violente pour sa femme et ne l'avait tant estimée. Ce qu'il venait d'apprendre ne lui ôtait pas l'estime; mais elle lui en donnait d'une espèce différente de celle qu'il avait eue jusqu'alors. Ce qui l'occupait le plus, était l'envie de deviner celui qui avait su lui plaire. M. de Nemours lui vint d'abord dans l'esprit, comme ce qu'il y avait de plus aimable à la Cour; et le chevalier de Guise, et le maréchal de Saint-André, comme deux hommes qui avaient pensé à lui plaire et qui lui rendaient encore beaucoup de soins; de sorte qu'il s'arrêta à croire qu'il fallait que ce fût l'un des trois. Il arriva au Louvre, et le Roi le mena dans son cabinet pour lui dire qu'il l'avait choisi pour conduire Madame en Espagne[1] ; qu'il avait cru que personne ne s'acquitterait mieux que lui de cette commission et que personne aussi ne ferait tant d'honneur à la France que Mme de Clèves.

M. de Clèves reçut l'honneur de ce choix comme il le devait, et le regarda même comme une chose qui éloignerait sa femme de la cour sans qu'il parût de changement dans sa conduite. Néanmoins le temps de ce départ était encore trop éloigné pour être un remède à l'embarras où il se trouvait. Il écrivit à l'heure même à Mme de Clèves, pour lui apprendre ce que le Roi venait de lui dire, et il lui manda encore qu'il voulait absolument qu'elle revînt à Paris. Elle y revint comme il l'ordonnait et lorsqu'ils se virent, ils se trouvèrent tous deux dans une tristesse extraordinaire.

M. de Clèves lui parla comme le plus honnête homme du monde et le plus digne de ce qu'elle avait fait.

– Je n'ai nulle inquiétude de votre conduite, lui dit-il ; vous avez plus de force et plus de vertu que vous ne pensez. Ce n'est point aussi la crainte de l'avenir qui m'afflige. Je ne suis affligé que de vous voir pour un autre des sentiments que je n'ai pu vous donner.

– Je ne sais que vous répondre, lui dit-elle ; je meurs de honte en vous en parlant. Épargnez-moi, je vous en conjure, de si cruelles conversations ; réglez ma conduite[2] ; faites que je ne voie personne. C'est tout ce que je vous demande. Mais trouvez bon que je ne vous parle plus d'une chose qui me fait paraître si peu digne de vous et que je trouve si indigne de moi.

– Vous avez raison, Madame, répliqua-t-il ; j'abuse de votre douceur et de votre confiance ; mais aussi ayez quelque compassion de l'état où vous m'avez mis, et songez que, quoi que vous m'ayez dit, vous me cachez un nom qui me donne une curiosité avec laquelle je ne saurais vivre. Je ne vous demande pourtant pas de la satisfaire ; mais je ne puis m'empêcher de vous dire que je crois que celui que

1. Voyage d'Élisabeth de France pour son mariage avec le roi d'Espagne Philippe II.
2. **Réglez ma conduite** : dirigez ma vie.

je dois envier est le maréchal de Saint-André, le duc de Nemours ou le chevalier de Guise.

– Je ne vous répondrai rien, lui dit-elle en rougissant, et je ne vous donnerai aucun lieu, par mes réponses, de diminuer ni de fortifier[1] vos soupçons, mais si vous essayez de les éclaircir en m'observant, vous me donnerez un embarras qui paraîtra aux yeux de tout le monde. Au nom de Dieu, continua-t-elle, trouvez bon que, sur le prétexte de quelque maladie, je ne voie personne.

– Non, Madame, répliqua-t-il, on démêlerait bientôt que ce serait une chose supposée[2]; et, de plus, je ne me veux fier qu'à vous-même : c'est le chemin que mon cœur me conseille de prendre, et la raison me le conseille aussi. De l'humeur dont vous êtes, en vous laissant votre liberté, je vous donne des bornes plus étroites que je ne pourrais vous en prescrire.

M. de Clèves ne se trompait pas : la confiance qu'il témoignait à sa femme la fortifiait davantage contre M. de Nemours et lui faisait prendre des résolutions plus austères qu'aucune contrainte n'aurait pu faire. Elle alla donc au Louvre et chez la Reine Dauphine à son ordinaire; mais elle évitait la présence et les yeux de M. de Nemours avec tant de soin qu'elle lui ôta quasi toute la joie qu'il avait de se croire aimé d'elle. Il ne voyait rien dans ses actions qui ne lui persuadait le contraire. Il ne savait quasi si ce qu'il avait entendu n'était point un songe, tant il y trouvait peu de vraisemblance. La seule chose qui l'assurait qu'il ne s'était pas trompé était l'extrême tristesse de Mme de Clèves, quelque effort qu'elle fît pour la cacher : peut-être que des regards et des paroles obligeantes n'eussent pas tant augmenté l'amour de M. de Nemours que faisait cette conduite austère.

Un soir que M. et Mme de Clèves étaient chez la Reine, quelqu'un dit que le bruit courait que le Roi nommerait encore un grand seigneur de la Cour pour aller conduire Madame en Espagne. M. de Clèves

---

1. **Fortifiez** : confortez.
2. **Une chose supposée** : une fausse excuse.

avait les yeux sur sa femme dans le temps que l'on ajouta que ce serait peut-être le chevalier de Guise ou le maréchal de Saint-André. Il remarqua qu'elle n'avait point été émue de ces deux noms, ni de la proposition qu'ils fissent ce voyage avec elle. Cela lui fit croire que pas un des deux n'était celui dont elle craignait la présence et, voulant s'éclaircir de ses soupçons, il entra dans le cabinet de la Reine, où était le Roi. Après y avoir demeuré quelque temps, il revint auprès de sa femme et lui dit tout bas qu'il venait d'apprendre que ce serait M. de Nemours qui irait avec eux en Espagne.

Le nom de M. de Nemours et la pensée d'être exposée à le voir tous les jours pendant un long voyage, en présence de son mari, donna un tel trouble à Mme de Clèves qu'elle ne le put cacher; et, voulant y donner d'autres raisons:

C'est un choix bien désagréable pour vous, répondit-elle, que celui de ce prince, Il partagera tous les honneurs et il me semble que vous devriez essayer de faire choisir quelque autre.

Ce n'est pas la gloire, Madame, reprit M. de Clèves, qui vous fait appréhender que M. de Nemours ne vienne avec moi. Le chagrin que vous en avez vient d'une autre cause. Ce chagrin m'apprend ce que j'aurais appris d'une autre femme, par la joie qu'elle en aurait eue. Mais ne craignez point; ce que je viens de vous dire n'est pas véritable, et je l'ai inventé pour m'assurer d'une chose que je ne croyais déjà que trop.

Il sortit après ces paroles, ne voulant pas augmenter par sa présence l'extrême embarras où il voyait sa femme.

M. de Nemours entra dans cet instant et remarqua d'abord l'état où était Mme de Clèves. Il s'approcha d'elle et lui dit tout bas qu'il n'osait, par respect, lui demander ce qui la rendait plus rêveuse que de coutume. La voix de M. de Nemours la fit revenir[1], et le regardant, sans avoir entendu ce qu'il venait de lui dire, pleine de ses propres pensées et de la crainte que son mari ne le vît auprès d'elle:

– Au nom de Dieu, lui dit-elle, laissez-moi en repos!

1. **La fit revenir**: lui fit reprendre ses esprits.

– Hélas ! Madame, répondit-il, je ne vous y laisse que trop ; de quoi pouvez-vous vous plaindre ? Je n'ose vous parler, je n'ose même vous regarder ; je ne vous approche qu'en tremblant. Par où me suis-je attiré ce que vous venez de me dire, et pourquoi me faites-vous paraître que j'ai quelque part au chagrin où je vous vois ?

Mme de Clèves fut bien fâchée d'avoir donné lieu à M. de Nemours de s'expliquer plus clairement qu'il n'avait fait en toute sa vie. Elle le quitta, sans lui répondre, et s'en revint chez elle, l'esprit plus agité qu'elle ne l'avait jamais eu. Son mari s'aperçut aisément de l'augmentation de son embarras. Il vit qu'elle craignait qu'il ne lui parlât de ce qui s'était passé. Il la suivit dans un cabinet où elle était entrée.

– Ne m'évitez point, Madame, lui dit-il, je ne vous dirai rien qui puisse vous déplaire ; je vous demande pardon de la surprise que je vous ai faite tantôt. J'en suis assez puni par ce que j'ai appris. M. de Nemours était de tous les hommes celui que je craignais le plus. Je vois le péril où vous êtes ; ayez du pouvoir sur vous pour l'amour de vous-même et, s'il est possible, pour l'amour de moi. Je ne vous le demande point comme un mari, mais comme un homme dont vous faites tout le bonheur, et qui a pour vous une passion plus tendre et plus violente que celui que votre cœur lui préfère.

M. de Clèves s'attendrit en prononçant ces dernières paroles et eut peine à les achever. Sa femme en fut pénétrée et, fondant en larmes, elle l'embrassa avec une tendresse et une douleur qui le mit dans un état peu différent du sien. Ils demeurèrent quelque temps sans se rien dire et se séparèrent sans avoir la force de se parler.

Les préparatifs pour le mariage de Madame étaient achevés. Le duc d'Albe arriva pour l'épouser[1]. Il fut reçu avec toute la magnificence et toutes les cérémonies qui se pouvaient faire dans une pareille occasion. Le Roi envoya au-devant de lui le prince de Condé, les cardinaux de Lorraine et de Guise, les ducs de Lorraine, de Ferrare, d'Aumale, de Bouillon, de Guise et de Nemours. Ils avaient plusieurs

1. En tant qu'ambassadeur.

gentilshommes et grand nombre de pages[1] vêtus de leurs livrées[2]. Le Roi attendit lui-même le duc d'Albe à la première porte du Louvre, avec les deux cents gentilshommes servants et le connétable à leur tête. Lorsque ce duc fut proche du Roi, il voulut lui embrasser les genoux ; mais le Roi l'en empêcha et le fit marcher à son côté jusque chez la Reine et chez Madame, à qui le duc d'Albe apporta un présent magnifique de la part de son maître. Il alla ensuite chez Mme Marguerite, sœur du Roi, lui faire les compliments de M. de Savoie et l'assurer qu'il arriverait dans peu de jours. L'on fit de grandes assemblées au Louvre pour faire voir au duc d'Albe, et au prince d'Orange qui l'avait accompagné, les beautés de la Cour.

Mme de Clèves n'osa se dispenser de s'y trouver, quelque envie qu'elle en eût, par la crainte de déplaire à son mari qui lui commanda absolument d'y aller. Ce qui l'y déterminait encore davantage était l'absence de M. de Nemours. Il était allé au-devant de M. de Savoie et, après que ce prince fut arrivé, il fut obligé de se tenir presque toujours auprès de lui pour lui aider à toutes les choses qui regardaient les cérémonies de ses noces. Cela fit que Mme de Clèves ne rencontra pas ce prince aussi souvent qu'elle avait accoutumé ; et elle s'en trouvait dans quelque sorte de repos.

Le vidame de Chartres n'avait pas oublié la conversation qu'il avait eue avec M. de Nemours. Il lui était demeuré dans l'esprit[3] que l'aventure que ce prince lui avait contée était la sienne propre, et il l'observait avec tant de soin que peut-être aurait-il démêlé la vérité, sans que l'arrivée du duc d'Albe et celle de M. de Savoie firent un changement et une occupation dans la Cour qui l'empêcha de voir ce qui aurait pu l'éclairer. L'envie de s'éclaircir[4], ou plutôt la disposition naturelle que l'on a de conter tout ce que l'on sait à ce que l'on aime, fit qu'il redit à Mme de Martigues l'action extraordinaire de cette personne, qui avait avoué à son mari la passion

1. **Pages** : jeunes garçons attachés au service d'un seigneur.
2. **Livrées** : habits des valets.
3. **Il lui était demeuré dans l'esprit** : il pensait encore.
4. **S'éclaircir** : s'informer.

qu'elle avait pour un autre. Il l'assura que M. de Nemours était celui qui avait inspiré cette violente passion et il la conjura de lui aider à observer ce prince. Mme de Martigues fut bien aise d'apprendre ce que lui dit le Vidame ; et la curiosité qu'elle avait toujours vue à Mme la Dauphine, pour ce qui regardait M. de Nemours, lui donnait encore plus d'envie de pénétrer[1] cette aventure.

Peu de jours avant celui que l'on avait choisi pour la cérémonie du mariage, la Reine Dauphine donnait à souper au Roi son beau-père et à la duchesse de Valentinois. Mme de Clèves, qui était occupée à s'habiller, alla au Louvre plus tard que de coutume. En y allant, elle trouva un gentilhomme qui la venait quérir de la part de Mme la Dauphine. Comme elle entra dans la chambre, cette princesse lui cria, de dessus son lit où elle était, qu'elle l'attendait avec une grande impatience.

– Je crois, Madame, lui répondit-elle, que je ne dois pas vous remercier de cette impatience et qu'elle est sans doute causée par quelque autre chose que par l'envie de me voir.

– Vous avez raison, lui répliqua la Reine Dauphine ; mais néanmoins vous devez m'en être obligée, car je veux vous apprendre une aventure que je suis assurée que vous serez bien aise de savoir. Mme de Clèves se mit à genoux devant son lit et, par bonheur pour elle, elle n'avait pas le jour au visage[2].

– Vous savez, lui dit cette reine, l'envie que nous avions de deviner ce qui causait le changement qui paraît au duc de Nemours : je crois le savoir, et c'est une chose qui vous surprendra. Il est éperdument amoureux et fort aimé d'une des plus belles personnes de la Cour. Ces paroles, que Mme de Clèves ne pouvait s'attribuer puisqu'elle ne croyait pas que personne sût qu'elle aimait ce prince, lui causèrent une douleur qu'il est aisé de s'imaginer.

– Je ne vois rien en cela, répondit-elle, qui doive surprendre d'un homme de l'âge de M. de Nemours et fait comme il est.

---

1. **Pénétrer** : mettre au jour.
2. **Elle n'avait pas le jour au visage** : son visage était dans l'obscurité.

– Ce n'est pas aussi, reprit Mme la Dauphine, ce qui vous doit étonner ; mais c'est de savoir que cette femme qui aime M. de Nemours, ne lui en a jamais donné aucune marque et que la peur qu'elle a eue de n'être pas toujours maîtresse de sa passion, a fait qu'elle l'a avouée à son mari, afin qu'il l'ôtât de la Cour. Et c'est M. de Nemours lui-même qui a conté ce que je vous dis.

Si Mme de Clèves avait eu d'abord de la douleur par la pensée qu'elle n'avait aucune part à cette aventure, les dernières paroles de Mme la Dauphine lui donnèrent du désespoir, par la certitude de n'y en avoir que trop[1]. Elle ne put répondre et demeura la tête penchée sur le lit pendant que la Reine continuait de parler, si occupée de ce qu'elle disait qu'elle ne prenait pas garde à cet embarras. Lorsque Mme de Clèves fut un peu remise :

– Cette histoire ne me paraît guère vraisemblable, Madame, répondit-elle, et je voudrais bien savoir qui vous l'a contée.

– C'est Mme de Martigues, répliqua Mme la Dauphine, qui l'a apprise du vidame de Chartres. Vous savez qu'il en est amoureux ; il la lui a confiée comme un secret et il la sait du duc de Nemours lui-même. Il est vrai que le duc de Nemours ne lui a pas dit le nom de la dame et ne lui a pas même avoué que ce fût lui qui en fût aimé ; mais le vidame de Chartres n'en doute point. Comme la Reine Dauphine achevait ces paroles, quelqu'un s'approcha du lit. Mme de Clèves était tournée d'une sorte qui l'empêchait de voir qui c'était ; mais elle n'en douta pas, lorsque Mme la Dauphine se récria[2] avec un air de gaieté et de surprise :

– Le voilà lui-même, et je veux lui demander ce qui en est.

Mme de Clèves connut bien que c'était le duc de Nemours, comme ce l'était en effet, sans se tourner de son côté. Elle s'avança avec précipitation vers Mme la Dauphine, et lui dit tout bas qu'il fallait bien se garder de lui parler de cette aventure ; qu'il l'avait confiée au vidame de Chartres ; et que ce serait une chose capable

1. **De n'y en avoir que trop** : d'être totalement impliquée dans cette aventure.
2. **Se récria** : s'exclama.

de les brouiller. Mme la Dauphine lui répondit, en riant, qu'elle était trop prudente et se retourna vers M. de Nemours. Il était paré pour l'assemblée du soir, et prenant la parole avec cette grâce qui lui était si naturelle :

– Je crois, Madame, dit-il, que je puis penser, sans témérité, que vous parliez de moi quand je suis entré, que vous aviez dessein de me demander quelque chose et que Mme de Clèves s'y oppose.

– Il est vrai, répondit Mme la Dauphine ; mais je n'aurai pas pour elle la complaisance que j'ai accoutumé d'avoir. Je veux savoir de vous si une histoire que l'on m'a contée est véritable et si vous n'êtes pas celui qui êtes amoureux et aimé d'une femme de la Cour qui vous cache sa passion avec soin et qui l'a avouée à son mari.

Le trouble et l'embarras de Mme de Clèves étaient au-delà de tout ce que l'on peut s'imaginer, et, si la mort se fût présentée pour la tirer de cet état, elle l'aurait trouvée agréable. Mais M. de Nemours était encore plus embarrassé, s'il est possible. Le discours de Mme la Dauphine, dont il avait eu lieu de croire qu'il n'était pas haï, en présence de Mme de Clèves, qui était la personne de la Cour en qui elle avait le plus de confiance, et qui en avait aussi le plus en elle, lui donnait une si grande confusion de pensées bizarres qu'il lui fut impossible d'être maître de son visage. L'embarras où il voyait Mme de Clèves par sa faute, et la pensée du juste sujet qu'il lui donnait de le haïr, lui causa un saisissement[1] qui ne lui permit pas de répondre. Mme la Dauphine voyant à quel point il était interdit :

– Regardez-le, regardez-le, dit-elle à Mme de Clèves, et jugez si cette aventure n'est pas la sienne.

Cependant M. de Nemours, revenant de son premier trouble, et voyant l'importance de sortir d'un pas[2] si dangereux, se rendit maître tout d'un coup de son esprit et de son visage :

– J'avoue, Madame, dit-il, que l'on ne peut être plus surpris et plus affligé que je le suis de l'infidélité que m'a faite le vidame de

1. **Saisissement** : trouble vif.
2. **Un pas** : une situation.

Chartres, en racontant l'aventure d'un de mes amis que je lui avais confiée. Je pourrai m'en venger, continua-t-il en souriant avec un air tranquille qui ôta quasi à Mme la Dauphine, les soupçons qu'elle venait d'avoir. Il m'a confié des choses qui ne sont pas d'une médiocre importance ; mais je ne sais, Madame, poursuivit-il, pourquoi vous me faites l'honneur de me mêler à cette aventure. Le Vidame ne peut pas dire qu'elle me regarde, puisque je lui ai dit le contraire. La qualité d'un homme amoureux me peut convenir ; mais, pour celle d'un homme aimé, je ne crois pas, Madame, que vous puissiez me la donner. Ce prince fut bien aise de dire quelque chose à Mme la Dauphine, qui eût du rapport à ce qu'il lui avait fait paraître en d'autres temps, afin de lui détourner l'esprit des pensées qu'elle aurait pu avoir. Elle crut bien aussi entendre ce qu'il disait ; mais, sans y répondre, elle continua à lui faire la guerre de son embarras.

– J'ai été troublé, Madame, lui répondit-il, pour l'intérêt de mon ami et par les justes reproches qu'il me pourrait faire d'avoir redit une chose qui lui est plus chère que la vie. Il ne me l'a néanmoins confiée qu'à demi, et il ne m'a pas nommé la personne qu'il aime. Je sais seulement qu'il est l'homme du monde le plus amoureux et le plus à plaindre.

– Le trouvez-vous si à plaindre, répliqua Mme la Dauphine, puisqu'il est aimé ?

– Croyez-vous qu'il le soit, Madame, reprit-il, et qu'une personne, qui aurait une véritable passion, pût la découvrir[1] à son mari ? Cette personne ne connaît pas sans doute l'amour, et elle a pris pour lui une légère reconnaissance de l'attachement que l'on a pour elle. Mon ami ne se peut flatter d'aucune espérance ; mais, tout malheureux qu'il est, il se trouve heureux d'avoir du moins donné la peur de l'aimer et il ne changerait pas son état contre celui du plus heureux amant du monde.

– Votre ami a une passion bien aisée à satisfaire, dit Mme la Dauphine, et je commence à croire que ce n'est pas de vous dont

1. **Découvrir** : dévoiler.

vous parlez. Il ne s'en faut guère, continua-t-elle, que je ne sois de l'avis de Mme de Clèves, qui soutient que cette aventure ne peut être véritable.

– Je ne crois pas en effet qu'elle le puisse être, reprit Mme de Clèves qui n'avait point encore parlé ; et quand il serait possible qu'elle le fût, par où l'aurait-on pu savoir ? Il n'y a pas d'apparence qu'une femme, capable d'une chose si extraordinaire, eût la faiblesse de la raconter ; apparemment son mari ne l'aurait pas racontée non plus, ou ce serait un mari bien indigne du procédé que l'on aurait eu avec lui.

M. de Nemours, qui vit les soupçons de Mme de Clèves sur son mari, fut bien aise de les lui confirmer. Il savait que c'était le plus redoutable rival qu'il eût à détruire.

– La jalousie, répondit-il, et la curiosité d'en savoir peut-être davantage que l'on ne lui en a dit, peuvent faire faire bien des imprudences à un mari.

Mme de Clèves était à la dernière épreuve[1] de sa force et de son courage et, ne pouvant plus soutenir la conversation, elle allait dire qu'elle se trouvait mal, lorsque, par bonheur pour elle, la duchesse de Valentinois entra, qui dit à Mme la Dauphine que le Roi allait arriver. Cette Reine passa dans son cabinet pour s'habiller. M. de Nemours s'approcha de Mme de Clèves, comme elle la voulait suivre.

– Je donnerais ma vie, Madame, lui dit-il, pour vous parler un moment ; mais de tout ce que j'aurais d'important à vous dire, rien ne me le paraît davantage que de vous supplier de croire que si j'ai dit quelque chose où Mme la Dauphine puisse prendre part, je l'ai fait par des raisons qui ne la regardent pas.

Mme de Clèves ne fit pas semblant[2] d'entendre M. de Nemours ; elle le quitta sans le regarder, et se mit à suivre le Roi qui venait d'entrer. Comme il y avait beaucoup de monde, elle s'embarrassa[3] dans sa robe et fit un faux pas : elle se servit de ce prétexte pour

1. **À la dernière épreuve** : au bout.
2. **Ne fit pas semblant** : fit semblant de ne pas.
3. **Elle s'embarrassa** : elle trébucha.

sortir d'un lieu où elle n'avait pas la force de demeurer et, feignant de ne se pouvoir soutenir[1], elle s'en alla chez elle.

M. de Clèves vint au Louvre et fut étonné de n'y pas trouver sa femme : on lui dit l'accident qui lui était arrivé. Il s'en retourna à l'heure même pour apprendre de ses nouvelles ; il la trouva au lit et il sut que son mal n'était pas considérable. Quand il eut été quelque temps auprès d'elle, il s'aperçut qu'elle était dans une tristesse si excessive qu'il en fut surpris.

– Qu'avez-vous, Madame, lui dit-il. Il me paraît que vous avez quelque autre douleur que celle dont vous vous plaignez ?

– J'ai la plus sensible affliction que je pouvais jamais avoir, répondit-elle ; quel usage avez-vous fait de la confiance extraordinaire ou, pour mieux dire, folle que j'ai eue en vous ? Ne méritais-je pas le secret, et quand je ne l'aurais pas mérité, votre propre intérêt ne vous y engageait-il pas ? Fallait-il que la curiosité de savoir un nom que je ne dois pas vous dire, vous obligeât à vous confier à quelqu'un pour tâcher de le découvrir ? Ce ne peut être que cette curiosité qui vous ait fait faire une si cruelle imprudence, les suites en sont aussi fâcheuses qu'elles pouvaient l'être. Cette aventure est sue, et on me la vient de conter, ne sachant pas que j'y eusse le principal intérêt.

– Que me dites-vous, Madame ? lui répondit-il. Vous m'accusez d'avoir conté ce qui s'est passé entre vous et moi, et vous m'apprenez que la chose est sue ? Je ne me justifie pas de l'avoir redite ; vous ne le sauriez croire, et il faut sans doute que vous ayez pris pour vous ce que l'on vous a dit de quelque autre.

– Ah ! Monsieur, reprit-elle, il n'y a pas dans le monde une autre aventure pareille à la mienne ; il n'y a point une autre femme capable de la même chose. Le hasard ne peut l'avoir fait inventer ; on ne l'a jamais imaginée et cette pensée n'est jamais tombée dans un autre esprit que le mien. Mme la Dauphine vient de me conter toute cette aventure ; elle l'a sue par le vidame de Chartres qui la sait de M. de Nemours.

1. **Soutenir** : tenir debout.

– M. de Nemours ! s'écria M. de Clèves avec une action qui marquait du transport[1] et du désespoir. Quoi ! M. de Nemours sait que vous l'aimez, et que je le sais ?

– Vous voulez toujours choisir M. de Nemours plutôt qu'un autre, répliqua-t-elle : je vous ai dit que je ne vous répondrais jamais sur vos soupçons. J'ignore si M. de Nemours sait la part que j'ai dans cette aventure et celle que vous lui avez donnée ; mais il l'a contée au vidame de Chartres et lui a dit qu'il la savait d'un de ses amis, qui ne lui avait pas nommé la personne. Il faut que cet ami de M. de Nemours soit des vôtres et que vous vous soyez fié à lui pour tâcher de vous éclaircir.

– A-t-on un ami au monde à qui on voulût faire une telle confidence, reprit M. de Clèves, et voudrait-on éclaircir ses soupçons au prix d'apprendre à quelqu'un ce que l'on souhaiterait de se cacher à soi-même ? Songez plutôt, Madame, à qui vous avez parlé. Il est plus vraisemblable que ce soit par vous que par moi que ce secret soit échappé. Vous n'avez pu soutenir toute seule l'embarras où vous vous êtes trouvée et vous avez cherché le soulagement de vous plaindre avec quelque confidente qui vous a trahie.

– N'achevez point de m'accabler, s'écria-t-elle, et n'ayez point la dureté de m'accuser d'une faute que vous avez faite. Pouvez-vous m'en soupçonner, et puisque j'ai été capable de vous parler, suis-je capable de parler à quelque autre ?

L'aveu que Mme de Clèves avait fait à son mari était une si grande marque de sa sincérité et elle niait si fortement de s'être confiée à personne que M. de Clèves ne savait que penser. D'un autre côté, il était assuré de n'avoir rien redit ; c'était une chose que l'on ne pouvait avoir devinée, elle était sue ; ainsi il fallait que ce fût par l'un des deux, mais ce qui lui causait une douleur violente était de savoir que ce secret était entre les mains de quelqu'un et qu'apparemment il serait bientôt divulgué[2].

---

1. **Transport** : emportement.
2. **Divulgué** : dévoilé.

Mme de Clèves pensait à peu près les mêmes choses, elle trouvait également impossible que son mari eût parlé et qu'il n'eût pas parlé. Ce qu'avait dit M. de Nemours que la curiosité pouvait faire faire des imprudences à un mari, lui paraissait se rapporter si juste à l'état de M. de Clèves qu'elle ne pouvait croire que ce fût une chose que le hasard eût fait dire ; et cette vraisemblance la déterminait à croire que M. de Clèves avait abusé de la confiance qu'elle avait en lui. Ils étaient si occupés l'un et l'autre de leurs pensées qu'ils furent longtemps sans parler, et ils ne sortirent de ce silence que pour redire les mêmes choses qu'ils avaient déjà dites plusieurs fois, et demeurèrent le cœur et l'esprit plus éloignés et plus altérés[1] qu'ils ne l'avaient encore eu.

Il est aisé de s'imaginer en quel état ils passèrent la nuit. M. de Clèves avait épuisé toute sa constance à soutenir[2] le malheur de voir une femme qu'il adorait touchée de passion pour un autre. Il ne lui restait plus de courage ; il croyait même n'en devoir pas trouver dans une chose où sa gloire et son honneur étaient si vivement blessés. Il ne savait plus que penser de sa femme ; il ne voyait plus quelle conduite il lui devait faire prendre, ni comment il se devait conduire lui-même ; et il ne trouvait de tous côtés que des précipices[3] et des abîmes. Enfin, après une agitation et une incertitude très longue, voyant qu'il devait bientôt s'en aller en Espagne, il prit le parti de ne rien faire qui pût augmenter les soupçons ou la connaissance de son malheureux état. Il alla trouver Mme de Clèves et lui dit qu'il ne s'agissait pas de démêler entre eux qui avait manqué au secret ; mais qu'il s'agissait de faire voir que l'histoire que l'on avait contée était une fable[4] où elle n'avait aucune part[5] ; qu'il dépendait d'elle de le persuader à M. de Nemours et aux autres ; qu'elle n'avait qu'à agir avec lui avec la sévérité et la froideur qu'elle devait avoir pour

1. **Altérés** : peinés.
2. **Soutenir** : endurer.
3. **Précipices** : grands malheurs.
4. **Fable** : mensonge.
5. **Où elle n'avait aucune part** : qui ne la concernait nullement.

un homme qui lui témoignait de l'amour ; que, par ce procédé, elle lui ôterait aisément l'opinion qu'elle eût de l'inclination pour lui ; qu'ainsi il ne fallait point s'affliger de tout ce qu'il aurait pu penser, parce que si, dans la suite, elle ne faisait paraître aucune faiblesse, toutes ses pensées se détruiraient aisément, et que surtout il fallait qu'elle allât au Louvre et aux assemblées comme à l'ordinaire.

Après ces paroles, M. de Clèves quitta sa femme sans attendre sa réponse. Elle trouva beaucoup de raison dans tout ce qu'il lui dit, et la colère où elle était contre M. de Nemours lui fit croire qu'elle trouverait aussi beaucoup de facilité à l'exécuter ; mais il lui parut difficile de se trouver à toutes les cérémonies du mariage et d'y paraître avec un visage tranquille et un esprit libre ; néanmoins, comme elle devait porter la robe de Mme la Dauphine et que c'était une chose où elle avait été préférée à plusieurs autres princesses, il n'y avait pas moyen d'y renoncer sans faire beaucoup de bruit[1] et sans en faire chercher des raisons. Elle se résolut donc de faire un effort sur elle-même ; mais elle prit le reste du jour pour s'y préparer et pour s'abandonner à tous les sentiments dont elle était agitée. Elle s'enferma seule dans son cabinet. De tous ses maux, celui qui se présentait à elle avec le plus de violence, était d'avoir sujet de se plaindre de M. de Nemours et de ne trouver aucun moyen de le justifier. Elle ne pouvait douter qu'il n'eût conté cette aventure au vidame de Chartres ; il l'avait avoué, et elle ne pouvait douter aussi, par la manière dont il avait parlé, qu'il ne sût que l'aventure la regardait. Comment excuser une si grande imprudence, et qu'était devenue l'extrême discrétion de ce prince, dont elle avait été si touchée ?

Il a été discret, disait-elle, tant qu'il a cru être malheureux ; mais une pensée d'un bonheur, même incertain, a fini[2] sa discrétion. Il n'a pu s'imaginer qu'il était aimé sans vouloir qu'on le sût. Il a dit tout ce qu'il pouvait dire ; je n'ai pas avoué que c'était lui que

1. **Sans faire beaucoup de bruit** : sans susciter de nombreuses réactions.
2. **A fini** : a mis fin à.

j'aimais, il l'a soupçonné et il a laissé voir ses soupçons. S'il eût eu des certitudes, il en aurait usé de la même sorte. J'ai eu tort de croire qu'il y eût un homme capable de cacher ce qui flatte sa gloire. C'est pourtant pour cet homme, que j'ai cru si différent du reste des hommes, que je me trouve, comme les autres femmes, étant si éloignée de leur ressembler. J'ai perdu le cœur et l'estime d'un mari qui devait faire ma félicité[1]. Je serai bientôt regardée de tout le monde comme une personne qui a une folle et violente passion. Celui pour qui je l'ai ne l'ignore plus ; et c'est pour éviter ces malheurs que j'ai hasardé tout mon repos et même ma vie.

Ces tristes réflexions étaient suivies d'un torrent de larmes ; mais quelque douleur dont elle se trouvât accablée, elle sentait bien qu'elle aurait eu la force de les supporter si elle avait été satisfaite de M. de Nemours.

Ce prince n'était pas dans un état plus tranquille. L'imprudence qu'il avait faite d'avoir parlé au vidame de Chartres et les cruelles suites de cette imprudence lui donnaient un déplaisir mortel. Il ne pouvait se représenter, sans être accablé, l'embarras, le trouble et l'affliction où il avait vu Mme de Clèves. Il était inconsolable de lui avoir dit des choses sur cette aventure qui, bien que galantes par elles-mêmes, lui paraissaient, dans ce moment, grossières et peu polies, puisqu'elles avaient fait entendre à Mme de Clèves qu'il n'ignorait pas qu'elle était cette femme qui avait une passion violente et qu'il était celui pour qui elle l'avait. Tout ce qu'il eût pu souhaiter, eût été une conversation avec elle ; mais il trouvait qu'il la devait craindre plutôt que de la désirer.

Qu'aurais-je à lui dire ? s'écriait-il. Irais-je encore lui montrer ce que je ne lui ai déjà que trop fait connaître ? Lui ferai-je voir que je sais qu'elle m'aime, moi qui n'ai jamais seulement osé lui dire que je l'aimais ? Commencerai-je à lui parler ouvertement de ma passion, afin de lui paraître un homme devenu hardi par des espérances ? Puis-je penser seulement à l'approcher et oserais-je

---

1. **Félicité** : bonheur.

lui donner l'embarras de soutenir ma vue ? Par où pourrais-je me justifier ? Je n'ai point d'excuse, je suis indigne d'être regardé de Mme de Clèves et je n'espère pas aussi qu'elle me regarde jamais. Je ne lui ai donné par ma faute de meilleurs moyens pour se défendre contre moi que tous ceux qu'elle cherchait et qu'elle eût peut-être cherchés inutilement. Je perds par mon imprudence le bonheur et la gloire d'être aimé de la plus aimable et de la plus estimable personne du monde ; mais, si j'avais perdu ce bonheur sans qu'elle en eût souffert et sans lui avoir donné une douleur mortelle, ce me serait une consolation ; et je sens plus dans ce moment le mal que je lui ai fait que celui que je me suis fait auprès d'elle.

M. de Nemours fut longtemps à s'affliger et à penser les mêmes choses. L'envie de parler à Mme de Clèves lui venait toujours dans l'esprit. Il songea à en trouver les moyens, il pensa à lui écrire ; mais enfin il trouva qu'après la faute qu'il avait faite, et de l'humeur dont elle était, le mieux qu'il pût faire était de lui témoigner un profond respect par son affliction et par son silence, de lui faire voir même qu'il n'osait se présenter devant elle et d'attendre ce que le temps, le hasard et l'inclination qu'elle avait pour lui, pourraient faire en sa faveur. Il résolut aussi de ne point faire de reproches au vidame de Chartres de l'infidélité qu'il lui avait faite, de peur de fortifier ses soupçons.

Les fiançailles de Madame, qui se faisaient le lendemain, et le mariage qui se faisait le jour suivant, occupaient tellement toute la Cour que Mme de Clèves et M. de Nemours cachèrent aisément au public leur tristesse et leur trouble. Mme la Dauphine ne parla même qu'en passant à Mme de Clèves de la conversation qu'elles avaient eue avec M. de Nemours, et M. de Clèves affecta de ne plus parler à sa femme de tout ce qui s'était passé, de sorte qu'elle ne se trouva pas dans un aussi grand embarras qu'elle l'avait imaginé.

Les fiançailles se firent au Louvre et, après le festin et le bal, toute la maison royale alla coucher à l'évêché comme c'était la coutume. Le matin, le duc d'Albe, qui n'était jamais vêtu que fort simplement, mit un habit de drap d'or mêlé de couleur de feu, de jaune et de noir, tout couvert de pierreries, et il avait une couronne fermée sur la tête. Le prince d'Orange, habillé aussi magnifiquement avec ses livrées, et tous les Espagnols suivis des leurs, vinrent prendre le duc d'Albe à l'hôtel de Villeroi où il était logé, et partirent, marchant quatre à quatre, pour venir à l'évêché. Sitôt qu'il fut arrivé, on alla par ordre à l'église : le Roi menait Madame qui avait aussi une couronne fermée et sa robe portée par Mlles de Montpensier et de Longueville. La Reine marchait ensuite, mais sans couronne. Après elle, venaient la Reine Dauphine, Madame sœur du Roi, Mme de Lorraine et la Reine de Navarre, leurs robes portées par des princesses. Les reines et les princesses avaient toutes leurs filles magnifiquement habillées des mêmes couleurs qu'elles étaient vêtues : en sorte que l'on connaissait à qui étaient les filles par la couleur de leurs habits. On monta sur l'échafaud qui était préparé dans l'église et l'on fit la cérémonie des mariages. On retourna ensuite dîner à l'évêché et, sur les cinq heures, on en partit pour aller au palais, où se faisait le festin et où le Parlement, les cours souveraines et la maison de ville étaient priés d'assister. Le Roi, les reines, les princes et princesses mangèrent sur la table de marbre dans la grande salle du palais, le duc d'Albe assis auprès de la nouvelle reine d'Espagne. Au-dessous des degrés[1] de la table de marbre et à la main droite du Roi, était une table pour les ambassadeurs, les archevêques et les chevaliers de l'ordre et, de l'autre côté, une table pour MM. du parlement.

Le duc de Guise, vêtu d'une robe de drap d'or frisé[2], servait au Roi de grand-maître[3], M. le prince de Condé, de panetier, et le duc de Nemours, d'échanson[4]. Après que les tables furent levées, le bal commença ; il fut interrompu par des ballets et par des machines extraordinaires[5]. On le reprit ensuite ; et enfin, après minuit, le

1. **Degrés** : marches.
2. **Drap d'or frisé** : drap en tissu crêpé.
3. **Grand-maître** : personne qui apporte les plats.
4. **Panetier** : personne chargée du pain ; **échanson** : personne qui sert les boissons.
5. **Machines extraordinaires** : machineries utilisées pendant les spectacles, notamment pour les changements de décor.

Roi et toute la Cour s'en retourna au Louvre. Quelque triste que fût Mme de Clèves, elle ne laissa pas de paraître aux yeux de tout le monde, et surtout aux yeux de M. de Nemours, d'une beauté incomparable. Il n'osa lui parler, quoique l'embarras[1] de cette cérémonie lui en donnât plusieurs moyens ; mais il lui fit voir tant de tristesse et une crainte si respectueuse de l'approcher qu'elle ne le trouva plus si coupable, quoiqu'il ne lui eût rien dit pour se justifier. Il eut la même conduite les jours suivants et cette conduite fit aussi le même effet sur le cœur de Mme de Clèves.

Enfin, le jour du tournoi arriva. Les reines se rendirent dans les galeries et sur les échafauds qui leur avaient été destinés. Les quatre tenants parurent au bout de la lice, avec une quantité de chevaux et de livrées qui faisaient le plus magnifique spectacle qui eût jamais paru en France.

Le Roi n'avait point d'autres couleurs que le blanc et le noir, qu'il portait toujours à cause de Mme de Valentinois qui était veuve. M. de Ferrare et toute sa suite avaient du jaune et du rouge ; M. de Guise parut avec de l'incarnat[2] et du blanc : on ne savait d'abord par quelle raison il avait ces couleurs ; mais on se souvint que c'étaient celles d'une belle personne qu'il avait aimée pendant qu'elle était fille, et qu'il aimait encore, quoiqu'il n'osât plus le lui faire paraître. M. de Nemours avait du jaune et du noir ; on en chercha inutilement la raison. Mme de Clèves n'eut pas de peine à la deviner : elle se souvint d'avoir dit devant lui qu'elle aimait le jaune, et qu'elle était fâchée d'être blonde, parce qu'elle n'en pouvait mettre. Ce prince crut pouvoir paraître avec cette couleur, sans indiscrétion, puisque, Mme de Clèves n'en mettant point, on ne pouvait soupçonner que ce fût la sienne.

Jamais on n'a fait voir tant d'adresse que les quatre tenants en firent paraître. Quoique le Roi fût le meilleur homme de cheval de son royaume, on ne savait à qui donner l'avantage. M. de Nemours

---

1. **Embarras** : agitation.
2. **Incarnat** : de couleur rouge.

avait un agrément dans toutes ses actions qui pouvait faire pencher en sa faveur des personnes moins intéressées que Mme de Clèves. Sitôt qu'elle le vit paraître au bout de la lice, elle sentit une émotion extraordinaire et, à toutes les courses de ce prince, elle avait de la peine à cacher sa joie, lorsqu'il avait heureusement fourni sa carrière[1].

Sur le soir comme tout était presque fini et que l'on était près de se retirer, le malheur de l'État fit que le Roi voulut encore rompre une lance[2]. Il manda[3] au comte de Montgomery, qui était extrêmement adroit, qu'il se mît sur la lice. Le comte supplia le Roi de l'en dispenser et allégua toutes les excuses dont il put s'aviser[4], mais le Roi, quasi en colère, lui fit dire qu'il le voulait absolument. La Reine manda au Roi qu'elle le conjurait de ne plus courir; qu'il avait si bien fait qu'il devait être content et qu'elle le suppliait de revenir auprès d'elle. Il répondit que c'était pour l'amour d'elle qu'il allait courir encore et entra dans la barrière[5]. Elle lui renvoya M. de Savoie pour le prier une seconde fois de revenir; mais tout fut inutile. Il courut; les lances se brisèrent, et un éclat de celle du comte de Montgomery lui donna dans l'œil[6] et y demeura. Ce prince tomba du coup[7], ses écuyers et M. de Montmorency, qui était un des maréchaux du camp, coururent à lui. Ils furent étonnés de le voir si blessé; mais le Roi ne s'étonna point. Il dit que c'était peu de chose, et qu'il pardonnait au comte de Montgomery. On peut juger quel trouble et quelle affliction apporta un accident si funeste dans une journée destinée à la joie. Sitôt que l'on eut porté le Roi dans son lit, et que les chirurgiens eurent visité[8] sa plaie, ils la trouvèrent très considérable. M. le Connétable se souvint, dans ce moment, de la prédiction que l'on avait faite au roi, qu'il serait

---

1. **Heureusement fourni sa carrière**: fini sa course avec succès.
2. **Rompre une lance**: concourir.
3. **Manda**: envoya dire.
4. **Allégua**: invoqua; **dont il put s'aviser**: qu'il put trouver.
5. **Dans la barrière**: dans l'enceinte du tournoi.
6. **Lui donna dans l'œil**: le heurta à l'œil.
7. **Du coup**: sous l'effet du coup.
8. **Visité**: ausculté.

tué dans un combat singulier; et il ne douta point que la prédiction ne fût accomplie.

Le roi d'Espagne qui était lors à Bruxelles, étant averti de cet accident, envoya son médecin, qui était un homme d'une grande réputation; mais il jugea le Roi sans espérance[1].

Une cour aussi partagée[2] et aussi remplie d'intérêts opposés n'était pas dans une médiocre agitation à la veille d'un si grand événement; néanmoins, tous les mouvements étaient cachés et l'on ne paraissait occupé que de l'unique inquiétude de la santé du Roi. Les reines, les princes et les princesses ne sortaient presque point de son antichambre.

Mme de Clèves sachant qu'elle était obligée d'y être, qu'elle y verrait M. de Nemours, qu'elle ne pourrait cacher à son mari l'embarras que lui causait cette vue, connaissant aussi que la seule présence de ce prince le justifiait à ses yeux et détruisait toutes ses résolutions, prit le parti de feindre d'être malade. La Cour était trop occupée pour avoir de l'attention à sa conduite et pour démêler si son mal était faux ou véritable. Son mari seul pouvait en connaître la vérité; mais elle n'était pas fâchée qu'il la connût. Ainsi elle demeura chez elle, peu occupée du grand changement qui se préparait; et, remplie de ses propres pensées, elle avait toute la liberté de s'y abandonner. Tout le monde était chez le Roi. M. de Clèves venait à de certaines heures lui en dire des nouvelles. Il conservait avec elle le même procédé qu'il avait toujours eu, hors que[3], quand ils étaient seuls, il y avait quelque chose d'un peu plus froid et de moins libre. Il ne lui avait point reparlé de tout ce qui s'était passé; et elle n'avait pas eu la force et n'avait pas même jugé à propos de reprendre cette conversation.

M. de Nemours, qui s'était attendu à trouver quelques moments à parler à Mme de Clèves, fut bien surpris et bien affligé de n'avoir pas seulement le plaisir de la voir. Le mal du Roi se trouva si considérable

1. **Sans espérance**: sans espoir de guérison.
2. **Partagée**: divisée.
3. **Hors que**: excepté que.

que, le septième jour, il fut désespéré[1] des médecins. Il reçut la certitude de sa mort avec une fermeté extraordinaire et d'autant plus admirable qu'il perdait la vie par un accident si malheureux, qu'il mourait à la fleur de son âge, heureux, adoré de ses peuples et aimé d'une maîtresse qu'il aimait éperdument. La veille de sa mort, il fit faire le mariage de Madame, sa sœur, avec M. de Savoie, sans cérémonie. L'on peut juger en quel état était la duchesse de Valentinois. La Reine ne permit point qu'elle vit le Roi et lui envoya demander les cachets[2] de ce prince et les pierreries de la couronne qu'elle avait en garde. Cette duchesse s'enquit si le Roi était mort; et comme on lui eut répondu que non :

– Je n'ai donc point encore de maître, répondit-elle, et personne ne peut m'obliger à rendre ce que sa confiance m'a mis entre les mains.

Sitôt qu'il fut expiré au château des Tournelles, le duc de Ferrare, le duc de Guise et le duc de Nemours conduisirent au Louvre la reine mère, le Roi[3] et la Reine sa femme. M. de Nemours menait la Reine mère. Comme ils commençaient à marcher, elle se recula de quelques pas et dit à la Reine, sa belle-fille, que c'était à elle à passer la première; mais il fut aisé de voir qu'il y avait plus d'aigreur que de bienséance dans ce compliment.

1. **Il fut désespéré des médecins** : il fut considéré comme perdu par les médecins.
2. **Cachets** : sceaux.
3. **Le Roi** : François II succède à son père.

Arrêt sur lecture 3

Pour comprendre l'essentiel

Les intrigues de la cour

1 Le vidame de Chartres se retrouve dans une situation embarrassante après la perte de la lettre. Effectuez des recherches sur l'idéal de l'honnête homme au XVIIe siècle, et comparez cette vision avec l'attitude du Vidame.

2 Mme la Dauphine réclame à Mme de Clèves la lettre qu'elle lui a confiée la veille. Montrez que ses paroles traduisent son inquiétude et expliquez les raisons d'une telle agitation.

3 M. de Nemours et Mme de Clèves décident d'écrire une fausse lettre pour aider le vidame de Chartres. Étudiez l'attitude des deux personnages durant ce tête-à-tête en relevant les marques de leur complicité.

Un aveu extraordinaire

4 Mme de Clèves insiste auprès de son époux pour qu'il la laisse se retirer à la campagne. Étudiez les raisons qui poussent l'héroïne à faire ce choix.

5 M. de Clèves cherche à comprendre pourquoi la princesse veut à tout prix s'éloigner de la cour. Étudiez la façon dont il provoque l'aveu de son épouse puis analysez les propos de Mme de Clèves.

6 M. de Clèves est tout à la fois impressionné par l'élan de sincérité de son épouse et meurtri par son aveu. Explicitez les sentiments que peuvent susciter les deux protagonistes chez le lecteur dans ce moment si intense.

Soupçons et jalousie

7 M. de Clèves cherche à connaître l'identité de l'homme dont son épouse est amoureuse. Expliquez le stratagème qu'il met en place et analysez sa réaction lorsqu'il découvre qu'il s'agit du duc de Nemours.

8 Une rumeur se répand à la cour en raison d'une indiscrétion du vidame de Chartres. Décrivez les circonstances dans lesquelles Mme de Clèves découvre qu'elle a été trahie et relevez les expressions qui prouvent son embarras.

9 Mme de Clèves accuse son époux d'avoir trahi sa confiance en révélant son aveu à un confident indiscret. Montrez que la confiance qu'ils se portaient mutuellement semble brisée lors de la dispute qui éclate entre eux.

✔ *Rappelez-vous !*

• Le contexte de la cour sert de cadre au récit, mais il reste en lien direct avec les aventures de Mme de Clèves. Ainsi, les intrigues liées à la lettre égarée renvoient Mme de Clèves à ce que sa mère lui avait appris de **la cour et de ses dangers**. Le Vidame réunit les principaux défauts des hommes qu'avait pointés Mme de Chartres.

• **La scène de l'aveu** est l'un des moments clés du roman. Elle a été pourtant critiquée à l'époque pour son manque de vraisemblance : l'élan de sincérité de la princesse a paru peu crédible à bon nombre de critiques. Dans tous les cas, cet aveu marque le début de la détérioration des relations entre le prince de Clèves et son épouse. La jalousie et les soupçons dominent à présent leurs esprits.

Zoom sur...

Les réflexions de Mme de Clèves, des lignes 351 à 404, p. 124-126

→ *Analyser les tiraillements intérieurs de Mme de Clèves*

Analyse du texte

Introduction rédigée

Mme de Clèves vient de vivre un moment d'intimité avec le duc de Nemours. Après avoir profité de cet instant de complicité, la princesse est en proie aux remords. La solitude dans laquelle elle se retrouve lui permet de revenir sur les événements qui se sont produits et de s'interroger sur le bien-fondé de sa conduite. Elle ne semble pas mériter la confiance que lui porte son époux. Mme de Clèves vit un moment d'introspection qui va l'amener à prendre des décisions fondamentales pour la suite du récit. Après avoir étudié les figures opposées de l'époux et de l'amant qui hantent l'esprit de Mme de Clèves, nous analyserons la manière dont la princesse remet en cause ses actions en montrant toutefois qu'elle demeure tiraillée par des sentiments contraires.

Analyse guidée

I. Les figures de l'époux et de l'amant

a. Mme de Clèves est tiraillée entre le respect qu'elle doit à son époux et les sentiments qu'elle éprouve pour M. de Nemours. Observez les passages où Mme de Clèves évoque les deux hommes et montrez que ses sentiments envers eux sont ambivalents.

b. Mme de Clèves se reproche son attitude à l'égard du duc de Nemours. Expliquez le sentiment de culpabilité qui l'envahit et montrez comment son amour pour M. de Nemours transparaît malgré tout.

c. M. de Nemours apparaît comme l'opposé du prince de Clèves. Montrez que Mme de Clèves a conscience du danger que représente le duc pour elle.

II. Les marques de l'introspection

a. Mme de Clèves profite de cet instant de solitude pour réfléchir à ce qu'elle vient de vivre. Montrez que le personnage se remet en question en vous appuyant sur les expressions qui appartiennent au champ lexical de la pensée.

b. Cet extrait peut être assimilé à une forme de monologue. Identifiez les différents types de discours employés pour donner à lire les pensées de Mme de Clèves et expliquez l'effet produit.

c. Mme de Clèves réfléchit aux conséquences de ses actes. Observez l'accumulation de phrases interrogatives et expliquez en quoi elle traduit l'état d'esprit de Mme de Clèves.

III. Des sentiments contraires

a. L'épisode de la lettre égarée a fait découvrir à Mme de Clèves les tourments de la jalousie. Relevez les différentes expressions qui expriment la souffrance de la princesse et analysez sa vision de l'amour.

b. Mme de Clèves semble osciller entre des sentiments opposés. Analysez l'effet de parallélisme de la phrase des lignes 396-398 et montrez qu'elle révèle le trouble de Mme de Clèves.

c. Cet extrait fait apparaître une progression dans l'esprit de Mme de Clèves. Relevez les décisions qu'elle prend à la fin de l'extrait et montrez sa détermination.

■ *Conclusion rédigée*

Cet extrait illustre bien l'agitation à laquelle est soumise Mme de Clèves, car elle ne parvient pas à maîtriser sa passion. Le plaisir que peuvent lui apporter les instants partagés avec le duc de Nemours est immédiatement suivi par une phase d'introspection et de remise en cause. Mme de Clèves est confrontée à des sentiments de culpabilité. La seule issue semble alors de suivre les derniers conseils prodigués par Mme de Chartres et de choisir l'éloignement, seul remède aux tourments de la passion.

Étude de la langue

Relevez le champ lexical de l'amour des lignes 351 à 404 (p. 124-126) et expliquez les nuances entre les différents termes employés par le narrateur. Aidez-vous notamment de l'étymologie des mots relevés.

Activité d'appropriation

Mme de Clèves, rongée par la culpabilité, écrit une lettre à Mme la Dauphine dans laquelle elle se confie et dévoile la nature des sentiments qu'elle éprouve pour le duc de Nemours. Rédigez cet aveu en commençant par un rappel de la rencontre entre la princesse et le duc. Mme de Clèves évoquera ensuite la naissance de son inclination pour M. de Nemours. Vous emploierez la première personne du singulier.

Quatrième partie

Le cardinal de Lorraine s'était rendu maître absolu de l'esprit de la Reine mère; le vidame de Chartres n'avait plus aucune part dans ses bonnes grâces et l'amour qu'il avait pour Mme de Martigues et pour la liberté l'avait même empêché de sentir cette perte autant qu'elle méritait d'être sentie. Ce cardinal, pendant les dix jours de la maladie du Roi, avait eu le loisir de former ses desseins et de faire prendre à la Reine des résolutions conformes à ce qu'il avait projeté; de sorte que, sitôt que le Roi fut mort, la Reine ordonna au connétable de demeurer aux Tournelles auprès du corps du feu Roi, pour faire les cérémonies ordinaires. Cette commission[1] l'éloignait de tout et lui ôtait la liberté d'agir. Il envoya un courrier au roi de Navarre pour le faire venir en diligence, afin de s'opposer ensemble à la grande élévation où il voyait que MM. de Guise allaient parvenir. On donna le commandement des armées au duc de Guise et les finances au cardinal de Lorraine. La duchesse de Valentinois fut chassée de la Cour; on fit revenir le cardinal de Tournon, ennemi déclaré du Connétable, et le chancelier Olivier, ennemi déclaré de la duchesse de Valentinois. Enfin, la Cour changea entièrement de face.

Le duc de Guise prit le même rang que les princes du sang à porter le manteau du Roi aux cérémonies des funérailles; lui et ses frères furent entièrement les maîtres, non seulement par le crédit du cardinal sur l'esprit de la Reine, mais parce que cette princesse

1. **Commission**: mission.

crut qu'elle pourrait les éloigner s'ils lui donnaient de l'ombrage[1] et qu'elle ne pourrait éloigner le connétable, qui était appuyé des princes du sang.

Lorsque les cérémonies du deuil furent achevées, le Connétable vint au Louvre et fut reçu du Roi avec beaucoup de froideur. Il voulut lui parler en particulier; mais le Roi appela MM. de Guise et lui dit, devant eux, qu'il lui conseillait de se reposer; que les finances et le commandement des armées étaient donnés et que, lorsqu'il aurait besoin de ses conseils, il l'appellerait auprès de sa personne. Il fut reçu de la Reine mère encore plus froidement que du Roi, et elle lui fit même des reproches de ce qu'il avait dit au feu Roi que ses enfants ne lui ressemblaient point. Le roi de Navarre arriva et ne fut pas mieux reçu. Le prince de Condé, moins endurant[2] que son frère, se plaignit hautement[3]; ses plaintes furent inutiles, on l'éloigna de la Cour sous le prétexte de l'envoyer en Flandre signer la ratification de la paix. On fit voir au roi de Navarre une fausse lettre du roi d'Espagne qui l'accusait de faire des entreprises sur ses places[4]; on lui fit craindre pour ses terres; enfin, on lui inspira le dessein de s'en aller en Béarn. La Reine lui en fournit un moyen en lui donnant la conduite de Mme Élisabeth et l'obligea même à partir devant cette princesse; et ainsi il ne demeura personne à la Cour qui pût balancer le pouvoir de la maison de Guise.

Quoique ce fût une chose fâcheuse pour M. de Clèves de ne pas conduire Mme Élisabeth, néanmoins il ne put s'en plaindre par la grandeur de celui qu'on lui préférait; mais il regrettait moins cet emploi par l'honneur qu'il en eût reçu que parce que c'était une chose qui éloignait sa femme de la Cour sans qu'il parût qu'il eût dessein de l'en éloigner.

---

1. **S'ils lui donnaient de l'ombrage** : s'ils lui nuisaient.
2. **Endurant** : patient.
3. **Hautement** : ouvertement.
4. **Faire des entreprises sur ses places** : manigancer des attaques contre ses villes.

Peu de jours après la mort du Roi, on résolut d'aller à Reims pour le sacre. Sitôt qu'on parla de ce voyage, Mme de Clèves, qui avait toujours demeuré chez elle, feignant d'être malade, pria son mari de trouver bon qu'elle ne suivît point la Cour et qu'elle s'en allât à Coulommiers prendre l'air et songer à sa santé. Il lui répondit qu'il ne voulait point pénétrer si c'était la raison de sa santé qui l'obligeait à ne pas faire le voyage, mais qu'il consentait qu'elle ne le fît point. Il n'eut pas de peine à consentir à une chose qu'il avait déjà résolue : quelque bonne opinion qu'il eût de la vertu de sa femme, il voyait bien que la prudence ne voulait pas qu'il l'exposât plus longtemps à la vue d'un homme qu'elle aimait.

M. de Nemours sut bientôt que Mme de Clèves ne devait pas suivre la Cour ; il ne put se résoudre à partir sans la voir et, la veille du départ, il alla chez elle aussi tard que la bienséance le pouvait permettre, afin de la trouver seule. La fortune favorisa son intention. Comme il entra dans la cour, il trouva Mme de Nevers et Mme de Martigues qui en sortaient et qui lui dirent qu'elles l'avaient laissée seule. Il monta avec une agitation et un trouble qui ne se peut comparer qu'à celui qu'eut Mme de Clèves, quand on lui dit que M. de Nemours venait pour la voir. La crainte qu'elle eut qu'il ne lui parlât de sa passion, l'appréhension de lui répondre trop favorablement, l'inquiétude que cette visite pouvait donner à son mari, la peine de lui en rendre compte ou de lui cacher toutes ces choses, se présentèrent en un moment à son esprit et lui firent un si grand embarras qu'elle prit la résolution d'éviter la chose du monde qu'elle souhaitait peut-être le plus. Elle envoya une de ses femmes à M. de Nemours, qui était dans son antichambre, pour lui dire qu'elle venait de se trouver mal et qu'elle était bien fâchée de ne pouvoir recevoir l'honneur qu'il lui voulait faire. Quelle douleur pour ce prince de ne pas voir Mme de Clèves et de ne la pas voir parce qu'elle ne voulait pas qu'il la vît ! Il s'en allait le lendemain ; il n'avait plus rien à espérer du hasard. Il ne lui avait rien dit depuis cette conversation de chez Mme la Dauphine, et il avait lieu de croire que la faute d'avoir parlé au Vidame avait détruit toutes ses espérances ; enfin il s'en allait avec tout ce qui peut aigrir une vive douleur.

Sitôt que Mme de Clèves fut un peu remise du trouble que lui avait donné la pensée de la visite de ce prince, toutes les raisons qui la lui avaient fait refuser disparurent ; elle trouva même qu'elle avait fait une faute et, si elle eût osé ou qu'il eût encore été assez à temps, elle l'aurait fait rappeler.

Mmes de Nevers et de Martigues, en sortant de chez elle, allèrent chez la Reine Dauphine ; M. de Clèves y était. Cette princesse leur demanda d'où elles venaient ; elles lui dirent qu'elles venaient de chez Mme de Clèves où elles avaient passé une partie de l'après-dînée avec beaucoup de monde et qu'elles n'y avaient laissé que M. de Nemours. Ces paroles, qu'elles croyaient si indifférentes, ne l'étaient pas pour M. de Clèves. Quoiqu'il dût bien s'imaginer que M. de Nemours pouvait trouver souvent des occasions de parler à sa femme, néanmoins la pensée qu'il était chez elle, qu'il y était seul et qu'il lui pouvait parler de son amour lui parut dans ce moment une chose si nouvelle[1] et si insupportable que la jalousie s'alluma dans son cœur avec plus de violence qu'elle n'avait encore fait. Il lui fut impossible de demeurer chez la Reine ; il s'en revint, ne sachant pas même pourquoi il revenait et s'il avait dessein d'aller interrompre M. de Nemours. Sitôt qu'il approcha de chez lui, il regarda s'il ne verrait rien qui lui pût faire juger si ce prince y était encore ; il sentit du soulagement en voyant qu'il n'y était plus et il trouva de la douceur à penser qu'il ne pouvait y avoir demeuré longtemps. Il s'imagina que ce n'était peut-être pas M. de Nemours, dont il devait être jaloux, et quoiqu'il n'en doutât point, il cherchait à en douter ; mais tant de choses l'en auraient persuadé qu'il ne demeurait pas longtemps dans cette incertitude qu'il désirait. Il alla d'abord dans la chambre de sa femme et, après lui avoir parlé quelque temps de choses indifférentes[2], il ne put s'empêcher de

1. **Nouvelle** : étrange.
2. **Indifférentes** : banales.

lui demander ce qu'elle avait fait et qui elle avait vu; elle lui en rendit compte. Comme il vit qu'elle ne lui nommait point M. de Nemours, il lui demanda, en tremblant, si c'était tout ce qu'elle avait vu, afin de lui donner lieu de nommer ce prince et de n'avoir pas la douleur qu'elle lui en fît une finesse[1]. Comme elle ne l'avait point vu, elle ne le lui nomma point, et M. de Clèves reprenant la parole avec un ton qui marquait son affliction:

– Et M. de Nemours, lui dit-il, ne l'avez-vous point vu ou l'avez-vous oublié?

– Je ne l'ai point vu, en effet, répondit-elle; je me trouvais mal et j'ai envoyé une de mes femmes lui faire des excuses.

– Vous ne vous trouviez donc mal que pour lui, reprit M. de Clèves. Puisque vous avez vu tout le monde, pourquoi des distinctions pour M. de Nemours? Pourquoi ne vous est-il pas comme un autre? Pourquoi faut-il que vous craigniez sa vue? Pourquoi lui laissez-vous voir que vous la craignez? Pourquoi lui faites-vous connaître que vous vous servez du pouvoir que sa passion vous donne sur lui? Oseriez-vous refuser de le voir si vous ne saviez bien qu'il distingue vos rigueurs de l'incivilité[2]? Mais pourquoi faut-il que vous ayez des rigueurs pour lui? D'une personne comme vous, Madame, tout est des faveurs hors l'indifférence.

– Je ne croyais pas, reprit Mme de Clèves, quelque soupçon que vous ayez sur M. de Nemours, que vous puissiez me faire des reproches de ne l'avoir pas vu.

– Je vous en fais pourtant, Madame, répliqua-t-il, et ils sont bien fondés. Pourquoi ne le pas voir s'il ne vous a rien dit? Mais, Madame, il vous a parlé; si son silence seul vous avait témoigné sa passion, elle n'aurait pas fait en vous une si grande impression. Vous n'avez pu me dire la vérité tout entière, vous m'en avez caché la plus grande partie; vous vous êtes repentie même du peu que vous m'avez avoué et vous n'avez pas eu la force de continuer. Je suis plus malheureux

---

1. **Qu'elle lui en fît une finesse**: qu'elle le lui dissimulât.
2. **Incivilité**: impolitesse.

que je ne l'ai cru et je suis le plus malheureux de tous les hommes. Vous êtes ma femme, je vous aime comme ma maîtresse et je vous en vois aimer un autre. Cet autre est le plus aimable de la Cour et il vous voit tous les jours, il sait que vous l'aimez. Eh ! j'ai pu croire, s'écria-t-il, que vous surmonteriez la passion que vous avez pour lui. Il faut que j'aie perdu la raison pour avoir cru qu'il fût possible.

– Je ne sais, reprit tristement Mme de Clèves, si vous avez eu tort de juger favorablement d'un procédé aussi extraordinaire que le mien ; mais je ne sais si je me suis trompée d'avoir cru que vous me feriez[1] justice.

– N'en doutez pas, Madame, répliqua M. de Clèves, vous vous êtes trompée ; vous avez attendu de moi des choses aussi impossibles que celles que j'attendais de vous. Comment pouviez-vous espérer que je conservasse de la raison ? Vous aviez donc oublié que je vous aimais éperdument et que j'étais votre mari ? L'un des deux peut porter aux extrémités[2] : que ne peuvent point les deux ensemble ? Eh ! que ne font-ils point aussi, continua-t-il ; je n'ai que des sentiments violents et incertains dont je ne suis pas le maître. Je ne me trouve plus digne de vous ; vous ne me paraissez plus digne de moi. Je vous adore, je vous hais ; je vous offense, je vous demande pardon ; je vous admire, j'ai honte de vous admirer. Enfin il n'y a plus en moi ni de calme, ni de raison. Je ne sais comment j'ai pu vivre depuis que vous me parlâtes à Coulommiers et depuis le jour que vous apprîtes de Mme la Dauphine que l'on savait votre aventure. Je ne saurais démêler par où elle a été sue, ni ce qui se passa entre M. de Nemours et vous sur ce sujet ; vous ne me l'expliquerez jamais et je ne vous demande point de me l'expliquer. Je vous demande seulement de vous souvenir que vous m'avez rendu le plus malheureux homme du monde.

M. de Clèves sortit de chez sa femme après ces paroles et partit le lendemain sans la voir ; mais il lui écrivit une lettre pleine d'affliction,

1. **Feriez** : rendriez.
2. **Extrémités** : pensées extrêmes.

d'honnêteté et de douceur. Elle y fit une réponse si touchante et si remplie d'assurances[1] de sa conduite passée et de celle qu'elle aurait à l'avenir que, comme ses assurances étaient fondées sur la vérité et que c'étaient en effet ses sentiments, cette lettre fit de l'impression sur M. de Clèves et lui donna quelque calme ; joint que[2] M. de Nemours, allant trouver le Roi aussi bien que lui, il avait le repos de savoir qu'il ne serait pas au même lieu que Mme de Clèves. Toutes les fois que cette princesse parlait à son mari, la passion qu'il lui témoignait, l'honnêteté de son procédé, l'amitié qu'elle avait pour lui et ce qu'elle lui devait, faisaient des impressions dans son cœur qui affaiblissaient l'idée[3] de M. de Nemours ; mais ce n'était que pour quelque temps ; et cette idée revenait bientôt plus vive et plus présente qu'auparavant.

Les premiers jours du départ de ce prince, elle ne sentit quasi pas son absence ; ensuite elle lui parut cruelle. Depuis qu'elle l'aimait, il ne s'était point passé de jour qu'elle n'eût craint ou espéré de le rencontrer et elle trouva une grande peine à penser qu'il n'était plus au pouvoir du hasard de faire qu'elle le rencontrât.

Elle s'en alla à Coulommiers ; et, en y allant, elle eut soin d'y faire porter de grands tableaux qu'elle avait fait copier sur des originaux qu'avait fait faire Mme de Valentinois pour sa belle maison d'Anet. Toutes les actions remarquables, qui s'étaient passées du règne du Roi, étaient dans ces tableaux. Il y avait entre autres le siège de Metz, et tous ceux qui s'y étaient distingués étaient peints fort ressemblants. M. de Nemours était de ce nombre et c'était peut-être ce qui avait donné envie à Mme de Clèves d'avoir ces tableaux.

Mme de Martigues, qui n'avait pu partir avec la Cour, lui promit d'aller passer quelques jours à Coulommiers. La faveur de la Reine qu'elles partageaient ne leur avait point donné d'envie, ni d'éloignement l'une de l'autre ; elles étaient amies sans néanmoins se confier leurs sentiments. Mme de Clèves savait que Mme de

1. **Assurances** : garanties, promesses.
2. **Joint que** : de plus.
3. **Idée** : image.

Martigues aimait le Vidame ; mais Mme de Martigues ne savait pas que Mme de Clèves aimât M. de Nemours, ni qu'elle en fût aimée. La qualité de nièce du Vidame rendait Mme de Clèves plus chère à Mme de Martigues ; et Mme de Clèves l'aimait aussi comme une personne qui avait une passion aussi bien qu'elle et qui l'avait pour l'ami intime de son amant.

Mme de Martigues vint à Coulommiers, comme elle l'avait promis à Mme de Clèves ; elle la trouva dans une vie fort solitaire. Cette princesse avait même cherché le moyen d'être dans une solitude entière et de passer les soirs dans les jardins sans être accompagnée de ses domestiques. Elle venait dans ce pavillon où M. de Nemours l'avait écoutée ; elle entrait dans le cabinet qui était ouvert sur le jardin. Ses femmes et ses domestiques demeuraient dans l'autre cabinet, ou sous le pavillon, et ne venaient point à elle qu'elle[1] ne les appelât. Mme de Martigues n'avait jamais vu Coulommiers ; elle fut surprise de toutes les beautés qu'elle y trouva et surtout de l'agrément de ce pavillon. Mme de Clèves et elle y passaient tous les soirs. La liberté de se trouver seules, la nuit, dans le plus beau lieu du monde, ne laissait pas finir la conversation entre deux jeunes personnes, qui avaient des passions violentes dans le cœur ; et, quoiqu'elles ne s'en fissent point de confidence, elles trouvaient un grand plaisir à se parler. Mme de Martigues aurait eu de la peine à quitter Coulommiers si, en le quittant, elle n'eût dû aller dans un lieu où était le Vidame. Elle partit pour aller à Chambord, où la Cour était alors.

Le sacre avait été fait à Reims par le cardinal de Lorraine, et l'on devait passer le reste de l'été dans le château de Chambord, qui était nouvellement bâti. La Reine témoigna une grande joie de revoir Mme de Martigues ; et, après lui en avoir donné plusieurs marques, elle lui demanda des nouvelles de Mme de Clèves et de ce qu'elle faisait à la campagne. M. de Nemours et M. de Clèves étaient alors chez cette reine. Mme de Martigues, qui avait trouvé

1. **Qu'elle** : sans qu'elle.

Coulommiers admirable, en conta toutes les beautés, et elle s'étendit extrêmement sur la description de ce pavillon de la forêt et sur le plaisir qu'avait Mme de Clèves de s'y promener seule une partie de la nuit. M. de Nemours, qui connaissait assez le lieu pour entendre ce qu'en disait Mme de Martigues, pensa qu'il n'était pas impossible qu'il y pût voir Mme de Clèves sans être vu que d'elle. Il fit quelques questions à Mme de Martigues pour s'en éclaircir encore ; et M. de Clèves, qui l'avait toujours regardé pendant que Mme de Martigues avait parlé, crut voir dans ce moment ce qui lui passait dans l'esprit. Les questions que fit ce prince le confirmèrent encore dans cette pensée ; en sorte qu'il ne douta point qu'il n'eût dessein d'aller voir sa femme. Il ne se trompait pas dans ses soupçons. Ce dessein entra si fortement dans l'esprit de M. de Nemours qu'après avoir passé la nuit à songer aux moyens de l'exécuter, dès le lendemain matin, il demanda congé au Roi pour aller à Paris, sur quelque prétexte qu'il inventa.

M. de Clèves ne douta point du sujet de ce voyage ; mais il résolut de s'éclaircir de la conduite de sa femme et de ne pas demeurer dans une cruelle incertitude. Il eut envie de partir en même temps que M. de Nemours et de venir lui-même caché découvrir quel succès aurait ce voyage ; mais, craignant que son départ ne parût extraordinaire[1], et que M. de Nemours, en étant averti, ne prît d'autres mesures[2], il résolut de se fier à un gentilhomme qui était à lui, dont il connaissait la fidélité et l'esprit. Il lui conta dans quel embarras il se trouvait. Il lui dit quelle avait été jusqu'alors la vertu de Mme de Clèves et lui ordonna de partir sur les pas de M. de Nemours, de l'observer exactement, de voir s'il n'irait point à Coulommiers et s'il n'entrerait point la nuit dans le jardin.

Le gentilhomme, qui était très capable d'une telle commission, s'en acquitta avec toute l'exactitude imaginable. Il suivit M. de Nemours jusqu'à un village, à une demi-lieue de Coulommiers,

1. **Extraordinaire** : étrange.
2. **Mesures** : dispositions.

où ce prince s'arrêta, et le gentilhomme devina aisément que c'était pour y attendre la nuit. Il ne crut pas à propos de l'y attendre aussi ; il passa le village et alla dans la forêt, à l'endroit par où il jugeait que M. de Nemours pouvait passer ; il ne se trompa point dans tout ce qu'il avait pensé. Sitôt que la nuit fut venue, il entendit marcher, et quoiqu'il fit obscur, il reconnut aisément M. de Nemours. Il le vit faire le tour du jardin, comme pour écouter s'il n'y entendrait personne et pour choisir le lieu par où il pourrait passer le plus aisément. Les palissades étaient fort hautes, et il y en avait encore derrière, pour empêcher qu'on ne pût entrer ; en sorte qu'il était assez difficile de se faire passage. M. de Nemours en vint à bout néanmoins ; sitôt qu'il fut dans ce jardin, il n'eut pas de peine à démêler où était Mme de Clèves. Il vit beaucoup de lumières dans le cabinet ; toutes les fenêtres en étaient ouvertes et, en se glissant le long des palissades, il s'en approcha avec un trouble et une émotion qu'il est aisé de se représenter. Il se rangea derrière une des fenêtres, qui servaient de porte, pour voir ce que faisait Mme de Clèves. Il vit qu'elle était seule ; mais il la vit d'une si admirable beauté qu'à peine fut-il maître du transport que lui donna cette vue. Il faisait chaud, et elle n'avait rien, sur sa tête et sur sa gorge[1], que ses cheveux confusément rattachés. Elle était sur un lit de repos, avec une table devant elle, où il y avait plusieurs corbeilles pleines de rubans ; elle en choisit quelques-uns, et M. de Nemours remarqua que c'étaient des mêmes couleurs qu'il avait portées au tournoi. Il vit qu'elle en faisait des nœuds à une canne des Indes, fort extraordinaire, qu'il avait portée quelque temps et qu'il avait donnée à sa sœur, à qui Mme de Clèves l'avait prise sans faire semblant[2] de la reconnaître pour avoir été à M. de Nemours. Après qu'elle eut achevé son ouvrage avec une grâce et une douceur que répandaient sur son visage les sentiments qu'elle avait dans le cœur, elle prit un flambeau et s'en alla, proche d'une grande table, vis-à-vis

1. **Gorge** : décolleté.
2. **Sans faire semblant** : en feignant de ne pas.

du tableau du siège de Metz, où était le portrait de M. de Nemours ; elle s'assit et se mit à regarder ce portrait avec une attention et une rêverie que la passion seule peut donner.

On ne peut exprimer ce que sentit M. de Nemours dans ce moment. Voir au milieu de la nuit, dans le plus beau lieu du monde, une personne qu'il adorait, la voir sans qu'elle sût qu'il la voyait, et la voir tout occupée de choses qui avaient du rapport à lui et à la passion qu'elle lui cachait, c'est ce qui n'a jamais été goûté ni imaginé par nul autre amant.

Ce prince était aussi tellement hors de lui-même qu'il demeurait immobile à regarder Mme de Clèves, sans songer que les moments lui étaient précieux. Quand il fut un peu remis, il pensa qu'il devait attendre à[1] lui parler qu'elle allât dans le jardin ; il crut qu'il le pourrait faire avec plus de sûreté, parce qu'elle serait plus éloignée de ses femmes ; mais, voyant qu'elle demeurait dans le cabinet, il prit la résolution d'y entrer. Quand il voulut l'exécuter, quel trouble n'eut-il point ! Quelle crainte de lui déplaire ! Quelle peur de faire changer ce visage où il y avait tant de douceur et de le voir devenir plein de sévérité et de colère !

Il trouva qu'il y avait eu de la folie, non pas à venir voir Mme de Clèves sans en être vu, mais à penser de s'en faire voir ; il vit tout ce qu'il n'avait point encore envisagé. Il lui parut de l'extravagance[2] dans sa hardiesse de venir surprendre, au milieu de la nuit, une personne à qui il n'avait encore jamais parlé de son amour. Il pensa qu'il ne devait pas prétendre qu'elle le voulût écouter, et qu'elle aurait une juste colère du péril où il l'exposait par les accidents[3] qui pouvaient arriver. Tout son courage l'abandonna, et il fut prêt plusieurs fois à prendre la résolution de s'en retourner sans se faire voir. Poussé néanmoins par le désir de lui parler, et rassuré par les espérances que lui donnait tout ce qu'il avait vu, il avança quelques pas, mais

1. **Attendre à** : attendre pour.
2. **Extravagance** : folie.
3. **Accidents** : événements imprévus.

avec tant de trouble qu'une écharpe qu'il avait s'embarrassa dans la fenêtre, en sorte qu'il fit du bruit. Mme de Clèves tourna la tête, et, soit qu'elle eût l'esprit rempli de ce prince, ou qu'il fût dans un lieu où la lumière donnait assez pour qu'elle le pût distinguer, elle crut le reconnaître et sans balancer ni se retourner du côté où il était, elle entra dans le lieu où étaient ses femmes. Elle y entra avec tant de trouble qu'elle fut contrainte, pour le cacher, de dire qu'elle se trouvait mal; et elle le dit aussi pour occuper tous ses gens et pour donner le temps à M. de Nemours de se retirer. Quand elle eut fait quelque réflexion, elle pensa qu'elle s'était trompée et que c'était un effet de son imagination d'avoir cru voir M. de Nemours. Elle savait qu'il était à Chambord, elle ne trouvait nulle apparence[1] qu'il eût entrepris une chose si hasardeuse; elle eut envie plusieurs fois de rentrer dans le cabinet et d'aller voir dans le jardin s'il y avait quelqu'un. Peut-être souhaitait-elle, autant qu'elle le craignait, d'y trouver M. de Nemours; mais enfin la raison et la prudence l'emportèrent sur tous ses autres sentiments, et elle trouva qu'il valait mieux demeurer dans le doute où elle était que de prendre le hasard de s'en éclaircir. Elle fut longtemps à se résoudre à sortir d'un lieu dont elle pensait que ce prince était peut-être si proche, et il était quasi jour quand elle revint au château.

M. de Nemours était demeuré dans le jardin tant qu'il avait vu de la lumière; il n'avait pu perdre l'espérance de revoir Mme de Clèves, quoiqu'il fût persuadé qu'elle l'avait reconnu et qu'elle n'était sortie que pour l'éviter; mais voyant qu'on fermait les portes, il jugea bien qu'il n'avait plus rien à espérer. Il vint reprendre son cheval tout proche du lieu où attendait le gentilhomme de M. de Clèves. Ce gentilhomme le suivit jusqu'au même village, d'où il était parti le soir. M. de Nemours se résolut d'y passer tout le jour, afin de retourner la nuit à Coulommiers, pour voir si Mme de Clèves aurait encore la cruauté de le fuir, ou celle de ne se pas exposer à être vue; quoiqu'il eût une joie sensible de l'avoir trouvée si

1. **Apparence**: vraisemblance.

remplie de son idée[1], il était néanmoins très affligé de lui avoir vu un mouvement si naturel de le fuir.

La passion n'a jamais été si tendre et si violente qu'elle l'était alors en ce prince. Il s'en alla sous des saules, le long d'un petit ruisseau qui coulait derrière la maison où il était caché. Il s'éloigna le plus qu'il lui fut possible, pour n'être vu ni entendu de personne ; il s'abandonna aux transports de son amour et son cœur en fut tellement pressé qu'il fut contraint de laisser couler quelques larmes ; mais ces larmes n'étaient pas de celles que la douleur seule fait répandre, elles étaient mêlées de douceur et de ce charme qui ne se trouve que dans l'amour.

Il se mit à repasser[2] toutes les actions de Mme de Clèves depuis qu'il en était amoureux ; quelle rigueur honnête et modeste elle avait toujours eue pour lui, quoiqu'elle l'aimât. Car, enfin, elle m'aime, disait-il ; elle m'aime, je n'en saurais douter ; les plus grands engagements et les plus grandes faveurs ne sont pas des marques si assurées que celles que j'en ai eues. Cependant je suis traité avec la même rigueur que si j'étais haï, j'ai espéré au temps[3], je n'en dois plus rien attendre ; je la vois toujours se défendre également contre moi et contre elle-même. Si je n'étais point aimé, je songerais à plaire ; mais je plais, on m'aime, et on me le cache. Que puis-je donc espérer, et quel changement dois-je attendre dans ma destinée ? Quoi ! je serai aimé de la plus aimable personne du monde et je n'aurai cet excès d'amour que donnent les premières certitudes d'être aimé que pour mieux sentir la douleur d'être maltraité ! Laissez-moi voir que vous m'aimez, belle princesse, s'écria-t-il, laissez-moi voir vos sentiments ; pourvu que je les connaisse par vous une fois en ma vie, je consens que vous repreniez pour toujours ces rigueurs dont vous m'accabliez. Regardez-moi du moins avec ces mêmes yeux dont je vous ai vue cette nuit regarder mon portrait ; pouvez-vous l'avoir regardé avec tant de douceur et m'avoir

1. **Si remplie de son idée** : si inspirée par son souvenir.
2. **Repasser** : passer en revue.
3. **Au temps** : que le temps agirait.

fui moi-même si cruellement ? Que craignez-vous ? Pourquoi mon amour vous est-il si redoutable ? Vous m'aimez, vous me le cachez inutilement ; vous-même m'en avez donné des marques involontaires. Je sais mon bonheur ; laissez-m'en[1] jouir, et cessez de me rendre malheureux. Est-il possible, reprenait-il, que je sois aimé de Mme de Clèves et que je sois malheureux ? Qu'elle était belle cette nuit ! Comment ai-je pu résister à l'envie de me jeter à ses pieds ? Si je l'avais fait, je l'aurais peut-être empêchée de me fuir, mon respect l'aurait rassurée ; mais peut-être elle ne m'a pas reconnu ; je m'afflige plus que je ne dois, et la vue d'un homme, à une heure si extraordinaire, l'a effrayée.

Ces mêmes pensées occupèrent tout le jour M. de Nemours ; il attendit la nuit avec impatience ; et, quand elle fut venue, il reprit le chemin de Coulommiers. Le gentilhomme de M. de Clèves, qui s'était déguisé afin d'être moins remarqué, le suivit jusqu'au lieu où il l'avait suivi le soir d'auparavant et le vit entrer dans le même jardin. Ce prince connut bientôt que Mme de Clèves n'avait pas voulu hasarder qu'il essayât encore de la voir ; toutes les portes étaient fermées. Il tourna de tous les côtés pour découvrir s'il ne verrait point de lumières ; mais ce fut inutilement.

Mme de Clèves, s'étant doutée que M. de Nemours pourrait revenir, était demeurée dans sa chambre ; elle avait appréhendé de n'avoir pas toujours la force de le fuir, et elle n'avait pas voulu se mettre au hasard[2] de lui parler d'une manière si peu conforme à la conduite qu'elle avait eue jusqu'alors.

Quoique M. de Nemours n'eût aucune espérance de la voir, il ne put se résoudre à sortir si tôt d'un lieu où elle était si souvent. Il passa la nuit entière dans le jardin et trouva quelque consolation à voir du moins les mêmes objets qu'elle voyait tous les jours. Le soleil était levé devant qu'il pensât à se retirer ; mais enfin la crainte d'être découvert l'obligea à s'en aller.

---

1. **Laissez-m'en** : laissez-moi en.
2. **Se mettre au hasard** : courir le risque.

Il lui fut impossible de s'éloigner sans voir Mme de Clèves ; et il alla chez Mme de Mercœur, qui était alors dans cette maison qu'elle avait proche de Coulommiers. Elle fut extrêmement surprise de l'arrivée de son frère. Il inventa une cause de son voyage, assez vraisemblable pour la tromper, et enfin il conduisit si habilement son dessein qu'il l'obligea à lui proposer d'elle-même d'aller chez Mme de Clèves. Cette proposition fut exécutée dès le même jour, et M. de Nemours dit à sa sœur qu'il la quitterait à Coulommiers pour s'en retourner en diligence trouver le Roi. Il fit ce dessein de la quitter à Coulommiers dans la pensée de l'en laisser partir la première ; et il crut avoir trouvé un moyen infaillible de parler à Mme de Clèves.

Comme ils arrivèrent, elle se promenait dans une grande allée qui borde le parterre. La vue de M. de Nemours ne lui causa pas un médiocre trouble et ne lui laissa plus de douter que ce ne fût lui qu'elle avait vu la nuit précédente. Cette certitude lui donna quelque mouvement de colère, par la hardiesse et l'imprudence qu'elle trouvait dans ce qu'il avait entrepris. Ce prince remarqua une impression de froideur sur son visage qui lui donna une sensible douleur. La conversation fut de choses indifférentes ; et, néanmoins, il trouva l'art d'y faire paraître tant d'esprit, tant de complaisance et tant d'admiration pour Mme de Clèves qu'il dissipa, malgré elle, une partie de la froideur qu'elle avait eue d'abord.

Lorsqu'il se sentit rassuré de sa première crainte, il témoigna une extrême curiosité d'aller voir le pavillon de la forêt. Il en parla comme du plus agréable lieu du monde et en fit même une description si particulière que Mme de Mercœur lui dit qu'il fallait qu'il y eût été plusieurs fois pour en connaître si bien toutes les beautés.

– Je ne crois pourtant pas, reprit Mme de Clèves, que M. de Nemours y ait jamais entré ; c'est un lieu qui n'est achevé que depuis peu.

– Il n'y a pas longtemps aussi que j'y ai été, reprit M. de Nemours en la regardant, et je ne sais si je ne dois point être bien aise que vous ayez oublié de m'y avoir vu.

Mme de Mercœur, qui regardait la beauté des jardins, n'avait point d'attention à ce que disait son frère. Mme de Clèves rougit et, baissant les yeux sans regarder M. de Nemours :

– Je ne me souviens point, lui dit-elle, de vous y avoir vu ; et, si vous y avez été, c'est sans que je l'aie su.

– Il est vrai, Madame, répliqua M. de Nemours, que j'y ai été sans vos ordres, et j'y ai passé les plus doux et les plus cruels moments de ma vie.

Mme de Clèves entendait trop bien tout ce que disait ce prince, mais elle n'y répondit point ; elle songea à empêcher Mme de Mercœur d'aller dans ce cabinet, parce que le portrait de M. de Nemours y était et qu'elle ne voulait pas qu'elle l'y vît. Elle fit si bien que le temps se passa insensiblement, et Mme de Mercœur parla de s'en retourner. Mais quand Mme de Clèves vit que M. de Nemours et sa sœur ne s'en allaient pas ensemble, elle jugea bien à quoi elle allait être exposée ; elle se trouva dans le même embarras où elle s'était trouvée à Paris et elle prit aussi le même parti. La crainte que cette visite ne fût encore une confirmation des soupçons qu'avait son mari ne contribua pas peu à la déterminer ; et, pour éviter que M. de Nemours ne demeurât seul avec elle, elle dit à Mme de Mercœur qu'elle l'allait conduire jusques au bord de la forêt, et elle ordonna que son carrosse la suivît. La douleur qu'eut ce prince de trouver toujours cette même continuation [1] des rigueurs en Mme de Clèves fut si violente qu'il en pâlit dans le même moment. Mme de Mercœur lui demanda s'il se trouvait mal ; mais il regarda Mme de Clèves, sans que personne s'en aperçût, et il lui fit juger par ses regards qu'il n'avait d'autre mal que son désespoir. Cependant il fallut qu'il les laissât partir sans oser les suivre, et, après ce qu'il avait dit, il ne pouvait plus retourner avec sa sœur ; ainsi, il revint à Paris, et en partit le lendemain.

Le gentilhomme de M. de Clèves l'avait toujours observé : il revint aussi à Paris et, comme il vit M. de Nemours parti pour Chambord,

1. **Continuation** : persévérance.

il prit la poste[1] afin d'y arriver devant lui et de rendre compte de son voyage. Son maître attendait son retour comme ce qui allait décider du malheur de toute sa vie.

Sitôt qu'il le vit, il jugea, par son visage et par son silence, qu'il n'avait que des choses fâcheuses à lui apprendre. Il demeura quelque temps saisi d'affliction, la tête baissée sans pouvoir parler ; enfin, il lui fit signe de la main de se retirer :

– Allez, lui dit-il, je vois ce que vous avez à me dire ; mais je n'ai pas la force de l'écouter.

– Je n'ai rien à vous apprendre, lui répondit le gentilhomme, sur quoi on puisse faire de jugement assuré. Il est vrai que M. de Nemours a entré deux nuits de suite dans le jardin de la forêt, et qu'il a été le jour d'après à Coulommiers avec Mme de Mercœur.

– C'est assez, répliqua M. de Clèves, c'est assez, en lui faisant encore signe de se retirer, et je n'ai pas besoin d'un plus grand éclaircissement.

Le gentilhomme fut contraint de laisser son maître abandonné à son désespoir. Il n'y en a peut-être jamais eu un plus violent, et peu d'hommes d'un aussi grand courage et d'un cœur aussi passionné que M. de Clèves, ont ressenti en même temps la douleur que cause l'infidélité d'une maîtresse et la honte d'être trompé par une femme.

M. de Clèves ne put résister à l'accablement[2] où il se trouva. La fièvre lui prit dès la nuit même, et avec de si grands accidents[3] que, dès ce moment, sa maladie parut très dangereuse. On en donna avis à Mme de Clèves ; elle vint en diligence. Quand elle arriva, il était encore plus mal, elle lui trouva quelque chose de si froid et de si glacé pour elle qu'elle en fut extrêmement surprise et affligée. Il lui parut même qu'il recevait avec peine les services qu'elle lui rendait ; mais enfin, elle pensa que c'était peut-être un effet de sa maladie.

1. **La poste** : voiture tirée par des chevaux destinée au transport rapide des voyageurs.
2. **Accablement** : affliction.
3. **Grands accidents** : symptômes alarmants, complications.

D'abord qu'elle fut à Blois où la Cour était alors, M. de Nemours ne put s'empêcher d'avoir de la joie de savoir qu'elle était dans le même lieu que lui. Il essaya de la voir et alla tous les jours chez M. de Clèves, sur le prétexte de savoir de ses nouvelles ; mais ce fut inutilement. Elle ne sortait point de la chambre de son mari et avait une douleur violente de l'état où elle le voyait. M. de Nemours était désespéré qu'elle fût si affligée ; il jugeait aisément combien cette affliction renouvelait l'amitié qu'elle avait pour M. de Clèves, et combien cette amitié faisait une diversion dangereuse à la passion qu'elle avait dans le cœur. Ce sentiment lui donna un chagrin mortel pendant quelque temps ; mais, l'extrémité du mal de M. de Clèves lui ouvrit de nouvelles espérances. Il vit que Mme de Clèves serait peut-être en liberté de suivre son inclination et qu'il pourrait trouver dans l'avenir une suite de bonheur et de plaisirs durables. Il ne pouvait soutenir cette pensée, tant elle lui donnait de trouble et de transports, et il en éloignait son esprit par la crainte de se trouver trop malheureux, s'il venait à perdre ses espérances.

Cependant M. de Clèves était presque abandonné des médecins. Un des derniers jours de son mal, après avoir passé une nuit très fâcheuse[1], il dit sur le matin qu'il voulait reposer. Mme de Clèves demeura seule dans sa chambre ; il lui parut qu'au lieu de reposer, il avait beaucoup d'inquiétude. Elle s'approcha et se vint mettre à genoux devant son lit, le visage tout couvert de larmes. M. de Clèves avait résolu de ne lui point témoigner le violent chagrin qu'il avait contre elle ; mais les soins qu'elle lui rendait, et son affliction, qui lui paraissait quelquefois véritable et qu'il regardait aussi quelquefois comme des marques de dissimulation et de perfidie, lui causaient des sentiments si opposés et si douloureux qu'il ne les put renfermer en lui-même.

– Vous versez bien des pleurs, Madame, lui dit-il, pour une mort que vous causez et qui ne vous peut donner la douleur que vous faites paraître. Je ne suis plus en état de vous faire des reproches,

1. **Fâcheuse** : pénible.

continua-t-il avec une voix affaiblie par la maladie et par la douleur ; mais je meurs du cruel déplaisir que vous m'avez donné. Fallait-il qu'une action aussi extraordinaire que celle que vous aviez faite de me parler à Coulommiers eût si peu de suite ? Pourquoi m'éclairer sur la passion que vous aviez pour M. de Nemours, si votre vertu n'avait pas plus d'étendue pour y résister ? Je vous aimais jusqu'à être bien aise d'être trompé[1], je l'avoue à ma honte ; j'ai regretté ce faux repos dont vous m'avez tiré. Que ne me laissiez-vous dans cet aveuglement tranquille dont jouissent tant de maris ? J'eusse, peut-être, ignoré toute ma vie que vous aimiez M. de Nemours. Je mourrai, ajouta-t-il ; mais sachez que vous me rendez la mort agréable, et qu'après m'avoir ôté l'estime et la tendresse que j'avais pour vous, la vie me ferait horreur. Que ferais-je de la vie, reprit-il, pour la passer avec une personne que j'ai tant aimée, et dont j'ai été si cruellement trompé, ou pour vivre séparé de cette même personne, et en venir à un éclat[2] et à des violences si opposées à mon humeur et à la passion que j'avais pour vous ? Elle a été au-delà de ce que vous en avez vu, Madame ; je vous en ai caché la plus grande partie, par la crainte de vous importuner, ou de perdre quelque chose de votre estime, par des manières qui ne convenaient pas à un mari.

Enfin je méritais votre cœur ; encore une fois, je meurs sans regret, puisque je n'ai pu l'avoir, et que je ne puis plus le désirer. Adieu, Madame, vous regretterez quelque jour un homme qui vous aimait d'une passion véritable et légitime. Vous sentirez le chagrin que trouvent les personnes raisonnables dans ces engagements, et vous connaîtrez la différence d'être aimée, comme je vous aimais, à l'être par des gens qui, en vous témoignant de l'amour, ne cherchent que l'honneur de vous séduire. Mais ma mort vous laissera en liberté, ajouta-t-il, et vous pourrez rendre M. de Nemours heureux, sans qu'il vous en coûte[3] des crimes. Qu'importe, reprit-il, ce qui

---

1. **Trompé** : ici, au sens de dupé, berné.
2. **Éclat** : manifestation brutale.
3. **Sans qu'il vous en coûte** : sans que vous ayez à commettre.

arrivera quand je ne serai plus, et faut-il que j'aie la faiblesse d'y jeter les yeux !

Mme de Clèves était si éloignée de s'imaginer que son mari pût avoir des soupçons contre elle qu'elle écouta toutes ces paroles sans les comprendre, et sans avoir d'autre idée, sinon qu'il lui reprochait son inclination pour M. de Nemours ; enfin, sortant tout d'un coup de son aveuglement :

– Moi, des crimes ! s'écria-t-elle ; la pensée même m'en est inconnue. La vertu la plus austère ne peut inspirer d'autre conduite que celle que j'ai eue ; et je n'ai jamais fait d'action dont je n'eusse souhaité que vous eussiez été témoin.

– Eussiez-vous souhaité, répliqua M. de Clèves, en la regardant avec dédain, que je l'eusse été des nuits que vous avez passées avec M. de Nemours ? Ah ! Madame, est-ce de vous dont je parle, quand je parle d'une femme qui a passé des nuits avec un homme ?

– Non, Monsieur, reprit-elle ; non, ce n'est pas de moi dont vous parlez. Je n'ai jamais passé ni de nuits ni de moments avec M. de Nemours. Il ne m'a jamais vue en particulier ; je ne l'ai jamais souffert, ni écouté, et j'en ferais tous les serments…

– N'en dites pas davantage, interrompit M. de Clèves ; de faux serments ou un aveu me feraient peut-être une égale peine. Mme de Clèves ne pouvait répondre ; ses larmes et sa douleur lui ôtaient la parole ; enfin, faisant un effort :

– Regardez-moi du moins ; écoutez-moi, lui dit-elle. S'il n'y allait que de mon intérêt, je souffrirais ces reproches ; mais il y va de votre vie. Écoutez-moi, pour l'amour de vous-même : il est impossible qu'avec tant de vérité, je ne vous persuade mon innocence.

– Plût à Dieu que vous me la puissiez persuader ! s'écria-t-il ; mais que me pouvez-vous dire ? M. de Nemours n'a-t-il pas été à Coulommiers avec sa sœur ? Et n'avait-il pas passé les deux nuits précédentes avec vous dans le jardin de la forêt ?

– Si c'est là mon crime, répliqua-t-elle, il m'est aisé de me justifier. Je ne vous demande point de me croire ; mais croyez tous vos domestiques, et sachez si j'allai dans le jardin de la forêt la veille que M. de Nemours vint à Coulommiers, et si je n'en sortis pas le soir d'auparavant deux heures plus tôt que je n'avais accoutumé. Elle lui conta ensuite comme elle avait cru voir quelqu'un dans ce jardin. Elle lui avoua qu'elle avait cru que c'était M. de Nemours. Elle lui parla avec tant d'assurance, et la vérité se persuade si aisément lors même qu'elle n'est pas vraisemblable, que M. de Clèves fut presque convaincu de son innocence.

– Je ne sais, lui dit-il, si je me dois laisser aller à vous croire. Je me sens si proche de la mort que je ne veux rien voir de ce qui me pourrait faire regretter la vie. Vous m'avez éclairci trop tard ; mais ce me sera toujours un soulagement d'emporter la pensée que vous êtes digne de l'estime que j'ai eue pour vous. Je vous prie que je puisse encore avoir la consolation de croire que ma mémoire vous sera chère et que, s'il eût dépendu de vous, vous eussiez eu pour moi les sentiments que vous avez pour un autre.

Il voulut continuer ; mais une faiblesse lui ôta la parole. Mme de Clèves fit venir les médecins ; ils le trouvèrent presque sans vie. Il languit[1] néanmoins encore quelques jours et mourut enfin avec une constance[2] admirable.

Mme de Clèves demeura dans une affliction si violente qu'elle perdit quasi l'usage de la raison. La Reine la vint voir avec soin et la mena dans un couvent sans qu'elle sût où on la conduisait. Ses belles sœurs la ramenèrent à Paris, qu'elle n'était pas encore en état de sentir distinctement sa douleur. Quand elle commença d'avoir la force de l'envisager et qu'elle vit quel mari elle avait perdu, qu'elle considéra qu'elle était la cause de sa mort, et que c'était par la passion qu'elle avait eue pour un autre qu'elle en était cause, l'horreur qu'elle eut pour elle-même et pour M. de Nemours ne se peut représenter.

Ce prince n'osa, dans ces commencements, lui rendre d'autres soins que ceux que lui ordonnait la bienséance. Il connaissait assez

---

1. **Languit** : agonisa.
2. **Constance** : persévérance.

Mme de Clèves pour croire qu'un plus grand empressement[1] lui serait désagréable ; mais ce qu'il apprit ensuite lui fit bien voir qu'il devait avoir longtemps la même conduite.

Un écuyer qu'il avait lui conta que le gentilhomme de M. de Clèves, qui était son ami intime, lui avait dit, dans sa douleur de la perte de son maître, que le voyage de M. de Nemours à Coulommiers était cause de sa mort. M. de Nemours fut extrêmement surpris de ce discours ; mais après y avoir fait réflexion, il devina une partie de la vérité, et il jugea bien quels seraient d'abord les sentiments de Mme de Clèves et quel éloignement[2] elle aurait de lui, si elle croyait que le mal de son mari eût été causé par la jalousie. Il crut qu'il ne fallait pas même la faire sitôt souvenir de son nom ; et il suivit cette conduite, quelque pénible qu'elle lui parût.

Il fit un voyage à Paris et ne put s'empêcher néanmoins d'aller à sa porte pour apprendre de ses nouvelles. On lui dit que personne ne la voyait et qu'elle avait même défendu qu'on lui rendît compte de ceux qui l'iraient chercher[3]. Peut-être que ses ordres si exacts étaient donnés en vue de ce prince, et pour ne point entendre parler de lui. M. de Nemours était trop amoureux pour pouvoir vivre si absolument privé de la vue de Mme de Clèves. Il résolut de trouver des moyens, quelque difficiles qu'ils pussent être, de sortir d'un état qui lui paraissait si insupportable.

La douleur de cette princesse passait les bornes de la raison. Ce mari mourant, et mourant à cause d'elle et avec tant de tendresse pour elle, ne lui sortait point de l'esprit. Elle repassait incessamment tout ce qu'elle lui devait, et elle se faisait un crime de n'avoir pas eu de la passion pour lui, comme si c'eût été une chose qui eût été en son pouvoir. Elle ne trouvait de consolation qu'à penser qu'elle le regrettait autant qu'il méritait d'être regretté et qu'elle ne ferait dans le reste de sa vie que ce qu'il aurait été bien aise qu'elle eût fait s'il avait vécu.

---

1. **Empressement** : précipitation.
2. **Éloignement** : répugnance.
3. **L'iraient chercher** : voudraient lui rendre visite.

Elle avait pensé plusieurs fois comment il avait su que M. de Nemours était venu à Coulommiers ; elle ne soupçonnait pas ce prince de l'avoir conté, et il lui paraissait même indifférent qu'il l'eût redit, tant elle se croyait guérie et éloignée de la passion qu'elle avait eue pour lui. Elle sentait néanmoins une douleur vive de s'imaginer qu'il était cause de la mort de son mari, et elle se souvenait avec peine de la crainte que M. de Clèves lui avait témoignée en mourant qu'elle ne l'épousât ; mais toutes ces douleurs se confondaient dans celle de la perte de son mari, et elle croyait n'en avoir point d'autre.

Après que plusieurs mois furent passés, elle sortit de cette violente affliction où elle était et passa dans un état de tristesse et de langueur[1]. Mme de Martigues fit un voyage à Paris, et la vit avec soin pendant le séjour qu'elle y fit. Elle l'entretint de la Cour et de tout ce qui s'y passait ; et, quoique Mme de Clèves ne parût pas y prendre intérêt, Mme de Martigues ne laissait pas de lui en parler pour la divertir.

Elle lui conta des nouvelles du Vidame, de M. de Guise et de tous les autres qui étaient distingués par leur personne ou par leur mérite.

– Pour M. de Nemours, dit-elle, je ne sais si les affaires ont pris dans son cœur la place de la galanterie ; mais il a bien moins de joie qu'il n'avait accoutumé d'en avoir, il paraît fort retiré du commerce des femmes. Il fait souvent des voyages à Paris et je crois même qu'il y est présentement.

Le nom de M. de Nemours surprit Mme de Clèves et la fit rougir. Elle changea de discours, et Mme de Martigues ne s'aperçut point de son trouble.

Le lendemain, cette princesse, qui cherchait des occupations conformes à l'état où elle était[2], alla proche de chez elle voir un homme qui faisait des ouvrages de soie d'une façon particulière ; et elle y fut dans le dessein d'en faire de semblables. Après qu'on les lui eut montrés, elle vit la porte d'une chambre où elle crut qu'il

1. **Langueur** : mélancolie.
2. **L'état où elle était** : le deuil.

y en avait encore ; elle dit qu'on la lui ouvrît. Le maître répondit qu'il n'en avait pas la clef et qu'elle était occupée par un homme qui y venait quelquefois pendant le jour pour dessiner de belles maisons et des jardins que l'on voyait de ses fenêtres.

– C'est l'homme du monde le mieux fait, ajouta-t-il ; il n'a guère la mine[1] d'être réduit à gagner sa vie. Toutes les fois qu'il vient céans[2], je le vois toujours regarder les maisons et les jardins ; mais je ne le vois jamais travailler.

Mme de Clèves écoutait ce discours avec une grande attention. Ce que lui avait dit Mme de Martigues, que M. de Nemours était quelquefois à Paris, se joignit, dans son imagination, à cet homme bien fait qui venait proche de chez elle, et lui fit une idée de[3] M. de Nemours, et de M. de Nemours appliqué à[4] la voir, qui lui donna un trouble confus, dont elle ne savait pas même la cause. Elle alla vers les fenêtres pour voir où elles donnaient ; elle trouva qu'elles voyaient tout son jardin et la face[5] de son appartement. Et, lorsqu'elle fut dans sa chambre, elle remarqua aisément cette même fenêtre où l'on lui avait dit que venait cet homme. La pensée que c'était M. de Nemours changea entièrement la situation de son esprit ; elle ne se trouva plus dans un certain triste repos qu'elle commençait à goûter, elle se sentit inquiète et agitée. Enfin ne pouvant demeurer avec elle-même, elle sortit et alla prendre l'air dans le jardin hors des faubourgs, où elle pensait être seule. Elle crut en y arrivant qu'elle ne s'était pas trompée ; elle ne vit aucune apparence[6] qu'il y eût quelqu'un et elle se promena assez longtemps.

Après avoir traversé un petit bois, elle aperçut, au bout d'une allée, dans l'endroit le plus reculé du jardin, une manière[7] de cabinet

1. **Il n'a guère la mine** : il n'a pas l'apparence.
2. **Céans** : dans ce lieu.
3. **Lui fit une idée de** : lui fit songer à.
4. **Appliqué à** : désireux de.
5. **Face** : façade.
6. **Aucune apparence** : aucun signe.
7. **Manière** : sorte.

ouvert de tous côtés, où elle adressa[1] ses pas. Comme elle en fut proche, elle vit un homme couché sur des bancs, qui paraissait enseveli dans une rêverie profonde, et elle reconnut que c'était M. de Nemours. Cette vue l'arrêta tout court. Mais ses gens qui la suivaient firent quelque bruit, qui tira M. de Nemours de sa rêverie. Sans regarder qui avait causé le bruit qu'il avait entendu, il se leva de sa place pour éviter la compagnie qui venait vers lui et tourna dans une autre allée, en faisant une révérence fort basse qui l'empêcha même de voir ceux qu'il saluait.

S'il eût su ce qu'il évitait, avec quelle ardeur serait-il retourné sur ses pas ! Mais il continua à suivre l'allée, et Mme de Clèves le vit sortir par une porte de derrière où l'attendait son carrosse. Quel effet produisit cette vue d'un moment dans le cœur de Mme de Clèves ! Quelle passion endormie se ralluma dans son cœur, et avec quelle violence ! Elle s'alla asseoir dans le même endroit d'où venait de sortir M. de Nemours ; elle y demeura comme accablée. Ce prince se présenta à son esprit, aimable au-dessus de tout ce qui était au monde, l'aimant depuis longtemps avec une passion pleine de respect et de fidélité, méprisant tout pour elle, respectant jusqu'à sa douleur, songeant à la voir sans songer à en être vu, quittant la cour, dont il faisait les délices, pour aller regarder les murailles qui la renfermaient, pour venir rêver dans des lieux où il ne pouvait prétendre de la rencontrer ; enfin un homme digne d'être aimé par son seul attachement, et pour qui elle avait une inclination si violente qu'elle l'aurait aimé quand il ne l'aurait pas aimée ; mais, de plus, un homme d'une qualité élevée et convenable à la sienne. Plus de devoir, plus de vertu qui s'opposassent à ses sentiments ; tous les obstacles étaient levés, et il ne restait de leur état passé que la passion de M. de Nemours pour elle et que celle qu'elle avait pour lui. Toutes ces idées furent nouvelles à cette princesse.

L'affliction de la mort de M. de Clèves l'avait assez occupée pour avoir empêché qu'elle n'y eut jeté les yeux. La présence de

1. **Adressa** : dirigea.

M. de Nemours les amena en foule dans son esprit ; mais, quand il en eut été pleinement rempli et qu'elle se souvint aussi que ce même homme, qu'elle regardait comme pouvant l'épouser, était celui qu'elle avait aimé du vivant de son mari et qui était la cause de sa mort ; que même, en mourant, il lui avait témoigné de la crainte qu'elle ne l'épousât, son austère vertu était si blessée de cette imagination qu'elle ne trouvait guère moins de crime à épouser M. de Nemours qu'elle en avait trouvé à l'aimer pendant la vie de son mari. Elle s'abandonna à ces réflexions si contraires à son bonheur ; elle les fortifia encore de plusieurs raisons qui regardaient son repos et les maux qu'elle prévoyait en épousant ce prince. Enfin, après avoir demeuré deux heures dans le lieu où elle était, elle s'en revint chez elle, persuadée qu'elle devait fuir sa vue comme une chose entièrement opposée à son devoir.

Mais cette persuasion, qui était un effet de sa raison et de sa vertu, n'entraînait pas son cœur. Il demeurait attaché à M. de Nemours avec une violence qui la mettait dans un état digne de compassion et qui ne lui laissa plus de repos ; elle passa une des plus cruelles nuits qu'elle eût jamais passées. Le matin, son premier mouvement fut d'aller voir s'il n'y aurait personne à la fenêtre qui donnait chez elle ; elle y alla, elle y vit M. de Nemours. Cette vue la surprit, et elle se retira avec une promptitude qui fit juger à ce prince qu'il avait été reconnu. Il avait souvent désiré de l'être, depuis que sa passion lui avait fait trouver ces moyens de voir Mme de Clèves ; et, lorsqu'il n'espérait pas d'avoir ce plaisir, il allait rêver dans le même jardin où elle l'avait trouvé.

Lassé enfin d'un état si malheureux et si incertain, il résolut de tenter quelque voie[1] d'éclaircir sa destinée. Que veux-je attendre ? disait-il ; il y a longtemps que je sais que j'en suis aimé ; elle est libre, elle n'a plus de devoir à m'opposer. Pourquoi me réduire à la voir sans en être vu et sans lui parler ? Est-il possible que l'amour m'ait si absolument ôté la raison et la hardiesse et qu'il m'ait rendu si

1. **Tenter quelque voie** : trouver quelque moyen.

différent de ce que j'ai été dans les autres passions de ma vie ? J'ai dû respecter la douleur de Mme de Clèves ; mais je la respecte trop longtemps et je lui donne le loisir d'éteindre l'inclination qu'elle a pour moi.

Après ces réflexions, il songea aux moyens dont il devait se servir pour la voir. Il crut qu'il n'y avait plus rien qui l'obligeât à cacher sa passion au vidame de Chartres. Il résolut de lui en parler et de lui dire le dessein qu'il avait pour sa nièce.

Le Vidame était alors à Paris : tout le monde y était venu donner ordre à son équipage et à ses habits, pour suivre le Roi qui devait conduire la reine d'Espagne. M. de Nemours alla donc chez le Vidame et lui fit un aveu sincère de tout ce qu'il lui avait caché jusqu'alors, à la réserve des sentiments de Mme de Clèves, dont il ne voulut pas paraître instruit.

Le Vidame reçut tout ce qu'il lui dit avec beaucoup de joie et l'assura que, sans savoir ses sentiments, il avait souvent pensé, depuis que Mme de Clèves était veuve, qu'elle était la seule personne digne de lui. M. de Nemours le pria de lui donner les moyens de lui parler et de savoir quelles étaient ses dispositions.

Le Vidame lui proposa de le mener chez elle ; mais M. de Nemours crut qu'elle en serait choquée, parce qu'elle ne voyait encore personne. Ils trouvèrent qu'il fallait que M. le Vidame la priât de venir chez lui, sur quelque prétexte, et que M. de Nemours y vînt par un escalier dérobé, afin de n'être vu de personne. Cela s'exécuta comme ils l'avaient résolu : Mme de Clèves vint, le Vidame l'alla recevoir et la conduisit dans un grand cabinet, au bout de son appartement. Quelque temps après, M. de Nemours entra, comme si le hasard l'eût conduit. Mme de Clèves fut extrêmement surprise de le voir ; elle rougit, et essaya de cacher sa rougeur. Le Vidame parla d'abord de choses différentes et sortit, supposant[1] qu'il avait quelque ordre à donner. Il dit à Mme de Clèves qu'il la priait de faire les honneurs de chez lui et qu'il allait rentrer dans un moment.

---

1. **Supposant** : prétextant.

L'on ne peut exprimer ce que sentirent M. de Nemours et Mme de Clèves de se trouver seuls et en état de se parler pour la première fois. Ils demeurèrent quelque temps sans rien dire ; enfin, M. de Nemours, rompant le silence :

– Pardonnerez-vous à M. de Chartres, Madame, lui dit-il, de m'avoir donné l'occasion de vous voir et de vous entretenir, que vous m'avez toujours si cruellement ôtée ?

– Je ne lui dois pas pardonner, répondit-elle, d'avoir oublié l'état où je suis et à quoi il expose ma réputation. En prononçant ces paroles, elle voulut s'en aller ; et M. de Nemours, la retenant :

– Ne craignez rien, Madame, répliqua-t-il, personne ne sait que je suis ici et aucun hasard n'est à craindre. Écoutez-moi, Madame, écoutez-moi ; si ce n'est par bonté, que ce soit du moins pour l'amour de vous-même, et pour vous délivrer des extravagances où m'emporterait infailliblement une passion dont je ne suis plus le maître.

Mme de Clèves céda pour la dernière fois au penchant qu'elle avait pour M. de Nemours et, le regardant avec des yeux pleins de douceur et de charmes :

– Mais qu'espérez-vous, lui dit-elle, de la complaisance que vous me demandez ? Vous vous repentirez, peut-être, de l'avoir obtenue et je me repentirai infailliblement de vous l'avoir accordée. Vous méritez une destinée plus heureuse que celle que vous avez eue jusques ici et que celle que vous pouvez trouver à l'avenir, à moins que vous ne la cherchiez ailleurs !

– Moi, Madame, lui dit-il, chercher du bonheur ailleurs ! Et y en a-t-il d'autre que d'être aimé de vous ? Quoique je ne vous aie jamais parlé, je ne saurais croire, Madame, que vous ignoriez ma passion et que vous ne la connaissiez pour la plus véritable et la plus violente qui sera jamais. À quelle épreuve a-t-elle été par des choses qui vous sont inconnues ? Et à quelle épreuve l'avez-vous mise par vos rigueurs ?

– Puisque vous voulez que je vous parle et que je m'y résous, répondit Mme de Clèves en s'asseyant, je le ferai avec une sincérité que vous trouverez malaisément[1] dans les personnes de mon sexe. Je ne vous dirai point que je n'ai pas vu l'attachement que vous avez eu pour moi ; peut-être ne me croiriez-vous pas quand je vous le dirais. Je vous avoue donc, non seulement que je l'ai vu, mais que je l'ai vu tel que vous pouvez souhaiter qu'il m'ait paru.

– Et si vous l'avez vu, Madame, interrompit-il, est-il possible que vous n'en ayez point été touchée ? Et oserais-je vous demander s'il n'a fait aucune impression dans votre cœur ?

– Vous en avez dû juger par ma conduite, lui répliqua-t-elle ; mais je voudrais bien savoir ce que vous en avez pensé.

– Il faudrait que je fusse dans un état plus heureux pour vous l'oser dire, répondit-il ; et ma destinée a trop peu de rapport à ce que je vous dirais. Tout ce que je puis vous apprendre, Madame, c'est que j'ai souhaité ardemment que vous n'eussiez pas avoué à M. de Clèves ce que vous me cachiez et que vous lui eussiez caché ce que vous m'eussiez laissé voir.

– Comment avez-vous pu découvrir, reprit-elle en rougissant, que j'aie avoué quelque chose à M. de Clèves ?

– Je l'ai su par vous-même, Madame, répondit-il ; mais, pour me pardonner la hardiesse que j'ai eue de vous écouter, souvenez-vous si j'ai abusé de ce que j'ai entendu, si mes espérances en ont augmenté et si j'ai eu plus de hardiesse à vous parler ? Il commença à lui conter comme il avait entendu sa conversation avec M. de Clèves ; mais elle l'interrompit avant qu'il eût achevé.

– Ne m'en dites pas davantage, lui dit-elle ; je vois présentement par où vous avez été si bien instruit. Vous ne me le parûtes déjà que trop chez Mme la Dauphine, qui avait su cette aventure par ceux à qui vous l'aviez confiée.

M. de Nemours lui apprit alors de quelle sorte la chose était arrivée.

– Ne vous excusez point, reprit-elle ; il y a longtemps que je vous ai pardonné sans que vous m'ayez dit de raison. Mais puisque vous

1. **Malaisément** : difficilement.

avez appris par moi-même ce que j'avais eu dessein de vous cacher toute ma vie, je vous avoue que vous m'avez inspiré des sentiments qui m'étaient inconnus devant que de vous avoir vu, et dont j'avais même si peu d'idée qu'ils me donnèrent d'abord une surprise qui augmentait encore le trouble qui les suit toujours. Je vous fais cet aveu avec moins de honte, parce que je le fais dans un temps où je le puis faire sans crime et que vous avez vu que ma conduite n'a pas été réglée par mes sentiments.

– Croyez-vous, Madame, lui dit M. de Nemours, en se jetant à ses genoux, que je n'expire pas à vos pieds de joie et de transport?

– Je ne vous apprends, lui répondit-elle, en souriant, que ce que vous ne saviez déjà que trop.

– Ah ! Madame, répliqua-t-il, quelle différence de savoir par un effet du hasard ou de l'apprendre par vous-même, et de voir que vous voulez bien que je le sache !

– Il est vrai, lui dit-elle, que je veux bien que vous le sachiez et que je trouve de la douceur à vous le dire. Je ne sais même si je ne vous le dis point, plus pour l'amour de moi que pour l'amour de vous. Car enfin cet aveu n'aura point de suite et je suivrai les règles austères que mon devoir m'impose.

– Vous n'y songez pas, Madame, répondit M. de Nemours ; il n'y a plus de devoir qui vous lie, vous êtes en liberté ; et si j'osais, je vous dirais même qu'il dépend de vous de faire en sorte que votre devoir[1] vous oblige un jour à conserver les sentiments que vous avez pour moi.

– Mon devoir, répliqua-t-elle, me défend de penser jamais à personne, et moins à vous qu'à qui que ce soit au monde, par des raisons qui vous sont inconnues.

– Elles ne me le sont peut-être pas, Madame, reprit-il ; mais ce ne sont point de véritables raisons. Je crois savoir que M. de Clèves m'a cru plus heureux que je n'étais et qu'il s'est imaginé que vous aviez

1. **Votre devoir** : votre obligation d'épouse.

approuvé des extravagances que la passion m'a fait entreprendre sans votre aveu.

– Ne parlons point de cette aventure, lui dit-elle, je n'en saurais soutenir la pensée ; elle me fait honte et elle m'est aussi trop douloureuse par les suites qu'elle a eues. Il n'est que trop véritable que vous êtes cause de la mort de M. de Clèves ; les soupçons que lui a donnés votre conduite inconsidérée[1] lui ont coûté la vie, comme si vous la lui aviez ôtée de vos propres mains. Voyez ce que je devrais faire, si vous en étiez venus ensemble à ces extrémités, et que le même malheur en fût arrivé. Je sais bien que ce n'est pas la même chose à l'égard du monde ; mais au mien il n'y a aucune différence, puisque je sais que c'est par vous qu'il est mort et que c'est à cause de moi.

– Ah ! Madame, lui dit M. de Nemours, quel fantôme de devoir opposez-vous à mon bonheur ? Quoi ! Madame, une pensée vaine et sans fondement vous empêchera de rendre heureux un homme que vous ne haïssez pas ? Quoi ! j'aurais pu concevoir l'espérance de passer ma vie avec vous ; ma destinée m'aurait conduit à aimer la plus estimable personne du monde ; j'aurais vu en elle tout ce qui peut faire une adorable maîtresse ; elle ne m'aurait pas haï et je n'aurais trouvé dans sa conduite que tout ce qui peut être à désirer dans une femme ? Car enfin, Madame, vous êtes peut-être la seule personne en qui ces deux choses se soient jamais trouvées au degré qu'elles sont en vous. Tous ceux qui épousent des maîtresses dont ils sont aimés, tremblent en les épousant, et regardent avec crainte, par rapport aux autres, la conduite qu'elles ont eue avec eux ; mais en vous, Madame, rien n'est à craindre, et on ne trouve que des sujets d'admiration. N'aurai-je envisagé, dis-je, une si grande félicité que pour vous y voir apporter vous-même des obstacles ? Ah ! Madame, vous oubliez que vous m'avez distingué du reste des hommes, ou plutôt vous ne m'en avez jamais distingué : vous vous êtes trompée et je me suis flatté[2].

1. **Inconsidérée** : irréfléchie, imprudente.
2. **Flatté** : réjoui à tort.

– Vous ne vous êtes point flatté, lui répondit-elle ; les raisons de mon devoir ne me paraîtraient peut-être pas si fortes sans cette distinction dont vous vous doutez, et c'est elle qui me fait envisager des malheurs à m'attacher à vous.

– Je n'ai rien à répondre, Madame, reprit-il, quand vous me faites voir que vous craignez des malheurs ; mais je vous avoue qu'après tout ce que vous avez bien voulu me dire, je ne m'attendais pas à trouver une si cruelle raison.

– Elle est si peu offensante pour vous, reprit Mme de Clèves, que j'ai même beaucoup de peine à vous l'apprendre.

– Hélas ! Madame, répliqua-t-il, que pouvez-vous craindre qui me flatte trop, après ce que vous venez de me dire ?

– Je veux vous parler encore, avec la même sincérité que j'ai déjà commencé, reprit-elle, et je vais passer par-dessus toute la retenue et toutes les délicatesses que je devrais avoir dans une première conversation ; mais je vous conjure de m'écouter sans m'interrompre.

« Je crois devoir à votre attachement la faible récompense de ne vous cacher aucun de mes sentiments et de vous les laisser voir tels qu'ils sont. Ce sera apparemment la seule fois de ma vie que je me donnerai la liberté de vous les faire paraître ; néanmoins je ne saurais vous avouer, sans honte, que la certitude de n'être plus aimée de vous, comme je le suis, me paraît un si horrible malheur que, quand je n'aurais point des raisons de devoir insurmontables, je doute si je pourrais me résoudre à m'exposer à ce malheur. Je sais que vous êtes libre, que je le suis, et que les choses sont d'une sorte que le public n'aurait peut-être pas sujet de vous blâmer, ni moi non plus, quand nous nous engagerions ensemble pour jamais[1]. Mais les hommes conservent-ils de la passion dans ces engagements éternels ? Dois-je espérer un miracle en ma faveur et puis-je me mettre en état de voir certainement finir cette passion dont je ferais toute ma félicité ? M. de Clèves était peut-être l'unique homme du monde capable de conserver de l'amour dans le mariage. Ma destinée n'a

1. **Pour jamais** : pour toujours.

pas voulu que j'aie pu profiter de ce bonheur ; peut-être aussi que sa passion n'avait subsisté que parce qu'il n'en aurait pas trouvé en moi. Mais je n'aurais pas le même moyen de conserver la vôtre : je crois même que les obstacles ont fait votre constance. Vous en avez assez trouvé pour vous animer à vaincre et mes actions involontaires, ou les choses que le hasard vous a apprises, vous ont donné assez d'espérance pour ne vous pas rebuter[1].

– Ah ! Madame, reprit M. de Nemours, je ne saurais garder le silence que vous m'imposez ; vous me faites trop d'injustice et vous me faites trop voir combien vous êtes éloignée d'être prévenue en ma faveur[2].

– J'avoue, répondit-elle, que les passions peuvent me conduire ; mais elles ne sauraient m'aveugler. Rien ne me peut empêcher de connaître que vous êtes né avec toutes les dispositions pour la galanterie et toutes les qualités qui sont propres à y donner des succès heureux. Vous avez déjà eu plusieurs passions, vous en auriez encore ; je ne ferais plus votre bonheur ; je vous verrais pour une autre comme vous auriez été pour moi. J'en aurais une douleur mortelle et je ne serais pas même assurée de n'avoir point le malheur de la jalousie. Je vous en ai trop dit pour vous cacher que vous me l'avez fait connaître et que je souffris de si cruelles peines le soir que la Reine me donna cette lettre de Mme de Thémines, que l'on disait qui s'adressait à vous, qu'il m'en est demeuré une idée qui me fait croire que c'est le plus grand de tous les maux.

« Par vanité ou par goût, toutes les femmes souhaitent de vous attacher. Il y en a peu à qui vous ne plaisiez ; mon expérience me ferait croire qu'il n'y en a point à qui vous ne puissiez plaire. Je vous croirais toujours amoureux et aimé et je ne me tromperais pas souvent. Dans cet état néanmoins, je n'aurais d'autre parti à prendre que celui de la souffrance ; je ne sais même si j'oserais me plaindre. On fait des reproches à un amant ; mais en fait-on à un

1. **Rebuter** : décourager.
2. **Être prévenue en ma faveur** : avoir une bonne opinion de moi.

mari, quand on n'a qu'à lui reprocher de n'avoir plus d'amour? Quand je pourrais m'accoutumer à cette sorte de malheur, pourrais-je m'accoutumer à celui de croire voir toujours M. de Clèves vous accuser de sa mort, me reprocher de vous avoir aimé, de vous avoir épousé et me faire sentir la différence de son attachement au vôtre? Il est impossible, continua-t-elle, de passer par-dessus des raisons si fortes : il faut que je demeure dans l'état où je suis et dans les résolutions que j'ai prises de n'en sortir jamais.

- Hé ! croyez-vous le pouvoir, Madame ? s'écria M. de Nemours. Pensez-vous que vos résolutions tiennent contre un homme qui vous adore et qui est assez heureux pour vous plaire? Il est plus difficile que vous ne pensez, Madame, de résister à ce qui nous plaît et à ce qui nous aime. Vous l'avez fait par une vertu austère, qui n'a presque point d'exemple ; mais cette vertu ne s'oppose plus à vos sentiments et j'espère que vous les suivrez malgré vous.

– Je sais bien qu'il n'y a rien de plus difficile que ce que j'entreprends, répliqua Mme de Clèves ; je me défie de mes forces au milieu de mes raisons. Ce que je crois devoir à la mémoire de M. de Clèves serait faible s'il n'était soutenu par l'intérêt de mon repos ; et les raisons de mon repos ont besoin d'être soutenues de celles de mon devoir. Mais, quoique je me défie de moi-même, je crois que je ne vaincrai jamais mes scrupules[1] et je n'espère pas aussi de surmonter l'inclination que j'ai pour vous. Elle me rendra malheureuse et je me priverai de votre vue, quelque violence qu'il m'en coûte. Je vous conjure, par tout le pouvoir que j'ai sur vous, de ne chercher aucune occasion de me voir. Je suis dans un état qui me fait des crimes de tout ce qui pourrait être permis dans un autre temps, et la seule bienséance interdit tout commerce entre nous.

M. de Nemours se jeta à ses pieds, et s'abandonna à tous les divers mouvements dont il était agité. Il lui fit voir, et par ses paroles, et par ses pleurs, la plus vive et la plus tendre passion dont

1. **Scrupules** : pensées qui pèsent sur la conscience, doutes, craintes.

un cœur ait jamais été touché. Celui de Mme de Clèves n'était pas insensible et, regardant ce prince avec des yeux un peu grossis par les larmes :

– Pourquoi faut-il, s'écria-t-elle, que je vous puisse accuser de la mort de M. de Clèves ? Que n'ai-je commencé à vous connaître depuis que je suis libre, ou pourquoi ne vous ai-je pas connu devant que d'être engagée ? Pourquoi la destinée nous sépare-t-elle par un obstacle si invincible ?

– Il n'y a point d'obstacle, Madame, reprit M. de Nemours. Vous seule vous opposez à mon bonheur ; vous seule vous imposez une loi que la vertu et la raison ne vous sauraient imposer.

– Il est vrai, répliqua-t-elle, que je sacrifie beaucoup à un devoir qui ne subsiste que dans mon imagination. Attendez ce que le temps pourra faire. M. de Clèves ne fait encore que d'expirer[1], et cet objet funeste est trop proche pour me laisser des vues claires et distinctes. Ayez cependant le plaisir de vous être fait aimer d'une personne qui n'aurait rien aimé, si elle ne vous avait jamais vu ; croyez que les sentiments que j'ai pour vous seront éternels et qu'ils subsisteront également, quoi que je fasse. Adieu, lui dit-elle ; voici une conversation qui me fait honte : rendez-en compte à M. le Vidame ; j'y consens, et je vous en prie.

Elle sortit en disant ces paroles, sans que M. de Nemours pût la retenir. Elle trouva M. le Vidame dans la chambre la plus proche. Il la vit si troublée qu'il n'osa lui parler et il la remit en son carrosse sans lui rien dire. Il revint trouver M. de Nemours, qui était si plein de joie, de tristesse, d'étonnement et d'admiration, enfin, de tous les sentiments que peut donner une passion pleine de crainte et d'espérance, qu'il n'avait pas l'usage de la raison. Le Vidame fut[2] longtemps à obtenir qu'il lui rendît compte de sa conversation. Il le fit enfin ; et M. de Chartres, sans être amoureux, n'eut pas moins d'admiration pour la vertu, l'esprit et le mérite de Mme de Clèves

---

1. **Ne fait encore que d'expirer** : vient tout juste de mourir.
2. **Fut** : mit.

que M. de Nemours en avait lui-même. Ils examinèrent ce que ce prince devait espérer de sa destinée, et, quelques craintes que son amour lui pût donner, il demeura d'accord avec M. le Vidame qu'il était impossible que Mme de Clèves demeurât dans les résolutions où elle était. Ils convinrent, néanmoins, qu'il fallait suivre ses ordres, de crainte que, si le public s'apercevait de l'attachement qu'il avait pour elle, elle ne fît des déclarations et ne prît des engagements vers le monde[1], qu'elle soutiendrait dans la suite, par la peur qu'on ne crût qu'elle l'eût aimé du vivant de son mari.

M. de Nemours se détermina à suivre le Roi. C'était un voyage dont il ne pouvait aussi bien se dispenser, et il résolut à s'en aller, sans tenter même de revoir Mme de Clèves, du lieu où il l'avait vue quelquefois. Il pria M. le Vidame de lui parler. Que ne lui dit-il point pour lui dire[2] ? Quel nombre infini de raisons pour la persuader de vaincre ses scrupules ! Enfin, une partie de la nuit était passée devant que M. de Nemours songeât à le laisser en repos.

Mme de Clèves n'était pas en état d'en trouver ; ce lui était une chose si nouvelle d'être sortie de cette contrainte qu'elle s'était imposée, d'avoir souffert, pour la première fois de sa vie, qu'on lui dît qu'on était amoureux d'elle, et d'avoir dit elle-même qu'elle aimait, qu'elle ne se connaissait plus. Elle fut étonnée de ce qu'elle avait fait ; elle s'en repentit ; elle en eut de la joie : tous ses sentiments étaient pleins de trouble et de passion. Elle examina encore les raisons de son devoir qui s'opposaient à son bonheur ; elle sentit de la douleur de les trouver si fortes et elle se repentit de les avoir si bien montrées à M. de Nemours. Quoique la pensée de l'épouser lui fût venue dans l'esprit sitôt qu'elle l'avait revu dans ce jardin, elle ne lui avait pas fait la même impression que venait de faire la conversation qu'elle avait eue avec lui ; et il y avait des moments où elle avait de la peine à comprendre qu'elle pût être malheureuse en l'épousant. Elle eût bien voulu se pouvoir dire qu'elle était mal

1. **Vers le monde** : vis-à-vis de la cour.
2. **Que ne lui dit-il point pour lui dire** : que ne lui demanda-t-il pas de lui dire.

fondée[1], et dans ses scrupules du passé, et dans ses craintes de l'avenir. La raison et son devoir lui montraient, dans d'autres moments, des choses tout opposées, qui l'emportaient rapidement à la résolution de ne se point remarier et de ne voir jamais M. de Nemours. Mais c'était une résolution bien violente à établir dans un cœur aussi touché que le sien et aussi nouvellement abandonné aux charmes de l'amour. Enfin, pour se donner quelque calme, elle pensa qu'il n'était point encore nécessaire qu'elle se fit la violence de prendre des résolutions; la bienséance lui donnait un temps considérable à se déterminer; mais elle résolut de demeurer ferme à n'avoir aucun commerce avec M. de Nemours. Le Vidame la vint voir et servit ce prince avec tout l'esprit et l'application imaginables; il ne la put faire changer sur sa conduite, ni sur celle qu'elle avait imposée à M. de Nemours. Elle lui dit que son dessein était de demeurer dans l'état où elle se trouvait; qu'elle connaissait que ce dessein était difficile à exécuter; mais qu'elle espérait d'en avoir la force. Elle lui fit si bien voir à quel point elle était touchée de l'opinion que M. de Nemours avait causé la mort à son mari, et combien elle était persuadée qu'elle ferait une action contre son devoir en l'épousant, que le Vidame craignit qu'il ne fût malaisé de lui ôter cette impression. Il ne dit pas à ce prince ce qu'il pensait et, en lui rendant compte de sa conversation, il lui laissa toute l'espérance que la raison doit donner à un homme qui est aimé.

Ils partirent le lendemain et allèrent joindre le Roi. M. le Vidame écrivit à Mme de Clèves, à la prière de M. de Nemours, pour lui parler de ce prince; et, dans une seconde lettre qui suivit bientôt la première, M. de Nemours y mit quelques lignes de sa main. Mais Mme de Clèves, qui ne voulait pas sortir des règles qu'elle s'était imposées et qui craignait les accidents qui peuvent arriver par les lettres, manda au Vidame qu'elle ne recevrait plus les siennes, s'il continuait à lui parler de M. de Nemours; et elle lui manda si fortement que ce prince le pria même de ne le plus nommer.

1. **Qu'elle était mal fondée**: qu'il n'y avait rien de rationnel.

La Cour alla conduire la reine d'Espagne jusqu'en Poitou. Pendant cette absence, Mme de Clèves demeura à elle-même[1] et, à mesure qu'elle était éloignée de M. de Nemours et de tout ce qu'il en pouvait faire souvenir, elle rappelait la mémoire de M. de Clèves, qu'elle se faisait un honneur de conserver. Les raisons qu'elle avait de ne point épouser M. de Nemours lui paraissaient fortes du côté de son devoir et insurmontables du côté de son repos. La fin de l'amour de ce prince, et les maux de la jalousie qu'elle croyait infaillibles dans un mariage, lui montraient un malheur certain où elle s'allait jeter ; mais elle voyait aussi qu'elle entreprenait une chose impossible, que de résister en présence[2] au plus aimable homme du monde qu'elle aimait et dont elle était aimée, et de lui résister sur une chose qui ne choquait ni la vertu, ni la bienséance. Elle jugea que l'absence seule et l'éloignement pouvaient lui donner quelque force ; elle trouva qu'elle en avait besoin, non seulement pour soutenir la résolution de ne se pas engager, mais même pour se défendre de voir M. de Nemours ; et elle résolut de faire un assez long voyage, pour passer tout le temps que la bienséance l'obligeait à vivre dans la retraite. De grandes terres qu'elle avait vers les Pyrénées lui parurent le lieu le plus propre qu'elle pût choisir. Elle partit peu de jours avant que la Cour revînt ; et, en partant, elle écrivit à M. le vidame, pour le conjurer que l'on ne songeât point à avoir de ses nouvelles, ni à lui écrire.

M. de Nemours fut affligé de ce voyage, comme un autre l'aurait été de la mort de sa maîtresse. La pensée d'être privé pour longtemps de la vue de Mme de Clèves lui était une douleur sensible, et surtout dans un temps où il avait senti le plaisir de la voir et de la voir touchée de sa passion. Cependant il ne pouvait faire autre chose que s'affliger, mais son affliction augmenta considérablement. Mme de Clèves, dont l'esprit avait été si agité, tomba dans une maladie violente sitôt qu'elle fut arrivée chez elle ; cette nouvelle

1. **À elle-même** : seule.
2. **En présence** : en étant présente.

vint à la Cour. M. de Nemours était inconsolable ; sa douleur allait au désespoir et à l'extravagance. Le vidame eut beaucoup de peine à l'empêcher de faire voir sa passion au public ; il en eut beaucoup aussi à le retenir et à lui ôter le dessein d'aller lui-même apprendre de ses nouvelles. La parenté et l'amitié de M. le Vidame fut un prétexte à y envoyer plusieurs courriers ; on sut enfin qu'elle était hors de cet extrême péril où elle avait été ; mais elle demeura dans une maladie de langueur, qui ne laissait guère d'espérance de sa vie.

Cette vue si longue et si prochaine de la mort fit paraître à Mme de Clèves les choses de cette vie de cet œil si différent dont on les voit dans la santé. La nécessité de mourir, dont elle se voyait si proche, l'accoutuma à se détacher de toutes choses et la longueur de sa maladie lui en fit une habitude. Lorsqu'elle revint de cet état, elle trouva néanmoins que M. de Nemours n'était pas effacé de son cœur ; mais elle appela à son secours, pour se défendre contre lui, toutes les raisons qu'elle croyait avoir pour ne l'épouser jamais. Il se passa un assez grand combat en elle-même. Enfin, elle surmonta les restes de cette passion qui était affaiblie par les sentiments que sa maladie lui avait donnés. Les pensées de la mort lui avaient rapproché la mémoire de M. de Clèves. Ce souvenir, qui s'accordait à son devoir, s'imprima fortement dans son cœur. Les passions et les engagements du monde lui parurent tels qu'ils paraissent aux personnes qui ont des vues plus grandes et plus éloignées. Sa santé, qui demeura considérablement affaiblie, lui aida à conserver ses sentiments ; mais comme elle connaissait ce que peuvent les occasions[1] sur les résolutions les plus sages, elle ne voulut pas s'exposer à détruire les siennes, ni revenir dans les lieux où était ce qu'elle avait aimé. Elle se retira, sur le prétexte de changer d'air, dans une maison religieuse, sans faire paraître un dessein arrêté de renoncer à la Cour.

À la première nouvelle qu'en eut M. de Nemours, il sentit le poids de cette retraite, et il en vit l'importance. Il crut, dans ce

1. **Occasions** : opportunités.

moment, qu'il n'avait plus rien à espérer ; la perte de ses espérances ne l'empêcha pas de mettre tout en usage pour faire revenir Mme de Clèves. Il fit écrire la Reine, il fit écrire le Vidame, il l'y fit aller ; mais tout fut inutile. Le Vidame la vit : elle ne lui dit point qu'elle eût pris de résolution. Il jugea néanmoins qu'elle ne reviendrait jamais. Enfin M. de Nemours y alla lui-même, sur le prétexte d'aller à des bains[1]. Elle fut extrêmement troublée et surprise d'apprendre sa venue. Elle lui fit dire, par une personne de mérite qu'elle aimait et qu'elle avait alors auprès d'elle, qu'elle le priait de ne pas trouver étrange si elle ne s'exposait point au péril de le voir et de détruire, par sa présence, des sentiments qu'elle devait conserver ; qu'elle voulait bien qu'il sût, qu'ayant trouvé que son devoir et son repos s'opposaient au penchant qu'elle avait d'être à lui, les autres choses du monde lui avaient paru si indifférentes qu'elle y avait renoncé pour jamais ; qu'elle ne pensait plus qu'à celles de l'autre vie et qu'il ne lui restait aucun sentiment que le désir de le voir dans les mêmes dispositions où elle était.

M. de Nemours pensa expirer de douleur en présence de celle qui lui parlait. Il la pria vingt fois de retourner à Mme de Clèves, afin de faire en sorte qu'il la vît ; mais cette personne lui dit que Mme de Clèves lui avait non seulement défendu de lui aller redire aucune chose de sa part, mais même de lui rendre compte de leur conversation. Il fallut enfin que ce prince repartît, aussi accablé de douleur que le pouvait être un homme qui perdait toutes sortes d'espérances de revoir jamais une personne qu'il aimait d'une passion la plus violente, la plus naturelle et la mieux fondée qui ait jamais été. Néanmoins il ne se rebuta point encore, et il fit tout ce qu'il put imaginer de capable de la faire changer de dessein. Enfin, des années entières s'étant passées, le temps et l'absence ralentirent sa douleur et éteignirent sa passion. Mme de Clèves vécut d'une sorte qui ne laissa pas d'apparence qu'elle pût jamais revenir. Elle passait une partie de l'année dans cette maison religieuse et l'autre chez

1. **Aller à des bains** : se rendre dans une ville thermale.

elle ; mais dans une retraite et dans les occupations plus saintes que celles des couvents les plus austères ; et sa vie, qui fut assez courte, laissa des exemples de vertu inimitables.

Arrêt sur lecture 4

Pour comprendre l'essentiel

L'impossible rencontre

1 Mme de Clèves met tout en œuvre pour éviter un tête-à-tête avec le duc de Nemours. Montrez que la princesse éprouve cependant des sentiments contradictoires et qu'elle doit lutter contre sa propre volonté.

2 Le duc imagine plusieurs stratagèmes pour rencontrer ou observer la princesse de Clèves. Repérez ces différents moments du récit, et analysez la détermination et la persévérance de M. de Nemours.

3 Après l'échec de l'entrevue nocturne à Coulommiers, le duc de Nemours semble désespéré. Pages 175-176, analysez les passages au discours direct et montrez en quoi ils traduisent les sentiments du personnage.

Le prince se meurt

4 M. de Clèves a envoyé un de ses gentilshommes espionner M. de Nemours. Analysez le dialogue entre le prince et le gentilhomme à son retour (p. 179) et relevez les signes de la douleur de M. de Clèves.

5 Se sentant proche de la mort, M. de Clèves décide de confier à son épouse les causes de son mal. Pages 180-181, montrez que les paroles que le prince adresse à Mme de Clèves mettent en avant la culpabilité de son épouse.

6 Mme de Clèves tente de convaincre son époux de son innocence. Analysez la manière dont elle cherche à se défendre.

Le choix du renoncement

7 Le vidame de Chartres aide M. de Nemours à revoir Mme de Clèves. Observez les réactions des personnages lors de cette rencontre et comparez, en vous appuyant sur des passages précis du texte, la manière dont le duc et la princesse avouent leur amour.

8 Mme de Clèves informe M. de Nemours de son refus de l'épouser. Dégagez les principales étapes du dialogue des deux personnages et étudiez les arguments employés par Mme de Clèves pour justifier son choix.

9 Mme de Clèves s'éloigne de la cour mais continue de lutter contre ses sentiments jusqu'à sa mort. Expliquez en quoi la princesse peut susciter l'admiration du lecteur, mais aussi une certaine forme d'incompréhension.

10 À la fin du récit, Mme de Clèves choisit de se retirer loin du monde. Effectuez des recherches sur la pratique de la retraite chez les femmes au XVIIe siècle. Intéressez-vous à quelques exemples célèbres et expliquez la signification de la retraite à l'époque de Mme de Lafayette.

✔ *Rappelez-vous !*

• La dernière partie du roman amène le dénouement de l'intrigue amoureuse entre Mme de Clèves et M. de Nemours. **La mort du prince de Clèves** laisse entrevoir la possibilité d'une union entre les deux personnages, mais les circonstances tragiques de l'événement suscitent **la culpabilité de la princesse**, et donnent ainsi une autre tournure au récit. Le lecteur est surpris par la décision irrévocable de Mme de Clèves qui renonce à son bonheur.

• L'intensité des sentiments qui caractérise la fin du roman est retranscrite à plusieurs reprises par la présence de **dialogues**. L'emploi du **discours direct** permet de rendre le récit plus vivant, et met en avant les sentiments qui agitent les personnages.

Zoom sur...

La scène de contemplation de Mme de Clèves, des lignes 288 à 331, p. 172-173

➔ *Montrer que les sentiments des personnages atteignent leur apogée dans cet extrait*

Analyse du texte

Introduction rédigée

L'épisode nocturne qui se déroule à Coulommiers est un véritable moment de bonheur pour le duc de Nemours. La scène à laquelle il assiste lui prouve l'amour que Mme de Clèves lui porte et qu'elle a toujours refusé de lui avouer. Les circonstances mêmes de cette rencontre créent une atmosphère pleine de sensualité où l'amour est exalté. Nous allons donc montrer que cet extrait représente un moment d'apogée où les sentiments des personnages atteignent leur point culminant. Après avoir analysé les circonstances de cette rencontre, nous montrerons comment les personnages sont dans un état d'exaltation et de plénitude et nous étudierons les raisons qui poussent M. de Nemours à renoncer à un instant de complicité avec la princesse de Clèves.

Analyse guidée

I. Une scène nocturne

a. M. de Nemours s'est rendu à Coulommiers dans l'espoir de voir la princesse de Clèves. Précisez le contexte spatio-temporel de la scène et montrez qu'est ainsi créée une atmosphère propice à la transgression d'un interdit.

b. Le duc est caché et observe la princesse à son insu. Relevez le lexique de la vue et analysez le jeu de regards.

c. Mme de Clèves croit être à l'abri dans son cabinet. Observez la description du personnage et montrez que l'attitude de la princesse dégage une certaine sensualité.

II. Des sentiments exacerbés

a. Mme de Clèves profite de cet instant de solitude pour se livrer à des occupations qui lui rappellent le duc de Nemours. Relevez les différents objets présents dans cet extrait et dites en quoi ils symbolisent les sentiments de la princesse.

b. L'attitude de Mme de Clèves laisse entrevoir ses sentiments. Analysez les expressions montrant que les gestes de la princesse trahissent ses émotions.

c. M. de Nemours ressent une satisfaction immense à la vue de la princesse dans ce cadre intime. Relevez les différentes expressions qui évoquent les sentiments du duc et indiquez le procédé littéraire qui traduit son état d'exaltation.

III. Un acte dangereux

a. M. de Nemours souhaite s'entretenir avec Mme de Clèves, mais il renonce pourtant à entrer dans le cabinet. Observez les types de phrases employés pour exprimer les pensées du personnage et montrez qu'elles traduisent ses doutes.

b. M. de Nemours réfléchit aux conséquences que pourraient avoir ses actes. Expliquez les raisons pour lesquelles il abandonne son projet.

c. L'acte du duc peut être assimilé à du courage ou au contraire à de la folie. Relevez le vocabulaire employé par M. de Nemours pour décrire son geste et expliquez le danger que représente la situation pour les deux personnages.

■ *Conclusion rédigée*

Ce passage du récit peut être considéré comme le plus grand moment de complicité entre M. de Nemours et Mme de Clèves. Même s'il renonce à son but premier, le duc obtient finalement la plus grande preuve d'amour qu'il pouvait espérer. En ce qui concerne Mme de Clèves, chacun de ses actes atteste des sentiments qu'elle éprouve pour M. de Nemours. C'est donc à travers les regards, les gestes et les pensées des personnages que s'exprime leur amour. Une véritable rencontre demeure impossible comme le prouvent les doutes qui assaillent le duc au moment du passage à l'acte, qui devient alors irréalisable. Ce moment partagé doit rester une sorte de rêve éveillé.

Étude de la langue

Observez la phrase suivante : « Il pensa qu'il ne devait pas prétendre qu'elle le voulût écouter, et qu'elle aurait une juste colère du péril où il l'exposait par les accidents qui pouvaient arriver » (l. 327-330, p. 173). Indiquez les temps et les modes verbaux et justifiez leur emploi.

Activité d'appropriation

Vous êtes réalisateur et vous devez guider les acteurs pour le tournage de cette séquence. Rédigez les conseils que vous leur donnez afin de bien rendre compte des sentiments des personnages. Votre écrit prendra la forme d'un dialogue entre le réalisateur et ses acteurs afin de leur apporter des précisions, notamment du point de vue de la gestuelle et de l'expression du visage.

Le tour de l'œuvre en 9 fiches

Sommaire

- Fiche 1. Mme de Lafayette en 18 dates 210
- Fiche 2. L'œuvre dans son contexte 211
- Fiche 3. La structure de l'œuvre 212
- Fiche 4. Les grands thèmes de l'œuvre 214
- Fiche 5. Mme de Clèves : une héroïne tragique ? 216
- Fiche 6. Le premier grand roman 218
- Fiche 7. Un roman sous diverses influences 220
- Fiche 8. Individu, morale et société 222
- Fiche 9. Citations 224

Mme de Lafayette en 18 dates

1634	Naissance de Marie-Madeleine Pioche de La Vergne à Paris.
1649	Décès de son père.
1650	Sa mère se remarie avec Monsieur de Sévigné.
1651	Devient demoiselle d'honneur de la Reine. Début de son amitié avec le poète Gilles Ménage.
1652	La famille doit partir en exil en Anjou à la suite de la disgrâce de M. de Sévigné.
1655	Retour à Paris. Mariage avec François de Lafayette.
1656	Mme de Lafayette part habiter en Auvergne avec son époux.
1659	Retour à Paris. Première œuvre de Mme de Lafayette qu'elle signe de son nom : un portrait de Mme de Sévigné paru dans un recueil collectif.
1660	Début de l'amitié entre Mme de Lafayette et Henriette d'Angleterre, épouse du frère de Louis XIV.
1662	Parution de l'*Histoire de la Princesse de Montpensier* sans nom d'auteur.
1669-1671	Parution de *Zaïde*.
1678	**Publication anonyme de *La Princesse de Clèves*.**
1690	Correspondance entre le janséniste du Guet et Mme de Lafayette.
1693	Mort de Mme de Lafayette.
1718	Première publication posthume et anonyme de *La Comtesse de Tende*.
1720	Parution de *L'Histoire de Madame Henriette d'Angleterre*.
1724	Deuxième publication posthume de *La Comtesse de Tende*, sous le nom de Mme de Lafayette.
1731	Parution des *Mémoires de la cour de France pour les années 1688 et 1689*.

L'œuvre dans son contexte

Une période de révoltes

À la mort de Louis XIII en 1643, le futur Louis XIV est encore un enfant. **Anne d'Autriche assure la régence avec l'aide du cardinal Mazarin**. Ce dernier doit faire face à la situation économique désastreuse de la France due à l'important effort fourni lors de la guerre de Trente Ans (1618-1648). Les impôts qu'il met en place provoquent, en 1648, **une période de troubles, appelée la Fronde**. La noblesse et les parlementaires critiquent la trop grande influence de Mazarin.

Le règne du Roi-Soleil

En 1661, Mazarin meurt. **Louis XIV s'attache alors à rétablir la suprématie de l'autorité royale en s'affirmant comme un monarque absolu et de droit divin**. Le clergé, la noblesse et les parlementaires sont sous le joug du roi. Les seigneurs sont invités à résider à la cour. L'État est ainsi centralisé.

Louis XIV s'entoure des meilleurs artistes comme Molière, Racine ou Boileau, et les pensionne. Ils sont chargés de contribuer à sa gloire. La France acquiert alors une grande renommée en Europe.

Les débats religieux

L'enseignement janséniste a une grande influence sur le XVIIe siècle. L'évêque Jansénius publie, en 1640, l'*Augustinus* et défend une morale austère opposée à la morale plus souple des jésuites. Louis XIV s'inquiète du succès du jansénisme car il souhaite un pays guidé par une pensée religieuse unique. Il ordonne donc la dispersion des jansénistes.

De même, Louis XIV réduit les droits accordés aux protestants depuis la signature par Henri IV de l'Édit de Nantes en 1598. **Les persécutions s'intensifient jusqu'à la révocation de l'Édit en 1685**.

L'avènement du classicisme

En réaction à l'art baroque, le classicisme parvient à s'imposer dans tous les domaines artistiques. Ce mouvement se caractérise par son attachement à l'ordre, à la mesure et aux règles. En littérature, le classicisme touche surtout le théâtre qu'il codifie par de nombreuses règles: vraisemblance, bienséance, trois unités. Racine ou Molière sont représentatifs du théâtre classique.

La première partie du XVIIe siècle voit naître des romans-fleuves comme *Clélie, histoire romaine* de Mlle de Scudéry (1654), qui se rapprochent de l'esthétique **baroque** et **précieuse**. Mais dans *La Princesse de Clèves* (1678), on retrouve les caractéristiques d'une écriture classique, teintée toutefois de préciosité dans l'approche des sentiments.

Fiche 3

La structure de l'œuvre

Première partie, p. 11-55	Les débuts d'une princesse	Le roman s'ouvre sur une description de la cour du roi Henri II et de ses membres. Mlle de Chartres fait une arrivée remarquée à la cour. M. de Clèves rencontre par hasard Mlle de Chartres et tombe sous son charme. Le chevalier de Guise est également amoureux de la jeune femme. **Mme de Chartres consent à marier sa fille au prince de Clèves, qui n'est pas totalement satisfait car il sent que Mlle de Chartres n'est pas amoureuse de lui.** Mme de Clèves fait la connaissance du duc de Nemours lors d'un bal. Naissance d'un amour réciproque entre eux. 1er récit enchâssé : Mme de Chartres retrace le parcours de Diane de Poitiers. **Inquiétude de Mme de Chartres, qui a deviné les sentiments de sa fille pour le duc de Nemours. Elle lui prodigue ses derniers conseils avant de mourir.**
Deuxième partie, p. 63-105	Les manifestations de la passion	2e récit enchâssé : M. de Clèves révèle à son épouse les intrigues de Mme de Tournon qui s'est joué de Sancerre et de M. d'Estouteville. Mme la Dauphine apprend à Mme de Clèves que le duc de Nemours est amoureux d'une femme au point de négliger les espoirs d'une couronne. Entrevue de Mme de Clèves et M. de Nemours. 3e récit enchâssé : Mme la Dauphine fait le récit de la vie d'Anne de Boulen à Mme de Clèves. M. de Nemours dérobe un portrait de Mme de Clèves, qui le voit. Organisation de divertissements, dont un tournoi, pour les noces de Mme Élisabeth et de Madame sœur du Roi. **Accident de cheval de M. de Nemours. Mme de Clèves ne parvient pas à masquer son inquiétude. Le chevalier de Guise s'en aperçoit.** La Reine Dauphine remet à Mme de Clèves une lettre qu'elle pense être destinée au duc de Nemours. **La princesse de Clèves lit cette lettre, et pense que M. de Nemours aime et est aimé par une autre femme.** La lettre appartient en fait au vidame de Chartres qui demande à M. de Nemours de faire croire que cette lettre est à lui. Début du 4e récit enchâssé : le vidame explique à M. de Nemours la relation qu'il entretient avec la Reine et l'amour qu'il porte à Mme de Thémines.

Troisième partie, p. 113-155	**De l'aveu aux tourments**	Suite du récit du vidame de Chartres sur ses intrigues amoureuses. Le duc de Nemours accepte de l'aider. M. de Nemours apprend à Mme de Clèves que la lettre appartient au vidame de Chartres, et lui demande de la lui donner. Mme la Dauphine demande à Mme de Clèves de lui rendre la lettre car la Reine la réclame. **Mme de Clèves, qui n'a plus la lettre, doit en écrire une autre, aidée de M. de Nemours.** **Mme de Clèves s'interroge sur ses sentiments et décide de se retirer à Coulommiers.** M. de Nemours se rend chez sa sœur, Mme de Mercœur qui réside près de Coulommiers, dans l'espoir de voir Mme de Clèves. **M. de Nemours espionne M. et Mme de Clèves et entend l'aveu que la princesse fait à son époux sur ses véritables sentiments.** M. de Clèves cherche à savoir qui est l'homme dont son épouse est amoureuse. Il découvre qu'il s'agit du duc de Nemours. La rumeur de l'aveu se répand à la cour. Suspicion et gêne de M. et Mme de Clèves. Culpabilité de M. de Nemours. Le Roi est blessé lors d'un tournoi et décède.
Quatrième partie, p. 163-203	**Du désespoir au renoncement**	De nombreux changements se produisent à la cour. M. de Clèves est tiraillé par des sentiments contraires. Son épouse tente de le rassurer. Les membres de la cour partent à Reims pour le sacre du Roi. **Mme de Clèves se retire à Coulommiers.** **M. de Nemours se rend en secret à Coulommiers, mais il est suivi par un gentilhomme de M. de Clèves. Le duc espionne Mme de Clèves dans son pavillon. Elle croit l'apercevoir et rentre auprès de ses domestiques.** M. de Nemours et Mme de Mercœur rendent visite à Mme de Clèves. **M. de Clèves apprend par son gentilhomme les agissements de M. de Nemours. Il pense que son épouse l'a trahi, et meurt de désespoir en reprochant à Mme de Clèves son attitude.** Mme de Clèves, affligée par la mort de son époux, se retire du monde et refuse toute visite. Elle découvre que M. de Nemours occupe une chambre depuis laquelle il l'observe en secret. Cela ravive sa passion pour le duc. M. de Nemours rencontre Mme de Clèves et lui avoue ses sentiments. **Mme de Clèves lui explique sa décision de ne pas l'épouser, et choisit de se retirer loin de la cour. M. de Nemours tente en vain de la revoir.**

Les grands thèmes de l'œuvre

La cour

L'histoire d'amour entre la princesse de Clèves et le duc de Nemours se déroule à la cour d'Henri II au milieu du XVIe siècle. On peut mettre en relation le cadre du récit avec celui dans lequel vit Mme de Lafayette: la cour de Louis XIV. En effet, dès le début du roman, la description élogieuse de la cour permet d'établir un parallèle entre le règne du Roi-Soleil et celui d'Henri II. Mme de Lafayette puise à la fois dans l'Histoire et dans son vécu pour offrir un cadre hors du commun à ses personnages.

La cour se distingue par sa «magnificence» qui atteint son apogée lors de la célébration des noces d'Élisabeth de France. Ses membres possèdent tous de nombreuses qualités, tant physiques que morales, comme le montrent les différents portraits brossés par le narrateur (portrait de Mlle de Chartres, p. 19-20).

Toutefois, un autre aspect de la cour est souligné dans le récit: c'est un lieu de luttes d'influence. En effet, **on trouve de nombreuses allusions aux intrigues** qui caractérisent la vie à la cour. Les négociations en vue du mariage de Mlle de Chartres sont la preuve de **l'atmosphère de rivalité** qui règne entre les membres de cette société. Les personnages se livrent à des jeux d'influence fondés sur d'anciennes jalousies ou sur des rivalités amoureuses.

La découverte de la passion

Mme de Lafayette s'inscrit dans la lignée du roman précieux *Clélie, histoire romaine*, écrit par Mlle de Scudéry, et publié entre 1654 et 1660. Elle s'inspire de ce récit pour aborder les différents aspects de la passion et analyser le sentiment amoureux ainsi que ses effets. Elle emprunte également à Mlle de Scudéry le vocabulaire galant employé pour décrire les différentes étapes du sentiment amoureux (le mot «inclination», par exemple).

Au début du récit, le lecteur découvre Mlle de Chartres, âgée de 16 ans, et qui ne connaît de l'amour que ce que sa mère lui en a rapporté. **Le roman retrace le parcours initiatique de cette jeune femme qui va découvrir la passion**. Lorsque son mariage avec le prince de Clèves est envisagé, il est évident que la jeune femme ignore alors totalement les effets de l'amour. Il faudra attendre la rencontre avec le duc de Nemours pour que la jeune femme découvre les affres de la passion. Il ne s'agit au départ que d'une «grande impression dans son cœur» (p. 37), qui devient ensuite une «inclination» (p. 45) dans laquelle Mme de Clèves croit reconnaître «le commencement des passions» (p. 52).

Mais c'est en éprouvant la jalousie que la jeune femme comprend qu'elle est amoureuse du duc de Nemours. L'épisode de la lettre égarée, par exemple, plonge Mme de Clèves dans une souffrance terrible: «elle se trouvait dans une sorte de douleur insupportable, qu'elle ne connaissait point et qu'elle n'avait jamais sentie» (p. 94). Malgré toutes les précautions prises par Mme de Chartres pour prévenir sa fille des dangers des passions, seule l'expérience permet à la princesse de comprendre ce qu'est l'amour.

Vice et vertu

Le parcours de Mme de Clèves à la cour est marqué par une oscillation constante entre la vertu et le vice. Les figures de Mme de Chartres et de Mme de Tournon, par exemple, s'opposent. La première est décrite comme un modèle de vertu. C'est elle qui a éduqué la princesse de Clèves, en lui inculquant une morale irréprochable à la hauteur de la sienne «dont le bien, la vertu et le mérite étaient extraordinaires» (p. 19). Mme de Chartres est une figure maternelle et protectrice pour la princesse, mais elle lui sert également de guide. Après la mort de sa mère, Mme de Clèves ne sait plus comment affronter certaines situations délicates qui mettent en péril sa vertu.

L'annonce du décès de Mme de Chartres est immédiatement suivie par un récit enchâssé pris en charge par M. de Clèves: le récit des intrigues de Mme de Tournon. La structure même du roman met ainsi en avant **l'effet d'antithèse entre la vertueuse Mme de Chartres et la méprisable Mme de Tournon**, véritable incarnation du vice. Après avoir entendu les ultimes conseils de Mme de Chartres, l'esprit de Mme de Clèves est frappé par la nouvelle de la mort de Mme de Tournon et la découverte de ses aventures répréhensibles. Cette femme a en effet eu une attitude doublement coupable. Elle est accusée non seulement d'avoir feint la douleur suscitée par la mort de son époux, mais aussi d'avoir trompé l'homme qu'elle avait promis d'épouser. Mme de Clèves est ainsi simultanément confrontée à deux femmes opposées, dont l'une représente la vertu et l'autre le vice.

Dans le récit, les personnages masculins n'échappent pas à cette vision manichéenne du vice et de la vertu. Pour autant, le comportement des hommes est loin de la perfection. Par exemple, l**e personnage du vidame de Chartres est révélateur de cette inconstance masculine**. L'épisode de la lettre le met dans une position délicate car il est impliqué dans plusieurs liaisons. À l'inverse, le prince de Clèves apparaît comme un exemple de vertu. Son amour pour son épouse est inaltérable, et il a une haute conception de la passion. Ainsi l'idée que son épouse ait pu le trahir le conduit à la mort. L'attitude des personnages masculins est donc plus ou moins conforme à celle des femmes, mais le poids de la culpabilité semble moins les affecter.

Mme de Clèves : une héroïne tragique ?

Perfection et innocence

L'arrivée de Mlle de Chartres à la cour est un événement. Par ses qualités physiques et morales, elle attire d'emblée tous les regards. Dès cet instant, le lecteur pressent que ce personnage est voué à un destin hors du commun. L'intérêt que les hommes lui portent vient confirmer cette impression. **Mlle de Chartres est l'incarnation de la perfection physique (elle est très belle) et de la perfection morale (elle a reçu une éducation vertueuse)**.

Néanmoins, Mlle de Chartres ne connaît pas les réalités de la vie mondaine. Son innocence lui confère donc une certaine faiblesse. Elle reproche à sa mère de ne pas lui avoir expliqué les rouages des intrigues de la cour et montre ainsi toute sa fragilité au sein d'un monde gouverné par les amitiés et les rivalités. **Le personnage principal du récit est aussi celui qui est le moins préparé à affronter l'univers redoutable de la cour**. L'innocence de Mlle de Chartres, renforcée par sa grande jeunesse, suscite l'adhésion du lecteur au personnage, voire sa compassion.

Un parcours héroïque

Le destin de Mme de Clèves se dessine dès la première partie du roman. Son mariage fondé sur un amour non réciproque avec le prince de Clèves annonce une insatisfaction inévitable. Mais c'est la rencontre avec le duc de Nemours et le coup de foudre qui frappe les deux personnages qui scellent le destin de la princesse. Le duc de Guise ne s'y trompe pas lorsqu'il décrit cette rencontre surprenante comme « une aventure qui [a] quelque chose de galant et d'extraordinaire » (p. 36). Cet événement représente le début de la passion de Mme de Clèves pour le duc de Nemours, mais aussi la fin de sa quiétude. Le déroulement des faits montre bien que **l'héroïne subit son destin**. En effet, elle rencontre M. de Nemours après son mariage avec M. de Clèves. L'union avec le prince qu'elle avait accepté alors « avec moins de répugnance » (p. 30) ne reposait que sur son ignorance du sentiment amoureux.

La suite du récit laisse Mme de Clèves seule face à **un dilemme : doit-elle écouter son cœur ou sa raison ?** Le personnage est alors pris dans le cercle vicieux de la passion. Lorsque la princesse croit que ses sentiments pour le duc ont disparu, un événement vient lui prouver le contraire (p. 78). Mme de Clèves se livre ainsi à un combat permanent contre ses propres sentiments. Après le plaisir que lui a procuré le moment d'intimité avec le duc lors de la rédaction de la lettre, elle est attristée par l'attitude qu'elle a eue et se sent cruellement coupable. **La lutte de Mme de Clèves contre ses sentiments confère à ce personnage une grandeur d'âme et une dimension héroïque**.

Les actes aussi caractérisent l'héroïne. Ainsi, **l'aveu auquel se livre Mme de Clèves conforte l'exemplarité du personnage.** Un tel acte semble invraisemblable, et c'est d'ailleurs ce qui a souvent été reproché à Mme de Lafayette. Néanmoins, le caractère héroïque de l'aveu demeure indiscutable. Mme de Clèves elle-même souligne l'aspect extraordinaire de son acte: «il n'y a pas dans le monde une autre aventure pareille à la mienne; il n'y a point une autre femme capable de la même chose» (p. 145). La scène de l'aveu confirme l'attitude irréprochable de Mme de Clèves, qui cherche à se protéger de sentiments qu'elle ne peut maîtriser.

Un roman aux allures de tragédie

Le récit de Mme de Lafayette est influencé par la tragédie, genre théâtral très en vogue au XVIIe siècle. **Certains épisodes du roman s'apparentent à une mise en scène tragique dans laquelle le regard joue un rôle essentiel. Il faut voir sans être vu**. C'est ce que le lecteur constate lorsque le duc de Nemours observe la princesse lors de ce que l'on peut appeler la scène de l'aveu: «il ne put se refuser le plaisir de voir cette princesse, ni résister à la curiosité d'écouter sa conversation» (p. 128). Il y a, à ce moment du récit, une forte dimension tragique qui rappelle Néron observant Junie dans *Britannicus* de Jean Racine. **Dans les deux cas, les héroïnes sont observées contre leur gré ou à leur insu. Le regard qui pèse sur elles influe sur leur destin**. Le duc de Nemours prend le risque de se rendre à Coulommiers en pleine nuit pour voir la princesse, car il possède à présent la confiance d'un homme qui se sait aimé. En outre, les lieux clos confortent ce rapprochement avec la tragédie. Lors du vol du portrait, les sentiments de la princesse et du duc sont exacerbés, car l'événement se produit dans un espace restreint et en présence de «tant de personnes» (p. 87). **Cet épisode possède ainsi une forte dimension théâtrale en raison de la proximité entre les personnages et de la tension dramatique qui pèse sur eux**. La structure narrative fondée sur plusieurs rebondissements renforce également l'analogie avec une tragédie qui conduit inéluctablement la princesse de Clèves vers un destin funeste.

Le premier grand roman

Les origines d'un genre mineur

Pendant longtemps, le roman a du mal à trouver sa place dans le paysage littéraire français. Au Moyen Âge, le terme « roman » désigne les œuvres littéraires écrites en langue romane, et non en latin, qui était considéré comme la langue savante. **Au XIIe siècle, le roman se réfère à un récit en vers écrit en français.** Ainsi, les œuvres de Chrétien de Troyes, *Lancelot ou le Chevalier de la charrette* ou encore *Yvain ou le Chevalier au lion*, sont des romans rédigés en vers qui retracent la quête d'aventures de personnages hors du commun.

À la Renaissance, les romans de Rabelais font apparaître des héros comme Pantagruel ou Gargantua, dotés de pouvoirs extraordinaires et évoluant dans un univers parodique et trivial. **Il faut attendre le début du XVIe siècle et l'œuvre de l'auteur espagnol Cervantès pour voir apparaître une forme de héros moderne** avec un récit centré sur sa progression individuelle, c'est le fameux *Don Quichotte.* Mais le récit de Cervantès reste toutefois ancré dans la tradition du roman de chevalerie en le parodiant. On constate donc que le roman n'est pas encore parvenu à trouver une forme nouvelle pour véritablement s'imposer face aux autres genres que sont le théâtre et la poésie.

L'émergence du roman

Au XVIIe siècle, l'aristocratie voit dans le roman une source de divertissement. Plusieurs types de romans s'imposent alors. On trouve des romans qui privilégient des aventures extraordinaires où l'amour joue un rôle important. C'est le cas du roman pastoral *L'Astrée* d'Honoré d'Urfé (1607-1627), qui retrace les amours de bergers auxquels s'ajoute un grand nombre d'intrigues secondaires. De même, *Le Grand Cyrus* (1649-1653) ou *Clélie, histoire romaine* (1654-1660) de Mlle de Scudéry sont **des romans héroïques précieux aux multiples péripéties**.

Par ailleurs, en réaction à ces romans qui présentent un univers idéalisé, **certains auteurs rédigent des œuvres davantage en prise avec la réalité**. Ainsi, Charles Sorel dans l'*Histoire comique de Francion* (1623) offre une satire de la société de l'époque. À la fin du siècle, Paul Scarron, dans *Le Roman comique* (1697), dénonce les défauts de la société à travers les aventures d'une troupe de comédiens. Cyrano de Bergerac offre quant à lui une nouvelle dimension au roman. À travers *Les États et Empires de la Lune* (1657) et *Les États et Empires du Soleil* (1662), il défend une pensée matérialiste qui remet en cause les fondements de l'ordre social et moral de l'époque.

Une œuvre protéiforme

À sa parution, *La Princesse de Clèves* a souvent été considérée comme une nouvelle historique, tout comme *La Princesse de Montpensier*. À l'époque, la nouvelle se définit comme un récit en prose reposant sur des histoires vraies et se distingue du roman par une action plus resserrée. Or, comparé aux romans-fleuves d'Honoré d'Urfé ou de Mlle de Scudéry, le récit de Mme de Lafayette se définit incontestablement par une certaine brièveté.

***La Princesse de Clèves* se rapproche également par divers aspects du roman historique** qui triomphe dans la seconde moitié du XVIIe siècle. Dans *Le Roman bourgeois* (1666), Antoine Furetière propose un tableau des mœurs de son temps. Mais ce sont essentiellement les œuvres de Mme de Lafayette elle-même qui marqueront cet essor du roman historique. *La Princesse de Montpensier*, *Zaïde*, ou *La Comtesse de Tende* se placent dans un contexte historique bien précis tout comme *La Princesse de Clèves*. La présentation des membres de la cour d'Henri II ne fait apparaître que des personnes réelles appartenant à l'histoire de France. Seul le personnage de Mme de Clèves est fictif. Ainsi l'œuvre de Mme de Lafayette offre un tableau de l'histoire du XVIe siècle. On peut en effet constater de nombreuses références à des faits historiques, comme la signature du traité de Cateau-Cambrésis, ou les circonstances du décès d'Henri II. De même, les intrigues politiques et galantes sont fidèles à la réalité, par exemple lorsque la Reine Dauphine fait une digression sur les amours d'Henri VIII. L'aspect historique de l'œuvre de Mme de Lafayette n'est donc pas négligeable.

Cependant, ***La Princesse de Clèves* semble inaugurer une nouvelle forme de roman**. En effet, la place prépondérante accordée à l'évocation des sentiments des personnages et les nombreux moments d'introspection sont les **fondements du roman d'analyse**. Dans ce siècle où l'étude des caractères humains est en vogue comme l'attestent les *Caractères* de La Bruyère (1688) ou encore les *Maximes* de La Rochefoucauld (1665), le roman d'analyse trouve un public de choix. Les personnages de Mme de Lafayette prennent le temps de revenir sur leurs faits et gestes, parfois incontrôlés comme le rougissement de Mme de Clèves, et de les analyser à la lumière de leurs émotions et de leurs sentiments. Ces phases d'interrogation donnent lieu à des monologues délibératifs où les personnages décident de leur avenir.

La *Princesse de Clèves* met en place une stratégie narrative centrée sur l'analyse des sentiments qui sera reprise par de nombreux romanciers au cours des siècles suivants comme Jane Austen, André Gide, Raymond Radiguet.

Un roman sous diverses influences

Une écriture féminine et précieuse

Mme de Lafayette participe activement à la vie mondaine parisienne et fréquente notamment le salon de la marquise de Rambouillet, où se rencontrent également La Rochefoucauld ou Mme de Sévigné. Lorsque la marquise décède, c'est le salon de Mlle de Scudéry qui s'impose alors. Mme de Lafayette y rencontre le poète Gilles Ménage. Les œuvres de Mlle de Scudéry vont fortement influencer Mme de Lafayette. *Le Grand Cyrus* (1649-1653) et *Clélie, histoire romaine* (1654-1660) sont des exemples de romans précieux qui ont marqué le XVIIe siècle. On ressent également l'influence du mouvement baroque dans ces récits, à travers la grande complexité de l'intrigue et la multiplication des récits secondaires que l'on trouvait déjà dans *L'Astrée* d'Honoré d'Urfé. Dans *La Princesse de Clèves*, l'intrigue principale est ainsi entrecoupée de digressions prises en charge par différents personnages. Mais la complexité de l'intrigue est beaucoup plus modérée que dans les romans d'Honoré d'Urfé ou de Mlle de Scudéry.

Le mouvement précieux a incontestablement influencé l'œuvre de Mme de Lafayette. **La préciosité se caractérise avant tout par un langage qui lui est propre, notamment dans l'expression des sentiments.** Le lexique employé est très recherché et le style souvent ampoulé. On retrouve ces marques du langage précieux dans *La Princesse de Clèves* à travers les nombreuses hyperboles et les superlatifs qui jalonnent le récit. Ce qui rapproche essentiellement l'œuvre de Mme de Lafayette de celle de Mlle de Scudéry est la vision du sentiment amoureux. Dans le premier tome de *Clélie, histoire romaine*, Mlle de Scudéry présente la carte de Tendre, une représentation allégorique des différentes étapes du sentiment amoureux. Le pays de Tendre possède trois fleuves: Inclination, Estime et Reconnaissance. Mme de Lafayette reprend ces trois étapes pour marquer le parcours initiatique de son héroïne.

La morale janséniste

En 1640, Jansénius pose les fondements d'un retour à une grande rigueur morale. La pensée janséniste se développe en France dans la noblesse, et notamment dans les salons. À la fin de sa vie, Mme de Lafayette se rapprochera de ce mouvement. Mais on perçoit déjà dans *La Princesse de Clèves* des traces de l'influence de cette pensée. **Les jansénistes ont une vision pessimiste de la nature humaine**. Ils pointent la faiblesse de l'homme tenté par le péché. Le personnage de Mme de Chartres peut être considéré comme une représentation de cet esprit. Elle connaît les failles des êtres humains. Elle tente d'éduquer sa fille en lui exposant les dangers que lui réserve l'existence, mais lorsqu'elle est sur le point de mourir, elle se lamente de laisser sa fille affronter seule les périls de l'amour, comme si elle ne croyait pas en sa force morale. Les derniers conseils qu'elle lui donne sont empreints d'une grande austérité morale: «ne craignez point de prendre des partis trop rudes et trop difficiles» (p. 53).

La pensée janséniste préconise de se tenir à l'écart des mondanités. Ainsi, Mme de Chartres, pour préserver sa fille du péché, lui conseille de se retirer de la cour. **La retraite permet en effet à l'homme de s'éloigner des futilités et des dangers de la vie mondaine**. Lorsque Mme de Clèves sent qu'elle ne parvient pas à maîtriser sa passion, elle demande à son époux de la laisser se retirer à Coulommiers. Toutefois, ce lieu censé être celui du repos de l'âme devient en fait celui du tourment et de l'exaltation des passions. Mme de Clèves quitte véritablement la cour lorsqu'elle décide de se retirer sur des terres éloignées de Paris dans les Pyrénées à la fin de sa vie. Mais la distance n'atténue pas pour autant les sentiments de la princesse qui entre finalement dans une maison religieuse pour éviter de retomber dans les tourments de la passion. La vertu exemplaire dont fait preuve Mme de Clèves jusqu'à la fin de ses jours lorsqu'elle se livre à des «occupations plus saintes que celles des couvents les plus austères» (p. 203), rappelle ainsi la pensée janséniste.

L'influence classique

L'œuvre de Mme de Lafayette s'inscrit dans une période où le mouvement classique domine la littérature française. Il est possible de voir dans *La Princesse de Clèves* l'influence des règles du classicisme. En effet, excepté les quatre digressions, **ce roman respecte un schéma narratif très structuré** centré autour de la vie de Mme de Clèves. De même, le cadre du récit est celui de la cour de France tout au long de l'œuvre ce qui conforte l'unité du roman. **La vraisemblance et la bienséance chères à la tragédie classique se retrouvent également dans le roman**, hormis les critiques qui ont été apportées à la scène de l'aveu. Enfin, Mme de Clèves peut être assimilée à une héroïne tragique confrontée à un destin qui l'accable.

La portée morale du roman de Mme de Lafayette le rapproche également de l'écriture classique. Si le lectorat de l'époque trouve un divertissement dans la littérature, celle-ci doit également transmettre un message, un enseignement. Ainsi le personnage de Mme de Clèves, qui acquiert une vertu exemplaire à la fin du récit, devient un véritable modèle qui délivre au lecteur un enseignement moral. Cette visée didactique du roman confirme donc l'influence du classicisme sur l'œuvre de Mme de Lafayette.

Individu, morale et société

La morale de Mme de Chartres

Au XVIIe siècle, les mœurs et les comportements humains obéissent à des préceptes moraux érigés en règle absolue. Mme de Lafayette souligne l'importance de la morale à travers le destin de Mme de Clèves. Tout d'abord, **le poids de la morale inculquée par Mme de Chartres pèse sur les décisions de la princesse**. Dès l'apparition de l'héroïne à la cour, le narrateur s'attarde sur l'éducation que la jeune fille a reçue. Sa mère lui a présenté la vertu comme l'unique salut possible pour une femme de l'époque: «elle lui faisait voir [...] quelle tranquillité suivait la vie d'une honnête femme» (p. 19). Elle la met en garde contre les dangers de l'amour. Cet enseignement moral joue un rôle décisif. Avant de mourir, Mme de Chartres prend soin d'insister à nouveau sur les risques que sa fille encourt. **La figure maternelle apparaît ainsi comme un rempart contre la tentation de la faute. L'adultère, évoqué sous les termes de «galanterie» ou encore d'«engagement», conduit inévitablement au malheur**. Après le décès de sa mère, la princesse décide de mener une vie à l'écart de la cour en invoquant la nécessité de faire son deuil. Cet éloignement est en fait révélateur d'une volonté de résister à toute tentation. Les décisions de la jeune femme sont dictées par la morale qu'on lui a présentée comme unique salut. Mme de Chartres apprend à sa fille que son époux est la seule personne qui peut lui apporter une vie paisible et heureuse. **Mais il n'est nullement question de sentiments**. Peu importe si l'amour est absent de cette relation. Enfin, l'abnégation de la jeune femme est étroitement liée à sa conception de la vertu. **Le choix ultime de se retirer dans un couvent est l'aboutissement de l'éducation moralisatrice et culpabilisante que la princesse a reçue**. La morale mène également une lutte constante contre la passion. Mme de Clèves est tiraillée par des sentiments contraires. Elle a conscience que son «inclination» pour le duc de Nemours est moralement condamnable, mais ne parvient pas à se détourner de l'amour qu'elle éprouve pour cet homme.

L'être et le paraître

La cour est un lieu d'influence à l'époque de Mme de Lafayette. Il est important d'y paraître, mais on y est également observé. La princesse de Clèves évolue dans cette société et Mme de Chartres la met en garde: «Si vous jugez sur les apparences en ce lieu-ci, répondit Mme de Chartres, vous serez souvent trompée: ce qui paraît n'est presque jamais la vérité» (p. 38). Pourtant, **les membres de la cour passent leur temps à s'observer, se jauger et se juger. Le lexique de la vue est d'ailleurs omniprésent dans le récit**. Les moindres faits et gestes sont scrutés, interprétés, et peuvent donner lieu à des reproches.

L'héroïne craint de trop manifester ses sentiments en présence du duc de Nemours et espère que cela ne se remarquera pas. Toutefois, la dissimulation est sévèrement jugée. Mme de Tournon est condamnée car elle a trompé son amant, mais surtout car elle a montré le visage du deuil alors même qu'elle avait déjà retrouvé la passion. Mme de Clèves tente de dissimuler son attirance pour le duc de Nemours, même si elle peine parfois à refréner les élans de son cœur. Lorsque Nemours chute de cheval, elle ne peut contenir son inquiétude. Le duc de Guise perçoit la réalité des sentiments de la princesse et s'en trouve attristé. Les apparences ont également des conséquences tragiques pour l'héroïne. Le prince de Clèves pense que son épouse l'a trahi, car il se fonde sur ce que son gentilhomme a cru voir. Pourtant, M. de Clèves a eu la preuve la plus éclatante de la vertu de son épouse lorsque cette dernière lui a avoué les raisons de son retrait de la cour. **Mme de Clèves a beau donner des gages de sa sincérité et de sa vertu, elle n'échappe pas aux jugements superficiels fondés sur des faux-semblants**. De même, la princesse de Clèves se retrouve prise au piège des apparences. Alors que la rumeur d'une épouse qui a avoué ses sentiments pour un autre à son propre mari se répand à la cour, la jeune femme assiste à des conversations embarrassantes et peine à masquer sa gêne. **La princesse de Clèves et le duc de Nemours sont contraints à plusieurs reprises de jouer un rôle face à d'autres membres de la cour** afin de ne pas dévoiler la réalité de leurs sentiments.

Un modèle de vertu

Plusieurs exemples attestent de la grande vertu dont fait preuve la princesse de Clèves et qui l'érige en modèle de l'honnête femme. Mme de Chartres, elle-même très vertueuse, loue les qualités morales de sa fille: «Mme de Chartres admirait la sincérité de sa fille» (p. 32). On pense également à la scène de l'aveu qui révèle la sincérité d'une épouse qui ne peut mentir à son époux. Puis, après le décès du prince de Clèves, le renoncement à une union avec le duc de Nemours confirme la droiture de l'héroïne. Aucune contrainte sociale ne s'oppose à cette union. Pourtant, Mme de Clèves ne peut envisager un tel acte qui apparaît pour elle comme une trahison vis-à-vis de son époux défunt. **La morale de la princesse dépasse les critiques que la société pourrait lui adresser**. Enfin, le choix d'une vie retirée du monde jusqu'à la fin de ses jours confirme l'exemplarité morale de l'héroïne. La dernière phrase du récit évoque des «occupations plus saintes que celles des couvents les plus austères» (p. 203). L'existence même de Mme de Clèves est assimilée à un modèle de vertu inégalable. On constate donc à travers ces exemples que la princesse a trouvé en tant qu'individu le chemin d'une morale irréprochable. **C'est finalement en s'éloignant de la société que la jeune femme a atteint l'apogée de la vertu**.

Citations

La Princesse de Clèves

« L'ambition et la galanterie étaient l'âme de cette cour, et occupaient également les hommes et les femmes. Il y avait tant d'intérêts et tant de cabales différentes, et les dames y avaient tant de part que l'amour était toujours mêlé aux affaires et les affaires à l'amour. »

Première partie.

« L'inclination qu'elle avait pour ce prince lui donnait un trouble dont elle n'était pas maîtresse. Les paroles les plus obscures d'un homme qui plaît donnent plus d'agitation que des déclarations ouvertes d'un homme qui ne plaît pas. »

Deuxième partie.

« Je vais vous faire un aveu que l'on n'a jamais fait à son mari ; mais l'innocence de ma conduite et de mes intentions m'en donne la force. Il est vrai que j'ai des raisons de m'éloigner de la cour et que je veux éviter les périls où se trouvent quelquefois les personnes de mon âge. Je n'ai jamais donné nulle marque de faiblesse et je ne craindrais pas d'en laisser paraître si vous me laissiez la liberté de me retirer de la cour ou si j'avais encore Mme de Chartres pour aider à me conduire. »

Troisième partie.

« M. de Nemours était de tous les hommes celui que je craignais le plus. Je vois le péril où vous êtes ; ayez du pouvoir sur vous pour l'amour de vous-même et s'il est possible, pour l'amour de moi. »

Troisième partie.

« La douleur de cette princesse passait les bornes de la raison. Ce mari mourant, et mourant à cause d'elle et avec tant de tendresse pour elle, ne lui sortait point de l'esprit. Elle repassait incessamment tout ce qu'elle lui devait, et elle se faisait un crime de n'avoir pas eu de la passion pour lui, comme si c'eût été une chose qui eût été en son pouvoir. Elle ne trouvait de consolation qu'à penser qu'elle le regrettait autant qu'il méritait d'être regretté et qu'elle ne ferait dans le reste de sa vie que ce qu'il aurait été bien qu'elle eût fait s'il avait vécu. »

Quatrième partie.

À propos de *La Princesse de Clèves*

«Nous voici à ce trait si nouveau et si singulier, qui est l'aveu que Madame de Clèves fait à son mari de l'amour qu'elle a pour le duc de Nemours. Qu'on raisonne tant qu'on voudra là-dessus, je trouve le trait admirable et très bien préparé: c'est la plus vertueuse femme du monde, qui croit avoir sujet de se défier d'elle-même, parce qu'elle sent son cœur prévenu malgré elle en faveur d'un autre que de son mari.»

Fontenelle, *Mercure galant*, 1678.

«*La Princesse de Clèves* et *Zaïde* furent les premiers romans où l'on vit les mœurs des honnêtes gens, et des aventures nouvelles décrites avec grâce.»

Voltaire, *Le Siècle de Louis XIV*, 1751.

«Nulle part comme dans *La Princesse de Clèves*, les contradictions et les duplicités délicates de l'amour n'ont été si naturellement exprimées. [...] Les scènes y sont justes, bien coupées, parlantes, en un ou deux cas seulement invraisemblables, mais sauvées encore par l'à-propos de l'intérêt et un certain air de négligence.»

Sainte-Beuve, *Portraits de femmes*, 1844.

«Ces deux scènes, l'aveu et l'apparition, se superposent l'une à l'autre et en acquièrent ainsi dans la mémoire de la princesse une telle solidité, une telle permanence, qu'elle ne pourra plus jamais y échapper. [...] Il faudrait montrer comment dans toute la fin du roman cette grande scène double hante les deux amants.»

Michel Butor, *Répertoire I*, 1960.

«*La Princesse de Clèves* n'est pas une chronique; la vie intérieure des personnages constitue bien toute l'action du roman. Mais cette vie intérieure est intégralement déterminée par les habitudes d'une société, par "la manière dont on y vit".»

Henri Coulet, *Le Roman jusqu'à la Révolution*, 1967.

«En créant un ordre tout d'apparence, l'honnêteté risque en effet de substituer le masque à la vérité, la norme sociale à la norme éthique, la politesse au devoir [...]. C'est une des questions majeures que soulève Madame de Lafayette dans *La Princesse de Clèves*.»

Alain Couprie, «La Cour et l'idéal de l'honnêteté»,
Le XVIIe siècle, Diversité et cohérence, 1992.

Groupements de textes

Groupement 1

Visions du mariage du Moyen Âge à nos jours

Chrétien de Troyes, *Yvain ou le Chevalier au lion*

Ce roman de chevalerie, écrit au XIIe siècle par Chrétien de Troyes (vers 1130-vers 1180), retrace les aventures des héros de la cour du roi Arthur dont Yvain fait partie. Le chevalier tombe amoureux de la dame de Landuc après avoir tué son époux lors d'un combat. Cette dernière doit se remarier comme le lui conseille le sénéchal. Elle accepte donc d'épouser Yvain.

« Notre dame se trouve en fâcheuse posture[1] depuis la mort de son vaillant[2] mari. Il ne lui reste plus qu'une parcelle[3] de ce domaine jadis immense et bien géré. Une femme ne sait pas porter l'écu ni attaquer à la lance, mais elle peut prendre un mari

1. **En fâcheuse posture** : dans une situation difficile.
2. **Vaillant** : courageux.
3. **Parcelle** : petite partie.

qui le fera à sa place. Conseillez à notre dame de se remarier au plus vite. »

D'une seule voix, tous approuvent la proposition et pressent la dame de se remarier, si possible le jour même. Elle se fait prier[1] tant et si bien qu'elle leur accorde ce que, de toute façon, elle aurait fait. Car Amour[2] seule la guide au fond de son cœur.

Ainsi donc, comme l'avait prévu la jeune fille, les chevaliers ne firent aucune objection[3] au projet du mariage avec monseigneur Yvain. Ils étaient trop heureux de voir arriver un champion[4] qui les dispenserait d'avoir à défendre eux-mêmes la fontaine contre le roi Arthur et ses gens d'armes. Le mariage eut lieu le jour même, en présence de nombreux évêques[5] et abbés[6]. Devant tous ses barons[7], la dame à monseigneur Yvain se donna.

Il ne fut pas plus belles et plus joyeuses noces. Monseigneur Yvain était maintenant maître des lieux. Le mari mort était oublié. Celui qui l'avait tué avait épousé la dame et dormait avec elle. Et tout le monde l'appréciait encore plus que le précédent. Ce fut une joie de se mettre à son service durant toutes les réjouissances qui s'achevèrent la veille de l'arrivée du roi Arthur à la fontaine.

Chrétien de Troyes, *Yvain ou le Chevalier au lion* [XIIe siècle],
Belin-Gallimard, « Classico », 2016.

---

1. **Prier** : ici, supplier.
2. Au Moyen Âge, le mot était féminin. Aujourd'hui, il est masculin au singulier et féminin au pluriel.
3. **Objection** : opposition.
4. **Champion** : combattant qui défend la cause de quelqu'un d'autre.
5. **Évêques** : hauts dignitaires de l'Église.
6. **Abbés** : religieux responsables d'un monastère.
7. **Barons** : seigneurs influents.

Madame de Lafayette, *Histoire de la princesse de Montpensier*

La nouvelle de Mme de Lafayette (1634-1693) narre les malheurs de Mlle de Mézières, qui est contrainte d'épouser le prince de Montpensier alors qu'elle aime le duc de Guise.

Pendant que la guerre civile déchirait la France sous le règne de Charles IX[1], l'amour ne laissait pas de trouver sa place parmi tant de désordres, et d'en causer beaucoup dans son empire. La fille unique du marquis de Mézières, héritière très considérable et par ses grands biens et par l'illustre maison d'Anjou dont elle était descendue, était comme accordée au duc du Maine, cadet du duc de Guise, que l'on appela depuis le Balafré[2]. Ils étaient tous deux dans une extrême jeunesse et le duc de Guise, voyant souvent cette prétendue belle-sœur, en qui paraissaient déjà les commencements d'une grande beauté, en devint amoureux et en fut aimé.

Ils cachèrent leur intelligence[3] avec beaucoup de soin, et le duc de Guise, qui n'avait pas encore tant d'ambition qu'il en eut depuis, souhaitait ardemment de l'épouser ; mais la crainte du cardinal de Lorraine son oncle, qui lui tenait lieu de père, l'empêchait de se déclarer.

Les choses étaient en cet état lorsque la maison de Bourbon, qui ne pouvait voir qu'avec envie l'élévation de celle de Guise, s'apercevant de l'avantage qu'elle recevrait de ce mariage, se résolut de le lui ôter et de se le procurer à elle-même, en faisant épouser cette grande héritière au jeune prince de Montpensier, que l'on appelait quelquefois le prince dauphin.

L'on travailla à cette affaire avec tant de succès que les parents, contre les paroles qu'ils avaient données au cardinal de Guise, se résolurent de donner leur nièce au prince de Montpensier. Ce procédé surprit extrêmement toute la maison de Guise, mais le duc en fut accablé de douleur, et l'intérêt de son amour lui fit voir ce changement comme un affront insupportable.

---

1. **Charles IX** : roi de France de 1560 à 1574.
2. **Le Balafré** : Henri de Guise (1550-1588).
3. **Intelligence** : complicité.

Son ressentiment éclata bientôt malgré les réprimandes du cardinal de Guise et du duc d'Aumale, ses oncles, qui ne voulaient point s'opiniâtrer[1] à une chose qu'ils voyaient ne pouvoir empêcher. Il s'emporta avec tant de violence, même en présence du jeune prince de Montpensier, qu'il en naquit une haine entre eux qui ne finit qu'avec leur vie.

Mlle de Mézières, tourmentée par ses parents, voyant qu'elle ne pouvait épouser M. de Guise et connaissant par sa vertu qu'il était dangereux d'avoir pour beau-frère un homme qu'elle souhaitait pour mari, se résolut enfin d'obéir à ses parents et conjura M. de Guise de ne plus apporter d'empêchements et oppositions à son mariage. Elle épousa donc le jeune prince de Montpensier qui, peu de temps après, l'emmena à Champigny (séjour ordinaire des princes de sa maison) pour l'ôter de Paris, où apparemment tout l'effort de la guerre allait tomber.

Madame de Lafayette, *Histoire de la princesse de Montpensier* [1662], Gallimard, « Folio », 2009.

Groupements de textes

Jane Austen, *Raison et sentiments*

Le roman de Jane Austen (1775-1817) dépeint des héroïnes en proie aux désillusions de l'amour. Après le décès de son époux, Mrs Dashwood s'installe avec ses filles, Elinor, Marianne et Margaret, chez un proche, sir Middleton. Elles font alors de nouvelles rencontres.

Mrs Jennings était veuve, et se trouvait à la tête d'un grand domaine. Elle n'avait que deux filles, n'avait vécu que pour les voir bien mariées, et, leur avenir assuré, n'avait plus rien à faire qu'à marier tout le reste du monde. Elle déployait le plus grand zèle pour la réalisation de ce dessein, y employait toutes ses facultés et ne perdait aucune occasion de combiner des unions entre les jeunes gens de sa connaissance. Elle possédait un talent particulier pour dépister les inclinations naissantes et avait eu souvent la satisfaction de faire rougir bien des jeunes filles et de flatter

1. **S'opiniâtrer** : s'entêter.

leur orgueil en faisant allusion à l'empire qu'elles exerçaient sur tel ou tel jeune homme.

Ce discernement[1] particulier lui permit, peu de temps après l'arrivée de ces dames à Barton, de déclarer, de la façon la plus définitive, que le colonel Barton était profondément épris de Marianne Dashwood. Elle l'avait déjà soupçonné le premier soir où ils s'étaient rencontrés, en le voyant si attentif lorsque Marianne chantait. Mais, lorsque, en retour de leur politesse, les Middleton furent invités à dîner au cottage, elle en devint tout à fait certaine quand elle vit la façon dont Brandon l'écoutait de nouveau. […] Du reste, ce serait parfait, car il était riche et, elle, jolie. Mrs. Jennings avait rêvé de bien marier le colonel Brandon dès que ses rapports avec sir John le lui avaient fait connaître ; et, en présence d'une jolie jeune fille, elle se sentait toujours désireuse de la pourvoir d'un bon mari.

L'avantage qu'elle en tirait immédiatement n'était pas à dédaigner ; c'était pour elle un sujet d'allusions et de plaisanteries sans fin envers les deux jeunes gens. Au Park, elle attaquait le colonel et, au cottage, Marianne. Le premier semblait assez indifférent à ses manières. Quant à Marianne, ce genre de raillerie lui fut, tout d'abord, incompréhensible ; et, quand elle finit par en percevoir l'objet, elle ne sut guère s'il valait mieux rire de son absurdité ou blâmer son impertinence. Elle y voyait une allusion désobligeante[2] à l'âge du colonel et à sa condition solitaire de vieux célibataire.

Jane Austen, *Raison et sentiments* [1811],
trad. de l'anglais par J. Privat, 10/18, 2012.

1. **Discernement** : capacité à déceler les sentiments.
2. **Désobligeante** : blessante.

Émile Zola, *Pot-Bouille*

Le roman d'Émile Zola (1840-1902) se penche sur le quotidien de plusieurs familles bourgeoises dans un immeuble parisien et brosse un portrait acerbe de la société de l'époque. Les Josserand, qui vivent au quatrième étage, peinent à marier leurs filles.

– Ridicule, ridicule, monsieur !... Je ne le serai plus, ridicule ! Je veux qu'on me coupe la tête, si j'use encore une paire de gants pour les marier... À votre tour ! Et tâchez de n'être pas plus ridicule que moi !

– Parbleu ! madame, maintenant que vous les avez promenées et compromises partout ! Mariez-les, ne les mariez pas, je m'en fiche !

– Je m'en fiche plus encore, monsieur Josserand ! Je m'en fiche tellement, que je vais les flanquer à la rue, si vous me poussez davantage. Pour peu que le cœur vous en dise, vous pouvez même les suivre, la porte est ouverte... Ah ! Seigneur ! quel débarras !

Ces demoiselles écoutaient tranquillement, habituées à ces explications vives. [...]

– Vous avez bien tort de vous disputer, dit enfin Hortense, la bouche pleine. Maman se fait du mauvais sang, et papa sera encore malade demain, à son bureau... Il me semble que nous sommes assez grandes pour nous marier toutes seules.

Ce fut une diversion. [...] Cependant, la mère, qui tournait dans la pièce comme une lionne lâchée, s'était plantée devant Hortense.

– Si tu parles pour toi, cria-t-elle, tu es joliment godiche[1] !... Jamais ton Verdier ne t'épousera.

– Ça, c'est mon affaire, répondit carrément la jeune fille.

Après avoir refusé avec mépris cinq ou six prétendants, un petit employé, le fils d'un tailleur, d'autres garçons qu'elle trouvait sans avenir, elle s'était décidée pour un avocat, rencontré chez les Dambreville et âgé déjà de quarante ans. Elle le jugeait très fort, destiné à une grande fortune. Mais le malheur était que Verdier vivait depuis quinze ans avec une maîtresse, qui passait

1. **Godiche** : niaise.

même pour sa femme, dans leur quartier. Du reste, elle le savait et ne s'en montrait pas autrement inquiète.

– Mon enfant, dit le père en levant de nouveau la tête, je t'avais priée de ne pas songer à ce mariage… Tu connais la situation.

Elle s'arrêta de sucer son os, et d'un air d'impatience :

– Après ?… Verdier m'a promis de la lâcher. C'est une dinde.

– Hortense, tu as tort de parler de la sorte… Et si ce garçon te lâche aussi, un jour, pour retourner avec celle que tu lui auras fait quitter ?

– Ça, c'est mon affaire, répéta la jeune fille de sa voix brève.

Émile Zola, *Pot-Bouille* [1882], Flammarion, « GF », 2012.

Annie Ernaux, *La Femme gelée*

Dans ce récit autobiographique, Annie Ernaux (née en 1940) revient sur sa jeunesse, sa vie d'étudiante et ses premiers pas d'épouse.

L'air était doux et bleuté sur le cours Victor-Hugo, la session des examens d'octobre venait de finir, on buvait un jus comme d'habitude, au *Montaigne*. Il regardait la rue, les voitures, en étirant et lissant sa barbe blonde. Brusquement il a dit : « C'est de Camus ça, aimer un être c'est accepter de vieillir avec lui. Une phrase juste. Tu ne trouves pas ? » J'ai le souffle retenu. « On devrait se marier, qu'est-ce que tu en penses ? » Cette mollesse qui me liquéfie subitement dans mon fauteuil de rotin, ma joie inavouable masquée d'un « il faut qu'on y réfléchisse », je m'en souviens. L'avenir, la vieillesse même ressemblaient à ce jour doré. Elle resplendissait d'une poésie lointaine, délicate, la petite phrase de Camus. Vieillir ensemble, comme une grâce qui fondait sur moi d'un seul coup, pas une once[1] de pensée claire.

Mariage, qu'est-ce que ça voulait dire. Le soir, on a imaginé. On finirait nos études, je prendrais un poste dans un lycée, lui dans une boîte quelconque, on vivrait en meublé quelque temps, on se débrouillerait pour avoir un peu plus d'argent. Toute notre imagination s'arrêtait là. C'était un projet comme un autre, qui

---

1. **Once** : petite quantité.

ne bouleversait pas notre vie, ou à peine, chacun continuerait de faire ce qu'il aimait, lui la musique, moi la littérature. Le seul problème qu'on percevait, fidélité ou non, parce qu'on s'était déjà colletés avec. Et aussi, répugnante, la durée, toujours la même bobine[1] en face de soi, bref les lieux communs qui traînent sur le mariage. Pour finir, une autre idée rebattue, allons il fallait se lancer, c'était une « aventure nécessaire », à tenter, même si on ne se sentait pas spécialement doués pour.

Ils sont vite venus les doutes, des deux côtés. Fugitivement, l'impression que le projet de mariage ça suffisait, sur le coup on avait trouvé excitant de le faire, comme d'aller en stop au Danemark, mais si on ne le réalisait pas, ma foi tant pis. On voulait être sûrs-sûrs qu'on était prédestinés l'un à l'autre, qu'il n'y avait pas d'erreur. À d'autres moments, la croyance que notre malaise venait de l'incertitude elle-même, pour le supprimer, le pari de Pascal[2], foncer dans le mariage, on verrait après. Ma super lâcheté, l'inavouable, dans les derniers cercles de l'amour, je désire que mon ventre se fasse piège et choisisse à ma place. Faire l'amour comme on se tire les cartes, pour savoir l'avenir.

Annie Ernaux, *La Femme gelée* [1981], Gallimard, « Folio », 1987.

Violaine Huisman, *Fugitive parce que reine*

Dans ce roman, Violaine Huisman (née en 1979) brosse le portrait d'une femme en souffrance. Pour comprendre les démons qui hantent Catherine, sa mère, elle retrace les différentes étapes de sa vie.

Catherine tombe éperdument amoureuse, lui aussi. Il est trop timide pour aller plus loin qu'un bisou dans le cou. Ils se tiennent par la main, à dix-neuf et vingt-quatre ans, il lui promet de venir la voir à Paris, de lui écrire tous les jours. Elle rentre désespérée, guettant le courrier fébrilement, comme un moribond[3] attend

---

1. **Bobine** : visage (familier).
2. **Pascal** (1623-1662) : philosophe français du XVIIe siècle. Le pari de Pascal est un argument philosophique démontrant que l'homme a tout intérêt à parier sur l'existence de Dieu.
3. **Moribond** : mourant.

Groupements de textes

un miracle. Il lui écrit des lettres d'amour magnifiques dans lesquelles il lui parle de ses yeux couleur du désert où il a vu s'écouler le reste de ses jours comme dans un sablier. Elle les garde contre elle toutes les nuits, elle les relit les unes après les autres, dans l'ordre chronologique, elle se les lit lentement en suivant du doigt chaque ligne. [...] Catherine se dit que le garçon qui l'aimera vraiment l'aimera comme elle est, déshonorée, déchue. Oui, il l'aimera comme elle est, il l'aimera même à la folie. Catherine se languit tant et tant qu'elle lui écrit, avec l'aide de Nini pour corriger ses fautes d'orthographe, qu'elle ne peut plus attendre, qu'elle veut le rejoindre. Nini lui demande si elle est bien sûre, elles vivront loin l'une de l'autre si elle part à Marseille. Catherine lui dit qu'elle viendra la voir. Le garçon répond avec une demande en mariage en bonne et due forme. Il sait pour la tentative de suicide, Catherine lui a dit. Il sait aussi que sa future femme n'est plus vierge, il sait tout, il l'accepte. En juin 1967, ils se marient. Catherine a vingt ans.

Le garçon s'appelle Paul. Elle prend son nom de famille, peu importe lequel, elle change de nom comme elle l'a déjà fait trois fois dans le passé. Elle se fabrique une nouvelle identité, à Marseille elle devient quelqu'un d'autre, quelqu'un qui n'est plus ni une Machin ni une Duchemol ni une Cremnitz, elle devient une Trucmuche et elle s'en réjouit. Elle appartient enfin à un autre qui a voulu d'elle, a voulu lui donner un nom. Personne dans sa vie ne l'appellera jamais que Catherine. Jamais Catou, encore moins Cathy. Sa seule identité stable, immuable, sera son prénom, ce que les hommes en société ont d'intime et que les femmes gardent pour elles en construisant un foyer. Catherine et Paul sont sublimes en jeunes mariés, leur séance photo au bois de Vincennes ressemble aux pages d'un magazine. Ils se sont prêté serment devant l'autel de l'église de Montreuil, et puis à la mairie du 6e arrondissement de Marseille – derrière la basilique Notre-Dame-de-la-Garde qui veille sur eux – et elle s'entend demander Catheurineuh, Jacqueulineuh, Piérrêteuh, voulez-vous prendre pour époux... ? Oui, elle le veut.

Violaine Huisman, *Fugitive parce que reine*, Gallimard, 2018.

Groupement 2

Individu, morale et société : des femmes face à la morale

Jean-Jacques Rousseau, *Julie ou la Nouvelle Héloïse*

Dans ce roman épistolaire, Jean-Jacques Rousseau (1712-1778) relate l'amour impossible entre Julie et son précepteur Saint-Preux en raison de leur différence de statut social. La jeune femme épouse alors M. de Wolmar selon la volonté de son père. Elle écrit à Saint-Preux pour mettre fin à leur amour devenu coupable.

Je vous dirai plus. Tout est changé entre nous ; il faut nécessairement que votre cœur change. Julie de Wolmar n'est plus votre ancienne Julie ; la révolution de vos sentiments pour elle est inévitable, et il ne vous reste que le choix de faire honneur de ce changement au vice ou à la vertu. J'ai dans la mémoire un passage d'un auteur que vous ne récuserez[1] pas : « L'amour, dit-il, est privé de son plus grand charme quand l'honnêteté l'abandonne. Pour en sentir tout le prix, il faut que le cœur s'y complaise, et qu'il nous élève en élevant l'objet aimé. Ôtez l'idée de la perfection, vous ôtez l'enthousiasme ; ôtez l'estime, et l'amour n'est plus rien. Comment une femme honorera-t-elle un homme qu'elle doit mépriser ? Comment pourra-t-il honorer lui-même celle qui n'a pas craint de s'abandonner à un vil corrupteur ? Ainsi bientôt ils se mépriseront mutuellement. L'amour, ce sentiment céleste, ne sera plus pour eux qu'un honteux commerce[2]. Ils auront perdu l'honneur et n'auront point trouvé la félicité. » Voilà notre leçon, mon ami ; c'est vous qui l'avez dictée. Jamais nos cœurs s'aimèrent-ils plus délicieusement, et jamais l'honnêteté leur fut-elle aussi chère que dans le temps heureux où cette lettre fût écrite ? Voyez donc à quoi nous mèneraient aujourd'hui de coupables feux nourris aux dépens des plus doux transports qui ravissent l'âme !

---

1. **Récuserez** : rejetterez.
2. **Commerce** : relation.

L'horreur du vice qui nous est si naturelle à tous deux s'étendrait bientôt sur le complice de nos fautes ; nous nous haïrions pour nous être trop aimés, et l'amour s'éteindrait dans les remords. Ne vaut-il pas mieux épurer un sentiment si cher pour le rendre durable ? Ne vaut-il pas mieux en conserver au moins ce qui peut s'accorder avec l'innocence ? N'est-ce pas conserver tout ce qu'il eut de plus charmant ? Oui, mon bon et digne ami, pour nous aimer toujours il faut renoncer l'un à l'autre. Oublions tout le reste, et soyez l'amant de mon âme. Cette idée est si douce qu'elle console de tout.

Jean-Jacques Rousseau, *Julie ou la Nouvelle Héloïse* [1761], Flammarion, « GF », 2010.

Pierre Choderlos de Laclos, *Les Liaisons dangereuses*

Dans son roman épistolaire, Pierre Choderlos de Laclos (1741-1803) offre, à travers un ensemble de lettres, le spectacle des mœurs libertines d'une partie de l'aristocratie du XVIIIe siècle. L'un des principaux personnages, le vicomte de Valmont, tente de séduire par défi la dévote présidente de Tourvel. Cette dernière tombe peu à peu sous le charme du vicomte et cherche à le fuir pour ne pas succomber à la tentation.

Lettre 90,
La présidente de Tourvel au vicomte de Valmont

Je désire beaucoup, Monsieur, que cette Lettre ne vous fasse aucune peine ; ou, si elle doit vous en causer, qu'au moins elle puisse être adoucie par celle que j'éprouve en vous l'écrivant. Vous devez me connaître assez à présent pour être bien sûr que ma volonté n'est pas de vous affliger ; mais vous, sans doute, vous ne voudriez pas non plus me plonger dans un désespoir éternel. Je vous conjure donc, au nom de l'amitié tendre que je vous ai promise, au nom même des sentiments peut-être plus vifs, mais à coup sûr pas plus sincères, que vous avez pour moi, ne nous voyons plus ; partez ; et, jusque-là, fuyons surtout ces entretiens particuliers et trop dangereux, où, par une inconcevable puissance, sans jamais parvenir à vous dire ce que je veux, je passe mon temps à écouter ce que je ne devrais pas entendre.

Hier encore, quand vous vîntes me joindre dans le parc, j'avais bien pour unique objet de vous dire ce que je vous écris aujourd'hui ; et cependant qu'ai-je fait ? que m'occuper de votre amour ; ... de votre amour, auquel jamais je ne dois répondre ! Ah ! de grâce, éloignez-vous de moi.

Ne craignez pas que mon absence altère jamais mes sentiments pour vous, comment parviendrais-je à les vaincre, quand je n'ai plus le courage de les combattre ? Vous le voyez, je vous dis tout, je crains moins d'avouer ma faiblesse, que d'y succomber : mais cet empire que j'ai perdu sur mes sentiments, je le conserverai sur mes actions ; oui, je le conserverai, j'y suis résolue ; fût-ce aux dépens de ma vie.

Hélas ! le temps n'est pas loin, où je me croyais bien sûre de n'avoir jamais de pareils combats à soutenir. Je m'en félicitais ; je m'en glorifiais peut-être trop. Le Ciel a puni, cruellement puni cet orgueil : mais plein de miséricorde[1] au moment même qu'il nous frappe, il m'avertit encore avant la chute ; et je serais doublement coupable si je continuais à manquer de prudence, déjà prévenue que je n'ai plus de force.

Vous m'avez dit cent fois que vous ne voudriez pas d'un bonheur acheté par mes larmes. Ah ! ne parlons plus de bonheur, mais laissez-moi reprendre quelque tranquillité.

Pierre Choderlos de Laclos, *Les Liaisons dangereuses* [1782], Belin-Gallimard, « Classico », 2012.

Denis Diderot, *Jacques le Fataliste et son maître*

Dans ce roman à la structure atypique, Denis Diderot (1713-1784) fait intervenir différents récits enchâssés pris en charge par les personnages. L'hôtesse raconte ainsi à Jacques et à son maître l'histoire de Mme de La Pommeraye, une femme vertueuse, qui a fini par céder aux avances du marquis des Arcis.

---

1. **Miséricorde** : compassion.

Elle s'appelait Mme de La Pommeraye. C'était une veuve qui avait des mœurs, de la naissance, de la fortune et de la hauteur. M. des Arcis rompit avec toutes ses connaissances, s'attacha uniquement à Mme de La Pommeraye, lui fit sa cour avec la plus grande assiduité, tâcha par tous les sacrifices imaginables de lui prouver qu'il l'aimait, lui proposa même de l'épouser ; mais cette femme avait été si malheureuse avec un premier mari, qu'elle... (*Madame ? – Qu'est-ce ? – La clef du coffre à l'avoine ? – Voyez au clou, et si elle n'y est pas, voyez au coffre.*) qu'elle aurait mieux aimé s'exposer à toutes sortes de malheurs qu'au danger d'un second mariage.

JACQUES : Ah ! si cela avait été écrit là-haut !

L'HÔTESSE : Cette femme vivait très retirée. Le marquis était un ancien ami de son mari ; elle l'avait reçu, et elle continuait de le recevoir. Si on lui pardonnait son goût efféminé pour la galanterie, c'était ce qu'on appelle un homme d'honneur. La poursuite constante du marquis, secondée de ses qualités personnelles, de sa jeunesse, de sa figure, des apparences de la passion la plus vraie, de la solitude, du penchant à la tendresse, en un mot, de tout ce qui nous livre à la séduction des hommes... (*Madame ? – Qu'est-ce ? - C'est le courrier. – Mettez-le à la chambre verte, et servez-le à l'ordinaire.*) eut son effet, et Mme de La Pommeraye, après avoir lutté plusieurs mois contre le marquis, contre elle-même, exigé selon l'usage les serments les plus solennels, rendit heureux le marquis, qui aurait joui du sort le plus doux, s'il avait pu conserver pour sa maîtresse les sentiments qu'il avait jurés et qu'on avait pour lui. Tenez, monsieur, il n'y a que les femmes qui sachent aimer ; les hommes n'y entendent rien... [...] Au bout de quelques années, le marquis commença à trouver la vie de Mme de La Pommeraye trop unie. Il lui proposa de se répandre dans la société : elle y consentit ; à recevoir quelques femmes et quelques hommes : et elle y consentit ; à avoir un dîner-souper : et elle y consentit.

Denis Diderot, *Jacques le Fataliste et son maître* [1796], Gallimard, « Folio », 2006.

Groupements de textes

Stendhal, *Le Rouge et le Noir*

Stendhal (1783-1842) retrace le parcours de Julien Sorel, jeune homme issu d'un milieu très modeste mais animé par une ambition sans limites. Engagé par M. de Rênal comme précepteur pour ses enfants, il tombe amoureux de son épouse. Mme de Rênal n'est pas insensible aux charmes du jeune homme.

Mme de Rênal ne put fermer l'œil. Il lui semblait n'avoir pas vécu jusqu'à ce moment. Elle ne pouvait distraire sa pensée du bonheur de sentir Julien couvrir sa main de baisers enflammés.

Tout à coup l'affreuse parole : adultère, lui apparut. Tout ce que la plus vile débauche peut imprimer de dégoûtant à l'idée de l'amour des sens se présenta en foule à son imagination. Ces idées voulaient tâcher de ternir l'image tendre et divine qu'elle se faisait de Julien et du bonheur de l'aimer. L'avenir se peignait sous des couleurs terribles. Elle se voyait méprisable.

Ce moment fut affreux ; son âme arrivait dans des pays inconnus. La veille elle avait goûté un bonheur inéprouvé ; maintenant elle se trouvait tout à coup plongée dans un malheur atroce. Elle n'avait aucune idée de telles souffrances, elles troublèrent sa raison. Elle eut un instant la pensée d'avouer à son mari qu'elle craignait d'aimer Julien. C'eût été parler de lui. Heureusement elle rencontra dans sa mémoire un précepte donné jadis par sa tante, la veille de son mariage. Il s'agissait du danger des confidences faites à un mari, qui après tout est un maître. Dans l'excès de sa douleur, elle se tordait les mains.

Elle était entraînée au hasard des images contradictoires et douloureuses. Tantôt elle craignait de n'être pas aimée, tantôt l'affreuse idée du crime la torturait comme si le lendemain elle eût dû être exposée au pilori[1] sur la place publique de Verrières, avec un écriteau expliquant son adultère à la populace.

Mme de Rênal n'avait aucune expérience de la vie ; même pleinement éveillée et dans l'exercice de toute sa raison, elle n'eût aperçu aucun intervalle entre être coupable aux yeux de Dieu et

1. **Pilori** : poteau ou sorte de roue à laquelle on attachait les condamnés afin qu'ils subissent leur châtiment.

se trouver accablée en public des marques les plus bruyantes du mépris général.

Quand l'affreuse idée de l'adultère et de toute l'ignominie[1] que, dans son opinion, ce crime entraîne à sa suite, lui laissait quelque repos, et qu'elle venait à songer à la douceur de vivre avec Julien innocemment, et comme par le passé, elle se trouvait jetée dans l'idée horrible que Julien aimait une autre femme. Elle voyait encore sa pâleur quand il avait craint de perdre son portrait, ou de la compromettre en le laissant voir. Pour la première fois, elle avait surpris la crainte sur cette physionomie si tranquille et si noble. Jamais il ne s'était montré ému ainsi pour elle ou pour ses enfants. Ce surcroît de douleur arriva à toute l'intensité de malheur qu'il est donné à l'âme humaine de pouvoir supporter.

Stendhal, *Le Rouge et le Noir* [1830],
Belin-Gallimard, « Classico », 2019.

Honoré de Balzac, *La Duchesse de Langeais*

Dans ce roman, Honoré de Balzac (1799-1850) narre les aventures d'Antoinette de Langeais, une femme très courtisée. Éprise du général de Montriveau, elle se croit abandonnée par l'homme qu'elle aime et décide de se retirer dans un couvent. Montriveau parvient toutefois à la retrouver.

Si vous avez été vraie jadis dans vos remords, vous ne devez pas hésiter à me suivre aujourd'hui.

– Vous oubliez que je ne suis pas libre.

– Le duc est mort, répondit-il vivement.

La sœur Thérèse rougit.

– Que le ciel lui soit ouvert, dit-elle avec une vive émotion, il a été généreux pour moi. Mais je ne parlais pas de ces liens, une de mes fautes a été de vouloir les briser tous sans scrupule pour vous.

– Vous parlez de vos vœux, s'écria le général en fronçant les sourcils. Je ne croyais pas que quelque chose vous pesât au cœur

1. **Ignominie** : déshonneur.

plus que votre amour. Mais n'en doutez pas, Antoinette, j'obtiendrai du Saint-Père un bref[1] qui déliera vos serments. J'irai certes à Rome, j'implorerai toutes les puissances de la terre ; et si Dieu pouvait descendre, je le…

– Ne blasphémez pas.

– Ne vous inquiétez donc pas de Dieu ! Ah ! j'aimerais bien mieux savoir que vous franchiriez pour moi ces murs ; que, ce soir même, vous vous jetteriez dans une barque au bas des rochers. Nous irions être heureux je ne sais où, au bout du monde ! Et, près de moi, vous reviendriez à la vie, à la santé, sous les ailes de l'Amour.

– Ne parlez pas ainsi, reprit la sœur Thérèse, vous ignorez ce que vous êtes devenu pour moi. Je vous aime bien mieux que je ne vous ai jamais aimé. Je prie Dieu tous les jours pour vous, et je ne vous vois plus avec les yeux du corps. Si vous connaissiez, Armand, le bonheur de pouvoir se livrer sans honte à une amitié pure que Dieu protège ! Vous ignorez combien je suis heureuse d'appeler les bénédictions du ciel sur vous. Je ne prie jamais pour moi : Dieu fera de moi suivant ses volontés. Mais vous, je voudrais, au prix de mon éternité, avoir quelque certitude que vous êtes heureux en ce monde, et que vous serez heureux en l'autre, pendant tous les siècles. Ma vie éternelle est tout ce que le malheur m'a laissé à vous offrir. Maintenant, je suis vieillie dans les larmes, je ne suis plus ni jeune ni belle ; d'ailleurs vous mépriseriez une religieuse devenue femme, qu'aucun sentiment, même l'amour maternel, n'absoudrait… Que me direz-vous qui puisse balancer les innombrables réflexions accumulées dans mon cœur depuis cinq années, et qui l'ont changé, creusé, flétri ? J'aurais dû le donner moins triste à Dieu !

Honoré de Balzac, *La Duchesse de Langeais* [1834],
Gallimard, « Folio », 1976.

1. **Bref** : lettre officielle du pape.

Charlotte Brontë, *Jane Eyre*

Dans ce récit, Charlotte Brontë (1816-1855) relate la vie de Jane Eyre. L'héroïne a été embauchée par Mr. Rochester afin de s'occuper de la petite Adèle. Jane et Mr. Rochester tombent amoureux. Alors qu'ils sont sur le point de se marier, la cérémonie est interrompue et Jane découvre que Mr. Rochester est marié à une autre femme. Toutefois, ce dernier propose à Jane de rester vivre à ses côtés comme concubine, ce que la jeune femme refuse.

– Alors vous m'enlevez brutalement l'amour et l'innocence? Vous m'incitez à me rabattre sur la luxure[1] en guise de passion, sur le vice en guise d'occupation?

– Mr. Rochester, je ne vous assigne pas plus un tel destin que je ne m'y accroche. Nous sommes nés pour lutter et souffrir… Vous comme moi. Acceptez-le. Vous m'oublierez avant que je ne vous oublie.

– De tels propos font de moi un menteur. Vous souillez mon honneur. J'ai affirmé que je ne pourrais pas changer. Vous me lancez à la figure que je ne tarderai pas à le faire. Et de quelle distorsion du jugement, de quelle perversité des idées votre conduite porte-t-elle témoignage! Mieux vaut pousser son semblable au désespoir que de transgresser une simple loi humaine, alors que nul n'en serait affecté, puisque vous n'avez ni famille ni relations qu'il vous faille craindre de scandaliser en partageant ma vie.

C'était vrai et, alors qu'il parlait, ma Conscience et ma Raison elles-mêmes passaient à l'ennemi et m'accusaient de lui résister. Elles parlaient presque aussi fort que le Sentiment, et ce dernier hurlait follement. Il disait: «Obéis! Pense à son malheur, pense au danger qu'il court… Contemple l'état où il sera une fois seul. Souviens-toi de son tempérament fougueux; vois l'intrépidité suivre le désespoir… Calme-le, sauve-le, aime-le, dis-lui que tu l'aimes et que tu seras à lui. Qui en ce monde tient à toi? Ou qui sera affecté par ce que tu feras?»

Et toujours la réponse venait, indomptable: «Je tiens à moi. Plus je serai seule, sans ami, sans soutien, plus il faudra que je me

1. **Luxure**: plaisir charnel.

respecte. J'observerai la loi que Dieu a dictée, que les hommes ont sanctionnée. Je m'en tiendrai aux principes que j'ai reçus quand j'étais en possession de mes esprits et non pas folle comme maintenant. Lois et principes ne servent à rien quand il n'y a pas de tentation ; c'est en de tels instants qu'ils servent, quand le corps et l'âme se rebellent contre leur rigueur ; ils sont astreignants ; ils demeureront inviolés. Quelle serait leur valeur, si je pouvais les transgresser pour ma convenance personnelle ? Ils ont une valeur, je l'ai toujours cru et si je ne peux pas le croire maintenant, c'est parce que je suis folle, totalement folle, le sang en feu dans mes veines, le cœur battant plus que je n'en peux compter les palpitations. Les opinions préconçues, les résolutions passées, voilà le seul terrain solide qui me reste en cet instant. J'y plante fermement le pied. »

Charlotte Brontë, *Jane Eyre* [1847], trad. de l'anglais par D. Jean, Gallimard, « Folio », 2012.

Questions sur les groupements de textes

Visions du mariage du Moyen Âge à nos jours

1. Quelles conceptions du mariage sont exprimées dans les différents textes ? Comparez notamment les diverses motivations des personnages et explicitez leurs attentes à l'égard de cette union.

2. **Recherche documentaire** Effectuez des recherches sur l'évolution des contraintes du mariage pour la femme dans la société française, du Moyen Âge à nos jours. vous restituerez votre travail sous la forme d'une présentation orale.

Individu, morale et société : des femmes face à la morale

1. Dans les différents extraits, comment les héroïnes luttent-elles contre la tentation de l'amour ?

2. Quelles contraintes morales et sociales pèsent sur leur prise de décision ?

3. **Lecture linéaire** Vous procéderez à une analyse linéaire de l'extrait de *Jacques le Fataliste et son maître* de Denis Diderot en vous interrogeant sur le processus de séduction dont est victime Mme de La Pommeraye. Vous étudierez tout d'abord la cour assidue du marquis des Arcis, puis l'évolution du personnage féminin, de sa détermination à sa soumission.

4. **Étude de la langue** Observez les verbes dans la phrase suivante : « Tenez, monsieur, il n'y a que les femmes qui sachent aimer ; les hommes n'y entendent rien… » (p. 238). Indiquez les temps et modes verbaux et précisez leur valeur.

Vers le Bac

Individu, morale et société

La vie à la cour et ses périls

1 Au cours du récit, plusieurs situations révèlent que la vie à la cour expose ses membres au jugement d'autrui. Analysez différents épisodes qui soulignent ce danger.

2 Des rivalités et des jalousies apparaissent au sein de la cour. Étudiez la manière dont elles influent sur le destin des personnages.

3 La princesse de Clèves et le duc de Nemours ont conscience des dangers de la cour. Montrez que les deux personnages s'efforcent de masquer leurs véritables sentiments tout au long du récit.

La place de la femme dans la société de l'époque

4 Le récit de Mme de Lafayette fait apparaître un certain nombre de personnages féminins. Montrez que son œuvre propose une grande diversité de figures romanesques féminines.

5 Les femmes semblent soumises à un destin imposé par la société. Expliquez en quoi les personnages féminins sont oppressés par le carcan des convenances sociales.

6 Mme de Clèves parvient à rester fidèle à la ligne de conduite qu'on lui a inculquée. Retracez les différents moments où la princesse est amenée à lutter contre ses sentiments et analysez les décisions qu'elle prend.

Activités d'appropriation

1. Vous rédigez un dialogue entre deux lecteurs qui ont des points de vue opposés sur l'œuvre de Mme de Lafayette. Chacun exprimera son opinion et l'éclairera à l'aide d'exemples précis tirés du roman.

2. Vous devez écrire un article de presse pour un magazine littéraire afin de promouvoir le récit de Mme de Lafayette au XXIe siècle. Vous faites l'éloge de ce roman en expliquant ce qu'il peut apporter à un lecteur de nos jours.

3. Vous êtes metteur en scène et vous voulez adapter *La Princesse de Clèves* au théâtre. Vous écrivez à un directeur de théâtre pour le convaincre du bien-fondé de votre projet. Afin de vous aider à rédiger votre lettre, faites des recherches sur des mises en scène existantes de ce roman (celles de Magali Montoya et de Marcel Bozonnet notamment). Vous pourrez étayer votre propos et expliquer la spécificité de votre projet en regardant les vidéos disponibles sur les sites Internet suivants :

– **https://www.mc93.com/saison/la-princesse-de-cleves;**

– **https://www.theatre-contemporain.net/spectacles/La-Princesse-de-Cleves/**

4. Vous préparez un exposé afin de comparer le récit de Mme de Lafayette à l'adaptation cinématographique de Christophe Honoré, *La Belle personne* (2008). Intéressez-vous notamment à la vision des contraintes sociales et morales représentées dans le film, dont vous pouvez regarder la bande-annonce sur le site allocine.fr.

Prolongements artistiques et culturels

L'individu et la cour

1. Observez les portraits de femmes de la cour (au verso de la couverture, en début d'ouvrage). Décrivez la manière dont elles sont apprêtées et analysez les indices qui soulignent leur élégance.

2. Dans les deux scènes de danse (page I du cahier photos), comparez l'attitude des différents personnages représentés et montrez que ces deux images illustrent bien l'univers de la cour décrit dans le roman de Mme de Lafayette.

Représenter la passion

3. Effectuez des recherches sur les cinq couples représentés dans les documents iconographiques (pages II et III du cahier photos). Expliquez pour quelle raison il s'agit pour chacun d'entre eux d'un amour impossible.

4. Dans chaque document, décrivez ce qui met en avant la passion ressentie par les deux personnages représentés.

5. Observez les œuvres du Titien et de Jean-Baptiste Santerre (page IV du cahier photos) et expliquez en quoi l'attitude des deux personnages féminins rappelle la sensualité qui se dégage de la scène nocturne lorsque le duc de Nemours observe en cachette la princesse. Intéressez-vous notamment au désir suscité dans le regard de l'observateur.

Une histoire d'amour intemporelle

6. Observez les photogrammes tirés des adaptations cinématographiques du roman de Mme de Lafayette (verso de la couverture, à la fin de l'ouvrage) et précisez les différentes époques choisies pour représenter l'intrigue. Expliquez quelles ont pu être les motivations des réalisateurs.

7. Comparez la manière dont les deux personnages interagissent et, pour chaque image, indiquez les sentiments qui sont ainsi transmis au spectateur.

Vers l'oral du Bac

Extrait 1

Première partie, l. 359-376, p. 24

■ *Conseils pour la lecture à voix haute*

– Cet extrait est composé de phrases amples à la syntaxe complexe. Par conséquent, pensez à souligner les articulations entre les différentes propositions.

– Ce texte fait apparaître de nombreuses accumulations, des parallélismes de construction ainsi qu'un chiasme. Veillez à faire ressortir ces structures syntaxiques lors de votre lecture.

■ *Explication de texte*

Vous procéderez à l'explication linéaire du passage, en montrant comment le narrateur dépeint la cour comme un lieu dangereux. Vous relèverez et analyserez les périls de la vie à la cour contre lesquels Mme de Chartres met en garde sa fille (l. 359-368), puis vous expliquerez en quoi la société décrite par Mme de Lafayette est profondément divisée (l. 369-376).

■ *Étude de la langue*

Relevez les propositions subordonnées relatives présentes dans l'extrait et expliquez leur fonction dans la phrase.

Extrait 2

Première partie, l. 623-644, p. 33

■ *Conseils pour la lecture à voix haute*

– Les sentiments du prince de Clèves sont essentiels dans cet extrait. Efforcez-vous d'exprimer l'intensité de ses émotions.

– Le texte se divise en deux parties, la première consacrée à M. de Clèves, la deuxième à son épouse. Votre lecture devra faire apparaître la distinction entre les deux mouvements du texte.

■ *Explication de texte*

Vous procéderez à l'explication linéaire de cet extrait, en comparant la manière dont sont présentés le prince de Clèves et Mlle de Chartres. D'une part, le mari de l'héroïne apparaît comme un homme foncièrement insatisfait (l. 623-633). D'autre part, la princesse adopte la posture d'une femme inatteignable (l. 633-644).

■ *Étude de la langue*

Observez les deux propositions subordonnées ci-dessous et explicitez leur sens dans la phrase : « pour être son mari, il ne laissa pas d'être son amant, parce qu'il avait toujours quelque chose à souhaiter au-delà de sa possession ; et, quoiqu'elle vécût parfaitement bien avec lui, il n'était pas entièrement heureux » (l. 626-629).

Extrait 3

Quatrième partie, l. 749-769, p. 187

■ *Conseils pour la lecture à voix haute*

– Cet extrait décrit l'émotion intense qui submerge la princesse de Clèves à la vue du duc de Nemours. Veillez à ce que votre lecture mette l'accent sur les sentiments de l'héroïne, notamment dans les phrases exclamatives.

– Le portrait de Nemours dressé par la princesse est mélioratif. Soulignez l'éloge de l'attitude du duc en insistant, par exemple, sur l'accumulation de verbes au participe présent.

■ *Explication de texte*

Vous procéderez à l'explication linéaire de ce passage, en vous posant la question suivante : en quoi la passion de Mme de Clèves pour le duc de Nemours est-elle ravivée par la vue de celui qu'elle aime ? Vous analyserez d'abord le bouleversement que provoque la vision du duc chez l'héroïne (l. 749-755). Vous serez ensuite attentif au phénomène d'acceptation de la passion qui s'opère chez Mme de Clèves (l. 755-769).

■ *Étude de la langue*

Relevez les verbes conjugués au participe présent et justifiez l'emploi de ce mode verbal.

Entretien avec l'examinateur

En quoi cette œuvre a-t-elle retenu votre intérêt ?

Pour répondre à cette question, vous pourrez développer votre ressenti à la lecture du roman en vous appuyant sur des points précis.

– *La vraisemblance.* L'œuvre de Mme de Lafayette offre un tableau détaillé et vivant de la vie à la cour d'Henri II. Le lecteur a l'impression de voyager dans le temps et d'être mêlé aux intrigues qui animent le quotidien des membres de la cour.

– *L'identification aux personnages.* Les différents personnages offrent une galerie de portraits et il est aisé pour le lecteur de ressentir de la compassion ou, au contraire, de la répulsion envers chaque protagoniste du récit. Par exemple, Mme de Clèves suscite l'admiration et la compassion tandis que le vidame de Chartres adopte un comportement répréhensible. Le lecteur porte donc un regard critique sur ce personnage.

– *Le mouvement esthétique : la préciosité.* L'influence précieuse que l'on perçoit dans cette œuvre est également intéressante, car elle confronte le lecteur du XXIe siècle à une conception particulière de l'amour et de la morale.

Vers l'écrit du Bac

Commentaire

■ *Sujet 1* VOIES GÉNÉRALES

Vous ferez le commentaire de l'extrait de *Julie ou la Nouvelle Héloïse* de Jean-Jacques Rousseau proposé dans le Groupement de textes 2, « Individu, morale et société : des femmes face à la morale » (p. 235-236).

■ *Sujet 2* VOIES TECHNOLOGIQUES

Vous ferez le commentaire de l'extrait des *Liaisons dangereuses* de Pierre Choderlos de Laclos proposé dans le Groupement de textes 2, « Individu, morale et société : des femmes face à la morale » (p. 236-237).
Vous pourrez vous appuyer sur le parcours de lecture suivant :

– vous révélerez les caractéristiques qui font de ce texte une lettre de rupture ;
– vous étudierez les sentiments contraires qui assaillent la présidente de Tourvel.

Dissertation VOIES GÉNÉRALES

■ *Sujet 1*

Marie-Odile Sweetser déclare : « La conduite héroïque, extraordinaire de la princesse, guidée par un jugement lucide et une volonté ferme, provoque l'admiration, crée le sublime. » (Marie-Odile Sweetser, « Madame de Lafayette romancière : aspects de la société et des mentalités de son temps », Cahiers de l'AIEF, 1994). En quoi cette affirmation éclaire-t-elle le lecteur sur le comportement de la princesse de Clèves dans le récit de Mme de Lafayette ? Vous répondrez dans un développement structuré et argumenté, en vous appuyant sur votre lecture de *La Princesse de Clèves*, sur les textes étudiés en classe ainsi que sur vos lectures et votre culture personnelle.

Analyse du sujet et élaboration d'un plan

– Veillez tout d'abord à bien analyser le sujet qui vous est proposé en soulignant les mots qui vous semblent importants dans la citation. Cherchez des synonymes et reformulez la phrase afin de vous assurer de sa signification. Par exemple, le sens de l'adjectif « héroïque » doit être explicité. Il assimile le personnage de la princesse de Clèves à un modèle et lui confère une attitude exemplaire qu'il faudra démontrer.

– Dressez une liste d'exemples tirés de l'œuvre au programme que vous pourrez exploiter pour illustrer votre propos. La scène de l'aveu apparaît ainsi comme un acte « extraordinaire », car il s'agit d'une décision hors du commun prise par l'héroïne. En outre, le souhait de la princesse de renoncer à sa passion souligne sa « volonté ferme ».

– Organisez au brouillon un plan qui vous permettra de structurer votre développement et de faire apparaître une progression dans votre analyse de l'œuvre.

■ *Sujet 2*

En quoi la princesse de Clèves peut-elle être considérée comme une héroïne tragique ?

Vous répondrez dans un développement structuré et argumenté, en vous appuyant sur votre lecture de *La Princesse de Clèves*, sur les textes étudiés en classe ainsi que sur vos lectures et votre culture personnelle.

Fenêtres sur...

Des ouvrages à lire

D'autres œuvres de Mme de Lafayette

- *Histoire de la princesse de Montpensier* [1662], Gallimard, « Folio », 2009.
- *La Comtesse de Tende* [1724], Gallimard, « Folio », 2009.

Un ouvrage sur Mme de Lafayette

- Roger Duchêne, *Madame de Lafayette* [1988], Fayard, 2000.

Des ouvrages sur *La Princesse de Clèves*

- Pierre Malandain, *Madame de Lafayette, « La Princesse de Clèves »* [1985], PUF, 2001.
- Florence Chapiro, *Étude sur La Princesse de Clèves de Mme de Lafayette*, Ellipses, 2009.

Des ouvrages sur le XVIIe siècle

- Antoine Adam, *Histoire de la littérature française au XVIIe siècle*, Albin Michel, « Bibliothèque de l'évolution de l'humanité », 1997.
- Roger Zuber et Marc Fumaroli, *Dictionnaire de littérature française du XVIIe siècle*, PUF, « Quadrige », 2001.
- Jean-Claude Tournand, *Introduction à la vie littéraire du XVIIe siècle*, Armand Colin, 2005.

Des histoires d'amour

- Jean Racine, *Bérénice* [1670], Belin-Gallimard, « Classico », 2011.
- Louis Aragon, *Aurélien* [1944], Gallimard, « Folio », 1986.
- Albert Cohen, *Belle du Seigneur* [1968], Gallimard, « Folio », 1998.

Des films à voir

(Toutes les œuvres citées ci-dessous sont disponibles en DVD.)

Une adaptation cinématographique de *La Princesse de Clèves*

- *La Princesse de Clèves*, de Jean Delannoy, avec Marina Vlady et Jean Marais, 1960.

Des films inspirés de *La Princesse de Clèves*

- *La Lettre*, de Manoel de Oliveira, avec Chiara Mastroianni, 1999.
- *La Fidélité*, d'Andrzej Zulawski, avec Sophie Marceau, 1999.
- *La Belle Personne*, de Christophe Honoré avec Léa Seydoux et Louis Garrel, 2008.

@ *Des sites Internet à consulter*

Sur le XVIIe siècle

- http://www.histoire-en-ligne.com
- http://17emesiecle.free.fr

Sur Mme de Lafayette

- http://madamedelafayette.free.fr

Sur la préciosité

- http://www.lettres-et-arts.net
- http://www.la-litterature.com

Glossaire

Anaphore : reprise en début de phrase d'un même mot ou d'une même expression.

Antithèse : rapprochement de deux mots ou expressions de sens opposés à l'intérieur d'une phrase ou d'un paragraphe.

Baroque : mouvement culturel et littéraire qui s'impose au début du XVIIe siècle. Il se distingue par son goût pour la complexité et l'excès.

Bienséance : règle de la littérature classique interdisant la représentation des actes choquants dans le domaine artistique.

Classicisme : mouvement culturel et littéraire qui domine la seconde moitié du XVIIe siècle. Il se caractérise par l'instauration de règles précises et la recherche de l'ordre et de la mesure.

Digression : développement qui s'écarte du récit principal.

Discours rapporté : reproduction des paroles d'un personnage dans un énoncé.
– **le discours direct** : reproduction directe et la plus fidèle possible des propos rapportés. Les guillemets et les tirets, ainsi qu'un verbe introducteur signalent les prises de parole.
– **le discours indirect** : les paroles du personnage sont introduites par un verbe de parole suivi d'une proposition subordonnée. Le narrateur prend donc en charge les propos qu'il cite.
– **le discours indirect libre** : forme de discours indirect implicite sans verbe de parole. Les propos sont rapportés dans le flux de la narration.

Éponyme : se dit du héros qui donne son nom au titre de l'œuvre.

Hyperbole : procédé d'exagération qui permet d'amplifier ce que l'on perçoit ou ce que l'on ressent.

Incipit : début d'un roman, équivalent de la scène d'exposition au théâtre.

Introspection : lorsqu'on se livre à une analyse de son propre comportement et de ses pensées.

Jansénisme : mouvement religieux créé par l'évêque Jansénius en 1640, qui prône une morale rigide et austère.

Maxime : formule énonçant une réflexion d'ordre général.

Péripétie : désigne les actions, les rebondissements qui rythment l'intrigue.

Périphrase : désignation d'une personne ou d'un objet par une expression qui le caractérise.

Point de vue : focalisation adoptée par le narrateur. Le point de vue est omniscient lorsque le narrateur maîtrise tous les éléments de l'intrigue et connaît les pensées de tous les personnages. Il est interne lorsque la narration passe exclusivement à travers le regard de l'un des personnages, et externe lorsque la narration est neutre.

Préciosité : mouvement esthétique en vogue dans les salons littéraires du XVIIe siècle. Il concerne essentiellement l'écriture féminine. Il se caractérise par la recherche d'un langage élégant, notamment dans l'évocation des sentiments.

Schéma narratif : schéma qui permet de dégager la structure et la progression d'un récit. Il se compose d'une situation initiale, d'un élément perturbateur, de plusieurs péripéties, d'un élément de résolution et d'une situation finale.

Cet ouvrage a été composé par Palimpseste à Chevreuse.
Imprimé en Espagne par Novoprint (Barcelone)
N° d'édition : 03580714-1 – Dépôt légal : août 2019